W0272379

Cinq nuances de polars

Recueil de nouvelles policières et criminelles

Du même auteur :

Série « Tuer n’est pas vivre » (thriller)

Tuer n’est pas vivre, tome 1 : Le prix du crime
Tuer n’est pas vivre, tome 2 : La mort dans les veines
Tuer n’est pas vivre, tome 3 : Le sang d’un assassin

Cinq nuances de polars

Recueil de nouvelles policières et criminelles

Charlotte ADAM

Tous droits réservés
© Charlotte ADAM, 2020
ISBN : 9798618118484
Dépôt légal : février 2020

REMERCIEMENTS

Tous mes remerciements à mes fidèles et attentifs béta-lecteurs et béta-lectrices :

Chantal, pour ton soutien indéfectible et ton aide dans le choix des titres,
Flavien, pour ta vigilance sur les détails et tes annotations pleines d'humour,
Isabelle, pour ton œil de lynx sur les incohérences et passages peu clairs,
Jeanine, pour tes corrections orthographiques et tes impressions détaillées.

Ce recueil n'aurait pas pu être finalisé sans vous.

À mon grand-père,
qui m'a appris que raconter une histoire, c'est faire deux heureux :
celui qui l'invente et celui qui la découvre

AVERTISSEMENT

Les nouvelles de ce recueil relèvent de la pure fiction : les personnages, lieux, entreprises, sites, mentionnés sont issus de ma seule imagination. Toute ressemblance avec des personnes, des lieux, des événements ou des entités existant réellement serait purement fortuite.

Un maire dans la tourmente

Mercredi matin

La sonnerie du téléphone de la mairie retentit à trois reprises. À la quatrième, Léonard Peyrac, dit Léo, maire du village du Fagnet, commune auvergnate de cent quatre-vingt-neuf habitants, décrocha. La secrétaire de mairie ne travaillait pas le mercredi matin, il l'avait oublié ; pendant un bref instant, il avait espéré échapper à la corvée du téléphone.

— Mairie du Fagnet, bonjour.

— Bonjour, monsieur Peyrac, maire de la commune du Fagnet ?

— C'est moi-même.

— Capitaine Fournier, gendarmerie d'Aurillac.

Léo Peyrac posa sur son bureau le compte-rendu du dernier conseil municipal qu'il était en train de relire, sentant d'instinct que l'appel allait lui apporter des ennuis.

— On nous a signalé un cambriolage avec effraction sur votre commune, j'ignore si vous avez déjà été averti ? annonça d'emblée Fournier.

— Non. Où est-ce arrivé ? Qui en a été victime ?

— C'est une résidence secondaire, une maison de vacances dont les propriétaires viennent quelques fois dans l'année. Au lieu-dit La... La Choune.

Léo Peyrac voyait parfaitement le lieu en question. Une vieille grange délabrée qui avait été rachetée quelques années plus tôt par une famille venant de Bretagne (de Bretagne !) et plutôt bien retapée, il fallait le reconnaître, même si la couleur bleu horizon des volets jurait un peu, à son avis. Enfin, c'était grâce à des touristes comme ceux-ci, tombés amoureux du Fagnet, que certaines vieilles pierres échappaient à la ruine et que des bâtiments à l'abandon étaient réhabilités.

— La maison appartient à la famille Le Guerzec, vous les connaissez ? poursuivit le gendarme.

— Pas personnellement, mais de vue, oui. Ils viennent au village depuis des années. Que s'est-il passé exactement ? Vous avez un suspect ?

— Écoutez, si vous avez le temps, le mieux serait que nous nous retrouvions sur place.

Le maire soupira. Non, il n'avait pas vraiment le temps. Pas en plein mois d'août, avec la fête du village le lendemain, le restaurant de son frère qui affichait un taux record de réservation, où il donnait un coup de main, le concours du meilleur fromage de la vallée qu'il devrait arbitrer le week-end suivant et pour finir un désaccord avec l'entreprise d'exploration forestière qui officiait en ce moment même dans la forêt communale. Tout ça en l'absence de son adjointe, cette grosse dinde de Bertille Mougnac, membre active du parti d'opposition, qui s'était octroyé quelques jours de vacances. Exprès sans doute, histoire de le mettre dans la m… mouise. Ah oui, il y avait aussi ce film qui allait se tourner en partie dans la vallée et sur le territoire de la commune, et dont les équipes devaient arriver le jour même. Ou peut-être étaient-elles déjà sur place, il ne se rappelait plus les dates exactes, c'était Bertille Mougnac qui avait géré le dossier.

— J'arrive, s'entendit-il répondre. Pas le choix.

Le lieu-dit La Choune ne comportait qu'une seule vieille bâtisse, bien rénovée, à l'écart du village, sur la modeste route qui menait au fond de la vallée.

Léo Peyrac gara sa Smart grise devant la maison, juste à côté de la camionnette de gendarmerie déjà stationnée. Il s'extirpa de son véhicule en songeant qu'il aurait dû tenir compte de son gabarit avant d'opter pour un modèle aussi petit. Âgé de trente-cinq ans, amateur de bons vins et de produits locaux, notamment le fromage et la charcuterie, il était ce qu'on pouvait appeler « un homme replet ». Pas très grand mais plutôt large donc, avec des yeux bleus ronds qui lui donnaient un air enfantin aux dires de certains, Léo ne comptait pas spécialement sur son physique pour avancer dans la vie. Le fils de Thomas Chassagne, son opposant de toujours, avait même crié un jour dans sa direction « gros lard ! » alors qu'il traversait la place du village. Venant d'un enfant de six ans, c'était puéril mais néanmoins vexant.

Il remit en place sa veste beige un peu froissée par le trajet et se dirigea vers l'entrée de la maison qui se trouvait sur le côté. Un trou béant dans la porte vitrée ne laissait pas grand doute sur l'endroit par lequel le cambrioleur s'était introduit dans la demeure. Des éclats de verre gisaient éparpillés sur le sol. Quelle idée aussi, de remplacer une bonne porte de grange en bois par cette baie transparente et moderne, encadrée de PVC, qui jurait affreusement avec les vieilles pierres du bâtiment… Léo appréciait le confort et le progrès, mais il estimait que les rénovations devaient s'intégrer dans l'environnement existant.

Un homme en uniforme de gendarmerie vint à la rencontre du maire. Plus grand que lui, plus mince aussi – ce qui n'était guère difficile –, il portait des lunettes cerclées de métal derrière lesquelles des yeux verts perçants scannaient littéralement les lieux et les personnes.

— Monsieur Peyrac ? Capitaine Fournier. Gendarmerie d'Aurillac.

Ils échangèrent une poignée de main tandis que Léo Peyrac se demandait pourquoi son vieil ami, le lieutenant Dumazet, ne s'était pas déplacé et n'avait même pas jugé bon de l'informer de ce cambriolage. Il n'avait encore jamais entendu parler de ce Fournier au sein de la gendarmerie, c'était un nouveau, sans aucun doute.

Un flash en plein visage l'aveugla et il ne put retenir un juron.

— Pardon, je pensais l'avoir coupé !

Le jeune homme qui se tenait devant lui avait des airs d'adolescent attardé avec sa casquette vissée sur des cheveux blonds mal coupés et son sourire niais. Derrière lui, un quadragénaire au crâne rasé filmait.

— Les journalistes sont déjà là ? Qui les a prévenus ? grogna Peyrac.

Fournier haussa les épaules.

— Alors, y a-t-il des empreintes, un suspect, des témoins ? relança le maire.

— Pas d'empreintes, le cambrioleur devait porter des gants. Pas de témoins non plus, on pense que c'est arrivé cette nuit car il y a eu un gros orage hier soir et, malgré la porte vitrée en miettes, l'intérieur de la maison n'est pas mouillé. De plus, il y a des traces de chaussures à l'intérieur, avec un peu de boue. Les Le Guerzec ont été prévenus, bien entendu. Ils arrivent.

— De Bretagne, ils ne seront pas là tout de suite, constata Léonard en essayant de rajuster sa veste.

Comme pour sa voiture, il avait choisi un modèle dans lequel il se sentait quelque peu engoncé.

— Détrompez-vous, ils sont là ! annonça Fournier en tendant la main vers une Clio rouge qui empruntait le chemin menant à la maison.

— Déjà ?? Pas possible, quand sont-ils partis ?

— Ils vont nous être utiles pour faire l'état des lieux, constata Fournier en éludant la question.

Vingt minutes plus tard, le couple Le Guerzec avait fait le tour de la maison, suivi de près par Fournier et les journalistes, au nombre de trois finalement.

« Ils ne sont pas foutus d'envoyer un seul photographe ou gratte-papier pour couvrir la fête communale, mais pour un simple cambriolage, on envoie une équipe de reporters… », songea Léo Peyrac non sans aigreur. Pour quel journal travaillaient-ils d'abord ?

Alors qu'il se dirigeait vers eux, Fournier l'intercepta.

— Nous avons la liste de ce qui a été volé. Il n'y avait pas d'argent dans la maison.

— Encore heureux, même si ce genre de cambriolage est rare, il faudrait être insensé pour laisser des billets dans une maison loin de tout fermée six mois de l'année, rétorqua Léo. Rien de trop grave donc ? Ils sont assurés, j'espère ?

— Ils le sont. Je vous indique quand même ce qui a disparu, parce que ce n'est pas commun : des couverts et gobelets en plastique…

— Un randonneur égaré surpris par l'orage qui aura fracassé la porte pour s'abriter ? supputa le maire.

— Laissez-moi terminer ! Il y a aussi un arc et trois flèches.

Un arc et trois flèches… Léo se repassait ces mots en boucle en regagnant la mairie. Les Le Guerzec avaient expliqué pratiquer le tir à l'arc pour le sport, une idée saugrenue selon lui. Pourquoi ne pas plutôt faire des herbiers, collectionner les cailloux ou peindre ? Il avait déjà observé des engins de ce type, et imaginer qu'un cambrioleur se balade en liberté avec ça n'avait rien de rassurant. Un arc comme ça, c'était une arme. La chasse était par ailleurs interdite dans une bonne partie de la vallée située dans le périmètre du Parc Naturel Régional des Volcans d'Auvergne.

Léo Peyrac se gara dans un emplacement minuscule juste devant la mairie, avec une satisfaction non dissimulée. C'était dans ces moments qu'il se félicitait d'avoir choisi une Smart : il avait la sensation de parfaitement contrôler son gabarit, enfin celui de sa voiture…

Tandis qu'il descendait de son véhicule, un homme grand et maigre, portant une barbe mal taillée d'un brun tirant sur le roux, se précipita vers lui. Il reconnut Thomas Chassagne, le frère du Matthieu du même nom. Tous deux étaient membres du Front d'Indépendance du Fagnet (FIF). Un parti au nom aussi ridicule que son programme, jugeait Léonard. Indépendance par rapport à quoi d'abord ? Ces excités voulaient mettre fin aux activités touristiques qui selon eux « dénaturaient la région ». Et ils espéraient vivre de quoi ? D'un peu d'élevage, de la vente de quelques fromages entre eux ? Pourquoi ne pas carrément retourner au troc ? Autant d'arguments que Léo mettait en avant lors des débats, et il aimait à croire que ses paroles avaient su convaincre, car il avait été élu (à cinq voix près, mais dans un village où seuls cent soixante-dix habitants votaient, cinq voix, ce n'était pas si mal).

Bref, tandis que Thomas Chassagne s'approchait, Léo fit mine de ne pas le voir. D'ailleurs il allait s'empresser de regagner son bureau à la mairie pour appeler son ami gendarme Dumazet. Mais le gêneur se campa franchement devant lui.

— Alors monsieur le maire, on m'évite ? ricana-t-il. On ignore ses administrés, hein ? Pas très beau tout ça. Quand on représente la République, on représente tout le monde, pas seulement ses petits copains du gratin…

Cette phrase mit Léo hors de lui. L'insulte était mordante, Chassagne insinuait carrément qu'il n'était plus des leurs, lui qui était né et avait grandi au village d'où il ne s'était absenté que cinq ans, le temps de faire ses études à la ville (bien obligé !). Pire, on l'assimilait à ces énarques que lui-même critiquait du matin au soir, des gens déconnectés de la réalité du commun des mortels… Léo Peyrac prônait le développement du tourisme et l'accueil des randonneurs pour faire vivre la vallée, cela ne faisait pas de lui un adepte du capitalisme et de la mondialisation, bon sang !

Thomas Chassagne revint à la charge :

— C'est comme pour cette histoire d'exploitation forestière, jusqu'où vous allez autoriser les coupes, hein ? Ils devaient s'arrêter au Vallon des Sapins Noirs et ils ont déjà attaqué l'autre versant, ils remontent vers la Châtaigneraie.

— Ils nettoient seulement les arbres morts, une forêt ça s'entretient ! rétorqua Léo en espérant qu'il ne s'agissait que de cela ; il devrait aller le vérifier rapidement.

— Mais oui, et puis ça rapporte des sous, hein ?

— Ça permet d'entretenir les sentiers pour les randonneurs, et avec « les sous » comme vous dites, on va pouvoir refaire le toit de l'église, il en a bien besoin. C'est un bâtiment historique qui mérite d'être protégé. Vous préféreriez que j'augmente les impôts ?

— Ah l'église… Y en a que pour ça ici : pour les étrangers et les culs-bénits ! Comme votre grand-mère qui ne rate pas une messe, hein ? Ça ne l'a pas empêchée de se taper la moitié du village tandis que son vieux était cloué au lit…

Hors de lui, Léo saisit Thomas Chassagne par le col et hésita un instant. Un coup de poing bien placé le soulagerait mais laisserait des traces… Il se contenta donc de soulever Thomas, homme sec et tout en nerfs, et de le lancer dans la pente menant à la place du marché comme il l'aurait fait d'un ballot de linge sale. Le surpoids avait ses avantages tout de même… Chassagne dévala une dizaine de mètres en beuglant et se releva en mugissant :

— Tu t'en tireras pas comme ça ! Je trouverai un témoin ! Y aura une plainte pour agression !

Soulagé mais tourmenté par sa conscience qui lui disait qu'il aurait dû tenir ses nerfs, Léo s'en retournait vers la mairie quand une voix bien connue l'interpella :

— Léonard !

Une seule personne s'obstinait à utiliser son nom de baptême : sa grand-mère, Murielle Peyrac, la mère de son père, dite la Mumu.

— Comment ça va, la Mumu ? demanda le maire à la nonagénaire chenue vêtue de noir qui s'avançait vers lui en s'appuyant sur son parapluie.

— Pas trop bien, mon petit, pas trop bien.

C'était la réponse rituelle ; aussi loin que remontait la mémoire de Léo Peyrac, Murielle Peyrac n'allait jamais bien, mais elle enterrait tout le monde : son mari, son fils aîné, ses frères et sœurs, et nombre de ses amis.

— Qu'est-ce qu'il voulait celui-là ? lança-t-elle avec un geste dans la direction de Chassagne qui s'éloignait en clopinant.

— Toujours les mêmes histoires, tu sais bien.

La Mumu cracha au sol, puis fit le signe de croix.

— Des païens, cette famille Chassagne, je l'ai toujours dit. Le vieux, on le connaissait quand on était gamins, il faisait peur à tout le monde... Il sacrifiait des bestioles le soir aux carrefours dans la forêt. Il appelait le Diable, je te le dis ! Nous, les gamins, on savait tous qu'il fallait le fuir comme la peste. Il a transmis ça à ses fils et aux fils de ses fils, comme ces deux-là, Thomas et Matthieu.

— C'est vieux tout ça, Mumu...

Une fois la vieille femme lancée sur ce sujet, Léo savait qu'il était impossible de l'arrêter. Elle remonterait trois siècles en arrière, s'il le fallait, pour trouver des torts à la famille Chassagne. Il était vrai que les Peyrac et les Chassagne s'étaient toujours détestés, mais de là à en faire un scénario de série B, ponctué de magie noire et de malédictions comme le faisait la Mumu...

— Je vais devoir y aller, expliqua Léo. Il y a eu un cambriolage dans une maison de vacances, et il faut que j'appelle un ami à la gendarmerie d'Aurillac.

La vieille femme cracha de nouveau au sol.

— C'est pas propre toute cette politique, je le dis, moi. Pourquoi que tu t'es engagé là-dedans, Léonard ? Y a que des vauriens et des criminels dans ce milieu. Des types comme les Chassagne par exemple.

— Tu veux dire qu'il aurait fait un meilleur maire que moi ? coupa Léo.

— Je veux pas voir mon petit-fils dans ce panier de crabes ! Un cambriolage, tu vois, c'est le début des ennuis. Y avait pas ça avant, quand j'étais petite… Toutes ces choses… Ce sont les étrangers qui les ont amenées ici…

De son temps on menait les gens au bûcher pour soupçon de magie noire au coin des bois, sans autre forme de procès, songea Léo sans oser formuler sa pensée.

— Mais ça s'arrêtera pas là, je le dis, moi, grommela la Mumu en s'éloignant. Le début des ennuis…

Léo put enfin franchir la porte de la mairie et s'enfermer dans son bureau où il se laissa tomber dans le fauteuil rembourré qu'il avait fait installer dans un angle de la pièce. Les ressorts grincèrent un peu, mais il était bien. Jusqu'à ce que le téléphone sonne de nouveau.

— Putain de putain de putain de merde !!!

Il décrocha et beugla dans le combiné :

— Mairie du Fagnet !

— Léo ? C'est Ernest. Ça n'a pas l'air d'aller.

Ernest. Le frangin, propriétaire d'un bar restaurant.

— Journée compliquée, grogna Léo. Depuis quand tu m'appelles sur le fixe de la mairie ? J'ai un portable !

— Tu ne répondais pas.

Léo chercha son téléphone dans la poche de son pantalon, puis dans celle de la veste. L'appareil ne s'y trouvait pas. Un nouveau chapelet de jurons lui échappa.

— Bon, tu voulais quoi ?

— Savoir si tu aurais le temps de donner un coup de main à ton frère pour le service de ce soir. J'ai vingt-huit couverts. Je suis seul avec Mado et Thierry.

La femme et le fils d'Ernest étaient bien souvent mis à contribution pour le service, et en général, à trois, ils s'en sortaient.

— Tous les trois ça ne le fait pas ? s'étonna Léo.

— Je gère la cuisine, Mado et Thierry seront seuls en salle. Non, à vingt-huit couverts, ça ne suffit pas.

— Et moi tu crois que je n'ai rien d'autre à faire bien sûr ?

Léo était d'humeur belliqueuse.

— Tu vas pas prendre la grosse tête, dis donc ? s'agaça Ernest. Le restau, c'est plus assez bien pour toi ?

— Oh, tu ne vas pas t'y mettre toi aussi ! Je n'ai pas le temps pour ce soir, je suis désolé, j'ai la fête du village à superviser, il faut que je voie les forestiers qui sont en train de faire je ne sais trop quoi vers la Châtaigneraie, il y a aussi le concours de fromages…

— C'est bon, c'est bon ! coupa Ernest d'un ton sec. Navré d'avoir dérangé Môssieur le maire !

Et il raccrocha. Léo poussa un soupir. Ah, la famille…

Il chercha le numéro de la société d'exploitation forestière avec laquelle la commune du Fagnet avait souscrit un contrat, mais, quand il appela, il ne tomba que sur une secrétaire qui lui promit de transmettre le message aux patrons.

L'après-midi touchait à sa fin quand Léo termina son tour du village : dans le cadre de la préparation de la fête communale, il avait vérifié que la signalisation était en place pour interdire l'accès à la place où se tiendraient les animations, il s'était assuré que le traiteur auquel ils avaient fait appel pour la restauration (en fait un camion rôtisserie préparant des grillades à volonté) était réservé, et il avait inspecté l'estrade sur laquelle se déroulerait le bal de fin de soirée, installée par des techniciens municipaux. En résumé, il avait fait tout son boulot d'élu de la ville et, quoi qu'en disent ceux de l'opposition, ça n'avait pas grand-chose à voir avec une sinécure dans des bureaux luxueux. Ici, pas moyen de déléguer, tout simplement parce qu'il n'y avait personne à qui déléguer ce qu'on n'avait pas envie de faire.

L'hiver dernier, quand la neige avait bloqué la route et que le chasse-neige départemental avait mis trois jours à se décider à venir déblayer (malgré les appels répétés de Léo auprès du Préfet), il s'était retrouvé aux côtés des deux employés municipaux – tous deux contractuels à temps partiel et plus tout jeunes –, pour pelleter la place centrale du village et permettre aux habitants de pouvoir au moins sortir de chez eux et aller acheter du pain tant qu'il en restait à la boulangerie. Non, décidément, maire ici, ce n'était pas un emploi fictif, songea Léo.

Avant de rentrer chez lui, il décida d'aller faire un tour en voiture sur le chantier forestier. Après trois kilomètres de route sinueuse au milieu des arbres, il parvint à la clairière où s'entassaient les troncs déjà ébranchés attendant d'être transportés à la scierie la plus proche. Il gara sa Smart, regrettant pour le coup de ne pas avoir choisi un 4x4, et s'engagea à pied sur la piste. À cette heure, plus personne ne travaillait sur le chantier, mais il espérait pouvoir se faire une idée de la zone déboisée et vérifier qu'elle correspondait à ce qui était inscrit sur le contrat.

Après quelques centaines de mètres en sous-bois, la luminosité diminuant drastiquement, il préféra faire demi-tour. Les parcelles déboisées lui paraissaient respecter ce qui avait été prévu, néanmoins un petit point avec la société d'exploitation ne serait pas de trop. S'il laissait couper ne serait-ce qu'un arbre de trop, le FIF sauterait sur le prétexte pour lui en mettre plein la figure. Et avec les tendances écologistes à la mode, il risquait fort de passer pour un ennemi de la nature, un vendu aux puissances financières, ou carrément un adepte de la destruction de la planète ! Les raccourcis étaient faciles.

Une fois de retour à sa voiture, il consulta son petit agenda qui ne le quittait pas. Dans quatre jours, le plus gros de la saison serait terminé. Une fois passés la fête communale et le concours de fromages, les touristes repartiraient de jour en jour, laissant la vallée retrouver son calme habituel. Il pourrait souffler un peu.

***

Jeudi matin

Au lever, Léonard Peyrac avait estimé que la journée serait meilleure que la veille (difficile de faire pire en même temps). Puis il y avait eu ce troupeau de vaches, sur la route, qui lui avait fait perdre vingt bonnes minutes. Dans la vallée, les vaches étaient prioritaires, les malheureux automobilistes n'avaient qu'à prendre leur mal en patience et avancer au pas derrière le troupeau, il fallait bien que les bêtes aillent aux alpages et les routes étaient les seules voies d'accès praticables pour les bovins.

Il arriva donc plus tard que prévu sur la place du village où se déroulait la fête annuelle. Les stands d'artisanat en tous genres, du bâton de marche en bois aux pots de miel des montagnes, en passant par les sabots décoratifs et les incontournables fromages, étaient déjà en place et une jolie petite foule s'amassait autour d'eux. Tant mieux. Il repéra les habitants du village qui tenaient un stand. Quelques résidents des hameaux voisins pouvaient également louer un emplacement à la journée et certains ne manquaient pas de le faire. En voyant Thomas Chassagne saisir un billet de cinquante euros tendu par un client qui venait de lui acheter du fromage, il se dit que cette fois-ci, on pourrait difficilement lui reprocher de ne pas se soucier des producteurs locaux. Le marché spécial lors de la fête communale, c'était son idée à lui. Et s'il faisait venir des forains extérieurs au village, c'était pour s'assurer que les touristes se donneraient la peine de se déplacer : les manèges et autres trampolines rencontraient un vif succès auprès des enfants. Certaines familles « de la ville » venaient pour la journée, exprès pour passer un sympathique moment autour de ces attractions, et se laissaient tenter par les produits locaux ou la restauration.

Léo Peyrac serra quelques mains, essuya une ou deux plaisanteries sur son teint écarlate – il avait couru en sortant de sa voiture garée en bas du village pour rattraper un peu son retard –, puis il se dirigea tranquillement vers la mairie, arborant un sourire satisfait.

Il avait à peine poussé la porte qu'il vit Déborah, la jeune secrétaire de mairie à temps partiel, se précipiter vers lui, visiblement effarée. Blonde, petite et dodue, elle avait facilement l'air d'un poussin égaré au milieu d'une basse-cour, cherchant ses repères et pépiant à tout va.

— Monsieur Léonard, monsieur le maire !

Elle avait toujours du mal à se mettre dans le crâne que Léonard n'était pas son nom de famille, mais à part ça, elle faisait un boulot acceptable. Certes, elle n'avait pas inventé le fil à couper le beurre, mais elle était ponctuelle et avait une écriture soignée, chose appréciable pour les réunions, quand l'ordinateur était en panne.

— Oui, Déborah ?

— Oh que je suis contente que vous soyez là ! J'ai essayé d'appeler votre portable mais ça répond pas... Avec la fête je pensais que vous seriez là plus tôt.

Ce qui ne manqua pas de lui rappeler qu'il n'avait pas retrouvé, ni recherché d'ailleurs, ce maudit téléphone.

— J'ai égaré mon téléphone, expliqua-t-il. Et j'ai été retardé sur la route par le troupeau des Sougeon qui changeait de pré… Que se passe-t-il donc ?

— Un monsieur de la gendarmerie au téléphone pour vous, il paraît que c'est grave, c'est très important, c'est capital, un élément crucial…

Léo leva les deux mains afin d'interrompre cette recherche infinie de synonymes. Il gagna son bureau tandis que Déborah le suivait en haletant comme un vieux chien. Elle aussi souffrait d'un certain embonpoint et les émotions lui étaient aussi peu profitables que les activités physiques. Léo lui fit signe de le laisser seul, tout en prenant le téléphone, et elle obtempéra avec une déception manifeste. Son côté commère restait sur sa faim.

— Léonard Peyrac, maire du Fagnet à l'appareil, annonça-t-il.

— C'est le capitaine Fournier. Il y a du nouveau.

— Oui ? Au sujet du cambriolage à La Choune ?

— Non, cette fois il s'agit d'un homicide.

— Un… Un homi…, s'étrangla le maire.

— Un meurtre si vous préférez.

— Je sais ce qu'est un homicide ! grogna Léo.

Il ne manquerait plus que ce fonctionnaire de la ville le prenne pour un attardé ! Évidemment, Le Fagnet et ses cent quatre-vingt-neuf habitants (en hiver, car en été, avec les touristes, la population triplait), ce n'était pas Aurillac, néanmoins, il ne laisserait personne le prendre de haut.

— Quand ça ? Où ça ?

— Le corps n'a pas été formellement identifié pour le moment, mais il s'agirait d'un certain Matthieu Chassagne.

Le frère de Thomas, songea aussi Léo.

— On l'a retrouvé au pied d'une cascade, précisa le gendarme. Un randonneur qui passait par là. Moche découverte pour un vacancier.

— La cascade du Corbeau ?

— C'est ça.

— Il aurait fait une chute ? Pourquoi parlez-vous d'homicide ?

— Parce qu'il avait une flèche en travers du corps.

Sur la route menant à la cascade du Corbeau, Léonard avait le sentiment d'être plongé depuis la veille dans un cauchemar dont il ne parvenait pas à se réveiller. Un cambriolage suivi d'un meurtre sur sa commune, pendant son mandat... Ah ça, pour une fois, les journalistes allaient parler du Fagnet ! Peut-être même le village passerait-il au journal télévisé national. Mais pour des raisons qui entacheraient pour des années sa réputation.

Il aperçut plusieurs véhicules garés sur le petit parking d'où partait la sente piétonne conduisant à la cascade du Corbeau, un lieu d'ordinaire très apprécié des randonneurs avec sa jolie chute d'une quinzaine de mètres de haut éclaboussant les roches en contrebas et parsemant de gouttelettes les fougères environnantes.

Léo emprunta le chemin tout en inspirant à fond. Il n'échapperait pas aux questions des journalistes ; il devrait se montrer inquiet, mais confiant dans le travail de la justice, tout en ne donnant pas l'image d'un maire indifférent... Plusieurs hommes étaient rassemblés autour d'un drap blanc couvrant une masse au sol. Certains prenaient des photos, d'autres filmaient la scène du crime.

Il reconnut le capitaine Fournier qui vint aussitôt vers lui.

— Monsieur Peyrac, merci d'être venu si vite.

— Pardon, mais vous avez laissé les journalistes venir carrément sur la scène du... décès ? s'étonna Léo.

— Ce sont des enquêteurs, membres de nos services, qui filment pour avoir tous les éléments du lieu en vidéo ; en visionnant les images plusieurs fois, on peut découvrir des détails qui nous auraient échappé. Ignorez-les.

Bêtement soulagé, tout en comprenant que la venue des journalistes n'était que partie remise, Léo s'efforça de se montrer ouvert à la discussion.

— En sait-on plus sur ce qui s'est passé ?

Il était en plein dans le champ de la caméra et tentait d'en faire abstraction.

— Il faudra une autopsie bien entendu. Pour le moment, on peut dire que l'homme devait se balader là-haut.

Fournier désigna du doigt le sommet de la cascade au-dessus d'eux.

— Il y a un sentier en haut aussi m'a-t-on dit ?

— C'est exact, confirma Léo.

— Bien. Et à cet endroit il a reçu une flèche en plein thorax. Difficile de dire s'il a été tué sur le coup par ladite flèche, en tout cas il a basculé et a fait une chute d'une quinzaine de mètres. Il a la tête complètement fracassée, il y en avait partout…

Léo fit une grimace, les détails n'étaient pas nécessaires.

— Et qui l'a identifié du coup ? Au téléphone, vous disiez que vous n'étiez pas sûr.

— Il avait des papiers d'identité dans la poche de son sweat. On demandera à la famille de venir confirmer son identité à la morgue, quoique vu l'état de son visage, ils auront du mal à le reconnaître… Un prélèvement ADN sera sans doute opportun… Ou une identification dentaire. Vous voulez voir si vous le reconnaissez ?

— Sans façon, laissons parler l'ADN, répondit précipitamment Léo.

— Comme vous voudrez. Il avait aussi sur lui un peu d'argent liquide, on ne l'a pas tué pour le voler, c'est certain.

— Pour la flèche, il s'agirait d'une de celles qui ont été volées avec l'arc à La Choune ?

— Les Le Guerzec nous le confirmeront, mais c'est probable. À moins que ce ne soit une coutume répandue dans le coin de se promener avec arcs et flèches ?

Léo haussa les épaules. La question n'appelait pas de réponse.

— À présent, monsieur le maire, je vais vous demander de m'indiquer tous les éléments dont vous avez connaissance concernant la victime. Il habitait au village depuis longtemps ?

— Il fait partie d'une des vieilles familles du village, oui. Les Chassagne sont là depuis des centaines d'années. Matthieu Chassagne vivait ici depuis sa naissance.

— Il habitait où ? Il avait une femme ? Des enfants ?

Léo secoua la tête.

— Il habitait une petite ferme à mi-hauteur de ce versant de la montagne. Il avait tout retapé lui-même. Il y vivait seul. Il était assez… solitaire.

— Ah ? Un asocial ?

— Je n'ai pas dit ça. Il a un frère qui habite dans la vallée où il exploite une ferme de production de fromage. Thomas Chassagne. Lui est marié et a un fils.

Le sale petit con qui l'avait traité de « gros lard », il ne risquait pas de l'oublier !

— Il travaillait, le Matthieu Chassagne ? continua Fournier.

— Il faisait des petits boulots ici et là, pour les fermiers de la vallée. Du bricolage, de l'aide pour déplacer les bêtes d'un pâturage à l'autre, ce genre de choses. Il touchait un peu à tout, un gars débrouillard.

— Et il s'en sortait avec ça ?

— Je crois qu'il cultivait un petit potager, il avait aussi des poules, il vivait presque en autonomie, il n'avait pas besoin de grand-chose.

— Un ascète en quelque sorte ?

Léo Peyrac fixa le capitaine Fournier. Si ce flic prétentieux le testait pour estimer son vocabulaire, il allait trouver à qui parler. Mais le gendarme reprit aussitôt :

— Les deux frères Chassagne s'entendaient bien ?

— Que je sache, oui.

— Pas de dispute pour une histoire d'héritage, de terres, de partage de troupeau ?

— Dites donc, capitaine, nous sommes peut-être à la campagne ici, mais ça fait belle lurette qu'on ne s'entretue plus à coups de fourche pour récupérer un hectare de prairie ou dix têtes de bétail ! explosa Léo.

Fournier eut un petit sourire.

— Bien sûr. Et vous-même, vous aviez quelles relations avec la victime ?

— Normales.

— C'est-à-dire ?

— On se saluait quand on se croisait au village, mais ça n'allait pas plus loin. Vous savez sans doute que son frère, Thomas, avait perdu les élections municipales face à moi il y a un an. Matthieu et Thomas étaient tous deux affiliés au Front d'Indépendance du Fagnet, c'est sous cette étiquette que Thomas Chassagne s'était présenté.

— Le Front d'Indépendance du Fagnet ? Ça paraît costaud…

Léo Peyrac se sentit ridicule. Pour montrer à ce gars d'Aurillac que ses concitoyens n'étaient pas les culs-terreux qu'il imaginait, parler du FIF n'était pas le meilleur moyen.

— Ils ont déjà commis des actions violentes, ces gars du FIF ? insista Fournier.

— Non. Ils ont choisi un nom qui fait penser à un mouvement activiste déterminé, mais rien de guerrier derrière tout ça, ce n'est pas la Corse ici ! Ils se disent opposés au tourisme de masse, ce qui ne risque pas d'arriver de toute façon, et ils prétendent défendre les intérêts des agriculteurs et éleveurs de la vallée… Bref, ils cherchent à se rendre populaires avec un peu de démagogie afin de remporter des suffrages, une technique qui a fait ses preuves.

Léo était assez fier de la tournure de sa dernière phrase.

— Bref, des politiciens quoi, conclut Fournier.

Léo se rembrunit. Il aurait juré que Fournier, bien que son visage restât sérieux, rigolait à l'intérieur.

Le gendarme observa autour de lui.

— Le sentier mène où ? Je vois qu'il continue plus loin...

— C'est un chemin de randonnée assez prisé, il continue sur le flanc de la montagne, traverse une châtaigneraie, serpente dans la forêt pendant environ cinq kilomètres, puis il arrive sur les pâturages au-dessus du niveau forestier. Là vous avez la possibilité de prolonger la balade sur ce qu'on appelle « le chemin des estives », une belle randonnée de deux heures avec de magnifiques points de vue.

Léo eut le sentiment de s'être un peu laissé emporter par son enthousiasme pour sa région : il vantait le circuit comme un guide l'aurait fait, alors qu'il s'adressait à un gendarme venu enquêter sur un meurtre.

— La zone qu'on appelle « la Châtaigneraie » se trouve donc par-là ? questionna Fournier.

— Oui, pourquoi ?

— Simple question. C'est à quelle distance ?

— D'ici, environ un kilomètre.

— Bien, bien, bien. Il y a une activité d'exploitation forestière en ce moment dans votre bois ?

— Ça s'arrête bien avant la Châtaigneraie et les sentiers de randonnée, précisa aussitôt Léo. L'entreprise forestière exploite une zone qu'on appelle le Vallon des Sapins Noirs et nettoie un peu le versant au-dessus. Je connais parfaitement la législation à ce sujet ; si nécessaire, j'aurais pris un arrêté pour interdire l'accès des zones dangereuses aux randonneurs. En l'occurrence, personne ne va dans le Vallon des Sapins Noirs, mais on a quand même mis des panneaux signalant le chantier...

— Je ne suis pas ici pour verbaliser un maire qui n'assumerait pas son rôle, j'enquête sur un homicide, coupa sèchement Fournier. Je reviendrai vers vous si j'ai d'autres questions.

— Ce qui signifie que c'est bon pour le moment ?

Le capitaine Fournier acquiesça.

Léo Peyrac méditait, les mains croisées sur son estomac bien chargé par le copieux repas du midi, enfermé dans son bureau de la mairie dont il avait baissé les stores. Pour un observateur extérieur, la scène aurait pu passer pour une sieste déguisée, mais le maire du Fagnet était bien éveillé. Pas possible de faire autrement avec les événements de ces dernières heures.

Il entendit la voix de Déborah dans le bureau voisin ; d'abord naturelle, elle monta rapidement en puissance. Aussitôt après, on toqua à sa porte.

— Entrez !

Il vit apparaître dans l'entrebâillement de la porte la tête ronde aux cheveux clairsemés de son frère cadet, Ernest. Le regard de celui-ci se posa sur les stores baissés, puis revint sur Léo.

— Je te dérange ? demanda-t-il d'un ton un brin moqueur. Ton chien de garde blond ne voulait pas me laisser passer.

— Je ne suis plus à ça près, soupira Léo en songeant qu'il allait entendre, pendant des jours, des traits d'humour sur les siestes du maire.

Mais son frère n'avait pas l'air d'humeur taquine. Il entra, alluma la lumière et s'assit en face de Léo.

— J'ai un très gros problème.

— Moi aussi, rétorqua Léo.

— Les glaces. Quelqu'un se serait intoxiqué avec.

— Pardon ?

Léo mit plusieurs instants avant de comprendre de quoi il s'agissait : son frère avait mis à la carte de son restaurant des glaces artisanales aux parfums variés qui remportaient un vif succès depuis deux étés.

Ernest hocha la tête et précisa :

— C'est venu du fils d'un touriste, à moitié hollandais, je crois. Je m'en rappelle bien, hier avec ses parents, ils sont restés en terrasse pendant deux bonnes heures et le petit a mangé trois glaces. Enfin trois coupes glacées. Des coupes deux boules… Ou trois… J'ai un doute. La première était une deux boules, mais la suivante…

— Viens-en au fait ! coupa Léo avec agacement.

— Ce matin le père est passé me voir, soi-disant que le gamin aurait eu de violentes douleurs au ventre cette nuit et des vomissements, comme ils étaient en camping et ne connaissaient personne, les parents l'ont emmené aux urgences. Là-bas on leur aurait dit que c'était probablement une intoxication alimentaire.

— N'importe quel gamin qui engloutit trois coupes glacées en plein soleil a mal au bide après, grogna Léo.

— Sauf que le père a tout de suite pensé qu'il y avait un problème avec les glaces, sous prétexte qu'elles sont artisanales… Il veut déposer plainte, il est venu me menacer ce matin, je fais quoi, Léo ?

« Et moi j'ai un homicide sur les bras, en pleine saison touristique, et la victime est un membre d'une famille qui est en guerre avec la mienne depuis des années », faillit hurler Léo.

— Tu crois que je devrais appeler la ferme qui produit ces glaces ? insista Ernest.

— Bonne idée. Essaie de savoir s'ils ont eu d'autres signalements de malaises.

— Mais ce type, le Hollandais, il ne peut pas m'attaquer moi ! Les glaces, c'est pas moi qui les fais ! Je les vends, c'est tout. Légalement, tu crois que je peux être tenu pour responsable ?

— Mmmhhh…, grogna Léo qui avait l'esprit ailleurs.

— Imagine que ce type demande un contrôle sanitaire dans mon établissement, là, en pleine saison touristique… Ça va faire fuir les touristes.

— Moins que le meurtre.

— Quoi ?

Bah, de toute manière, les journaux en parleraient dès le lendemain, alors à quoi bon cacher les faits à Ernest ?

— Matthieu Chassagne a été retrouvé mort au pied de la cascade du Corbeau, lâcha Léo.

Ernest écarquilla les yeux.

— Il est tombé ? Il connaissait très bien le sentier pourtant.

— Il avait une flèche dans le corps. On l'a tué.

— Avec une flèche ? grimaça Ernest, incrédule. On se croirait au cinéma… Qui c'est l'assassin ?

— On le cherche. Enfin, les flics le cherchent. Ils m'ont posé plein de questions tout à l'heure, et c'est pas fini.

— Waouh.

Ce n'était pas le terme que Léo aurait choisi pour résumer la situation, mais Ernest n'avait jamais été très doué dans le choix des mots.

— La bonne nouvelle, c'est que l'affaire des glaces sera vite oubliée avec un truc pareil, constata le restaurateur avec optimisme.

— Et la mauvaise, c'est qu'il n'y aura sans doute plus personne qui voudra venir ici, et donc plus de clients pour ton restau !

— Tu crois ça ? Je ne suis pas sûr. Les meurtres, ça attire les curieux. Bon, eh bien... Bon courage, je vais appeler la ferme pour savoir pour les glaces.

Ernest quitta la pièce en secouant la tête, toujours stupéfait par ce qu'il venait d'entendre.

***

Vendredi matin

En sortant du sommeil, Léo Peyrac mit une bonne dizaine de minutes avant de remettre ses idées en place. Ses cauchemars se confondaient avec la réalité et il ne savait plus trop où il en était. Dans le plus bizarre de ses rêves, il était au volant de sa Smart, tentant d'éviter un troupeau de vaches qui traversait subitement la chaussée, quand il renversait un Matthieu Chassagne surgi de nulle part. L'homme s'effondrait au milieu de la route et, à cet instant, Léo réalisait qu'il avait une flèche au milieu du dos. Au moment où il descendait de voiture, la vache qui menait le troupeau se tournait vers lui : elle avait la tête du capitaine Fournier et se mettait à lui annoncer qu'il était en état d'arrestation. Une absurdité totale.

Deux grands bols de café et quatre tranches de pain généreusement beurrées furent nécessaires avant que Léo se sente mieux. Un petit morceau de fromage le tentait aussi et il céda à son irrépressible envie tout en allumant la télé sur la chaîne régionale, à peu près certain de tomber sur une info relative au meurtre de la cascade. Mais rien, pas la moindre allusion. Bizarre tout de même… Mais tant mieux ! Son moral remonta un peu. Ce matin, dès qu'il serait à la mairie, il appellerait son ami Dumazet, chose qu'il avait oublié de faire la veille. Ensuite, il irait s'acheter un nouveau téléphone portable car il ne parvenait pas à remettre la main sur le sien.

Ragaillardi par sa décision, il se rendit à la mairie à pied, ce qui n'était pas dans ses habitudes : le centre du village était à vingt minutes à pied du hameau où il habitait une maisonnette en pierres de pays. Rien d'insurmontable, mais quand on souffrait d'un léger, très léger surpoids, comme Léo, tout effort physique avait tendance à vous donner une teinte vermillon et le maire mettait un point d'honneur à sauvegarder sa dignité. Il effectua donc le trajet d'un pas calme et mesuré, certain d'arriver à la mairie dans les meilleures conditions.

À peine entré dans l'hôtel de ville, cependant, son optimisme s'envola : Déborah courut vers lui, dans un mauvais remake de la scène de la veille.

— Un monsieur de la gendarmerie au téléphone pour vous, il paraît que c'est grave, c'est très important, c'est capital, un élément crucial…

— Je prends ! coupa Léo en s'enfermant dans son bureau.

Il décrocha avec la ferme intention d'abréger dès que possible la conversation.

— Léonard Peyrac, j'écoute ?

— Capitaine Fournier. Dites-moi, monsieur le maire, vous êtes un vrai cachottier… Vous ne m'aviez pas parlé de l'engueulade entre Thomas Chassagne et vous avant-hier matin.

— Quel intérêt ? Je ne vois pas le rapport.

— Moi j'en vois un. Vous auriez porté la main sur lui selon un témoin, insulté sa famille, proféré des menaces violentes, et quelques heures plus tard on retrouve son frère mort… Oui, d'après l'autopsie, Matthieu Chassagne a été tué dans le début de la nuit de mercredi à jeudi.

— Attendez, vous m'accusez, là ??

— Non, je pose des questions. Sacrée coïncidence quand même.

— Donc, parce que j'échange des mots un peu vifs avec un de mes opposants, vous trouvez logique que j'aille tuer son frère en plein milieu de la forêt le soir suivant, avec un arc et des flèches que j'aurais préalablement volés lors d'un cambriolage ? C'est… c'est ridicule !

— Peut-être pensiez-vous avoir affaire à Thomas Chassagne et non à son frère. Quoique les deux hommes ne se ressemblaient guère d'après les photos que j'ai pu voir. Mais dans la pénombre…

— Et vous croyez que je me balade avec un arc et des flèches, juste au cas où ?

— Pour le moment je ne crois rien, j'échafaude des hypothèses.

Léo trépignait derrière son bureau.

— Quel est votre soi-disant témoin qui vous a raconté que j'avais menacé Chassagne ? Je vais porter plainte pour faux témoignage ! On s'est engueulés, mais c'est lui qui a insulté ma famille, pas l'inverse. Et je n'ai proféré aucune menace.

— Eh bien, ça a l'air sympa l'ambiance dans votre bled. Cent quatre-vingts habitants et…

— Cent quatre-vingt-neuf, corrigea Léo. Il y a toujours eu des histoires entre certaines vieilles familles, comme partout ! Ça ne mène pas au meurtre.

— Parfois, si. Et si vous me racontiez pourquoi les Chassagne et les Peyrac se détestent autant, hein ?

— Aucune idée. Ça remonte à des siècles.

— Ah, ah... Vous ne savez plus pourquoi vous vous haïssez depuis tant d'années, mais vous continuez de le faire ?

— Comme dirait ma grand-mère, si on continue de le faire, c'est qu'il doit bien y avoir une raison ! conclut Léo Peyrac.

— Bien, bien, bien. Je ne vous dérangerai pas plus longtemps. Pour cette fois. Mais si j'étais vous, je me poserais quand même la question de savoir à quand remonte cette animosité villageoise. Parfois il vaut mieux crever un abcès que de le laisser suppurer.

Léo raccrocha brusquement le combiné. Abruti de gendarme prétentieux qui faisait des phrases et distribuait des conseils à la noix...

Il composa le numéro du lieutenant Dumazet mais apprit que celui-ci était en congé. Encore un, songea Léo. Après son adjointe partie en vacances, Dumazet... Comme si tout le monde le lâchait au moment critique. Après avoir tourné en rond dans son bureau comme un lion en cage, il se rappela qu'il s'était promis d'aller faire le point avec la société d'exploitation forestière. Il prévint Déborah de son absence, quitta la mairie, repassa chez lui récupérer sa voiture et prit la route menant au Vallon des Sapins Noirs.

Le bruit des tronçonneuses l'accueillit des centaines de mètres avant le chantier forestier. Sous le soleil d'août, le bois coupé dégageait une délicieuse odeur de résine chaude qu'il aurait appréciée en d'autres circonstances. Un camion équipé d'une sorte de pince géante occupait le centre de la clairière, c'était sur ce véhicule que l'on chargeait les troncs une fois ceux-ci abattus et ébranchés. Un des membres de l'équipe vint à sa rencontre.

— Léonard Peyrac, maire du Fagnet, se présenta Léo.

— Jean Mougy, je suis le chef d'équipe.

— Je voulais simplement m'assurer que tout se passait bien. Normalement le chantier prend fin aujourd'hui je crois ?

— Tout à fait. Nous avons exploité la parcelle que vous voyez ici.

Mougy désigna une longue trouée déboisée dans la forêt, sur le versant en face d'eux et qui descendait jusqu'au vallon. Puis il se tourna et montra l'autre versant.

— Et ici nous avons fait des coupes d'entretien, essentiellement du nettoyage d'arbres morts ou malades.

— Parfait, parfait.

Il sembla à Léo que Mougy le dévisageait avec une certaine curiosité.

— Il y a un problème ? demanda-t-il sèchement.

— Non, non pas du tout.

Voilà qu'il devenait parano à présent. Il tenta de sourire pour rattraper la situation mais sa crispation transforma le geste en un rictus.

— Eh bien, je vous laisse travailler. Bon courage.

Tandis qu'il reprenait le volant, Léo songeait aux paroles de Fournier : « Si j'étais vous, je me poserais quand même la question de savoir à quand remonte cette animosité villageoise ». Les termes étaient pompeux, mais assez justes sur le fond : Léo n'avait jamais posé de questions sur l'origine de cette guerre de clans. C'était un état de fait admis dans la famille, qu'on enseignait de génération en génération… Mais si cela le rendait suspect dans une affaire de meurtre, il serait peut-être bon d'éclaircir la situation. Et pour ce faire, il disposait de quelques éléments auxquels il avait accès en tant que maire...

De retour à la mairie, Léo se plongea dans l'épluchage minutieux des documents de l'état civil sur les cinquante dernières années, ainsi que sur quelques éléments du cadastre et divers actes. Les Peyrac et les Chassagne se partageaient les plus belles terres de la vallée, mais cela il le savait depuis longtemps. Son propre père, actuellement en clinique à Clermont-Ferrand pour les suites d'une infection pulmonaire qui l'avait sérieusement affaibli, possédait de nombreux pâturages, qu'il louait pour la plupart. Quant à sa mère, décédée d'un cancer deux ans plus tôt, elle n'était pas originaire de la vallée. Du côté paternel, il avait également eu un oncle, mort depuis une décennie, et une tante qui s'était installée à Toulouse (drôle d'idée !).

Léo se concentra sur les éléments d'état civil plus récents, il étudia notamment ceux relatifs à la génération des Chassagne qu'il connaissait : le père de ses deux rivaux, Gérard Chassagne, était décédé en 1982. Léo, venu au monde deux ans plus tard, ne l'avait pas connu. Il se rappelait que les enfants Chassagne, Thomas et Matthieu, avaient été élevés par leur mère et leur oncle. Aujourd'hui leur mère vivait plus bas dans la vallée, dans un village du nom du Bouralou, et leur oncle avait ouvert un hôtel-restaurant panoramique sur les crêtes.

D'après son acte de naissance, Thomas était né en avril 1979, au Fagnet. Sans doute sa mère avait-elle fait appel à une sage-femme pour un accouchement à domicile. L'acte de naissance de Matthieu, lui, faisait défaut. Bizarre... N'était-il donc pas né au Fagnet ? Mais après tout, sa mère avait très bien pu se rendre à l'hôpital d'Aurillac pour accoucher de son deuxième enfant. L'acte de naissance devait donc être conservé à Aurillac.

Désireux de confirmer son hypothèse, Léo fouilla ensuite les listes électorales afin de connaître le lieu de naissance de Matthieu. Ce dernier était bien venu au monde à Aurillac, mais ce fut la date de naissance qui retint l'attention de Léo. Matthieu Chassagne était né en juin 1983. Tiens… Juste après la mort de son père, donc ? Léo revérifia les dates. L'acte de décès du père Gérard Chassagne portait la date de juillet 1982 et la mention « décès par accident ». Comment un fils aurait-il pu naître onze mois plus tard ? Une seule explication : Matthieu était le fils de quelqu'un d'autre. Mais de qui ? Voilà qui pouvait peut-être constituer une piste pour expliquer le crime. Fermement décidé à en savoir davantage, Léo décida de s'adresser à la seule personne qui détenait forcément des informations à ce sujet, la Mumu.

Il la trouva chez elle, dans sa petite bicoque à l'entrée du village qui paraissait devoir s'effondrer au prochain coup de vent. À l'origine, le bâtiment était une extension d'une vieille maison en pierres à laquelle il devait servir de remise. Lors d'un violent incendie, ladite demeure avait été détruite en grande partie, à l'exception de cette annexe. Les propriétaires n'avaient pas jugé bon de faire des travaux et ce qui n'avait pas été détruit par les flammes avait succombé aux outrages du temps et des éléments : il ne restait plus que quelques pans de murs et aussi, le long de l'un d'eux, la bicoque qui était devenue la maisonnette de la Mumu pour ses vieux jours. À la mort de son mari, la vieille dame avait laissé la maison familiale, qu'elle jugeait « trop grande », à ses petits-enfants. Ernest et Léonard s'étaient mis d'accord et, tout en restant tous deux copropriétaires, c'était Ernest qui avait repris la maison pour y monter un bar-restaurant, tout en habitant à l'étage avec sa compagne et leur fille. Léo, lui, avait acheté sa petite maison en partie avec les gains du restaurant que son frère lui reversait.

La porte d'entrée de chez la Mumu grinça dans un couinement sinistre quand Léo tenta de la refermer derrière lui. À plusieurs reprises, son père, son frère Ernest et lui-même avaient proposé à la vieille dame de faire des travaux, mais elle avait toujours refusé avec obstination.

— Tiens, Léonard ! s'exclama-t-elle en voyant entrer son petit-fils.

— Bonjour Mumu. Je ne te dérange pas ?

La vieille haussa les épaules. S'il était arrivé à dix-huit heures trente, l'heure de préparation de la soupe qui lui constituait deux repas de suite, bien entendu qu'il l'aurait dérangée. Mais Léonard connaissait les habitudes de sa grand-mère et jamais il n'aurait fait cela.

— Assieds-toi, décida-t-elle en lui désignant une chaise près de la porte qu'elle rouvrit.

— Tu ne fermes pas la porte ?

— Pourquoi ? Il fait pas froid et comme ça pas besoin d'allumer la lumière !

La Mumu avait ses incurables manies et surtout un sens certain de l'économie. Il fallait dire que les minuscules fenêtres de sa maisonnette ne laissaient pas passer beaucoup de lumière, même par un temps ensoleillé comme ce jour-là. Plutôt que d'utiliser l'électricité, elle avait opté pour la solution de laisser la porte ouverte dès que le temps le permettait.

— Tu as entendu parler de ce qui s'est passé à la cascade du Corbeau ? commença Léo tandis que sa grand-mère tirait un tabouret en face de lui et s'y installait.

Elle n'avait pas la télévision, mais son réseau d'informateurs dans le village faisait d'elle la personne la plus rapidement informée de la vallée.

— Ernest m'a dit. Cet imbécile de Chassagne qu'on a tué avec un… un engin là, comme pour chasser les pigeons, pfff.

— Dis-moi, Mumu, à quand ça remonte les histoires entre les Chassagne et les Peyrac ?

— Bien avant que je vienne au monde, mon petit !

— Et c'est dû à quoi exactement ?

— J'en sais rien, peut-être bien une histoire de partage de terres, d'influence au sein du village. Ou des fiançailles rompues, les filles aussi ça crée des histoires.

— À ce propos, tu pourrais m'en dire plus au sujet de Matthieu Chassagne, par exemple comment c'est possible qu'il soit né onze mois après la mort de son père ?

Léo avait posé la question de manière abrupte, espérant prendre la vieille femme au dépourvu. Elle se racla la gorge.

— Faut pas déterrer tout ça, c'est vieux.

— Pas tant que ça, c'était un an avant ma naissance, corrigea Léo. Tu ne vas pas me dire que tu l'ignorais. Tu sais tout ce qui se passe ici.

— Bien sûr que je le savais.

— Tout le monde a dû voir que le gamin de madame Chassagne naissait un peu trop tard pour être le fils de son mari décédé, non ?

— Tu parles, cracha la vieille. Cette traînée est allée se cacher en ville, à Aurillac, pendant plus d'un an. Soi-disant que la vallée lui rappelait trop l'accident de tracteur qui avait tué son mari ! Quand elle est revenue avec son mioche, personne ne lui a demandé l'âge exact du petit.

— Alors comment se fait-il que toi tu sois au courant ? insista Léo.

— Ne déterre pas les vieilles histoires ! coupa la Mumu.

— Tu préfères que j'aille poser la question à madame Chassagne ?

La Mumu se tordit les mains. Léo se demanda pourquoi elle se mettait dans un état pareil pour une histoire qui, somme toute, ne concernait que la famille qu'elle détestait le plus dans ce village.

— Fais pas ça Léo ! C'est pas bon. Et ton père a besoin de repos, il a vraiment failli y passer avec cette maladie…

— Quel rapport avec Papa ?

En même temps qu'il terminait sa phrase, Léo comprit.

— C'est Papa le père de Matthieu ???

La Mumu renifla.

— Il faut que tu comprennes que c'était une période difficile pour tes parents. Ta mère, elle n'a jamais été de chez nous, elle s'ennuyait au village, elle allait tout le temps à la ville… Ton frère et toi n'étiez pas encore là, ça aussi, ça minait vos parents, de ne pas avoir de petits.

— Et Papa a eu une liaison avec Marie Chassagne ?

La Mumu soupira.

— Je lui ai dit que c'était une erreur de fauter comme ça. Mais c'était trop tard, la garce était enceinte.

— Et Maman, elle l'a su ?

— Quelque temps plus tard, oui. Elle a envisagé de partir, mais à ce moment elle s'est aperçue qu'elle était enceinte… C'était toi qu'elle attendait. Du coup, elle est restée. C'est la Marie Chassagne qui est partie à Aurillac, et à son retour, elle a élevé ses gosses avec l'aide de son frère. Ensuite, quand ils ont été assez grands pour se débrouiller, elle s'est installée plus bas, au Bouralou, mais ça tu le sais.

Léo se leva. Il n'imaginait même pas que son père, sa mère, et sa grand-mère, lui aient caché la situation pendant toutes ces années. Trente-cinq ans de mensonges… Et aujourd'hui le meurtre de Matthieu faisait remonter à la surface les vérités enfouies. Matthieu, son demi-frère, qui venait d'être tué…

— Ernest ne le sait pas non plus ? bredouilla Léo.

— Non ! Votre père voulait vous en parler, mais il se disait qu'il avait le temps. Avec la maladie qui l'a frappé récemment, il va peut-être se décider à le faire. Surtout qu'il avait l'intention de laisser un petit quelque chose à Matthieu dans son testament. Enfin, maintenant, c'est plus un problème, le Matthieu, il est mort.

Et cela lui donnait à lui, Léo, un excellent mobile de meurtre, songea le maire avec effroi. Devait-il en parler immédiatement à Fournier ? Celui-ci allait forcément découvrir le lien entre les Peyrac et les Chassagne, il suffirait qu'il consulte l'état civil et qu'il pose quelques questions… Pourquoi Dumazet était-il absent ? Tant pis, il allait demander son numéro de portable à la gendarmerie et le déranger pendant ses vacances.

— Et les Chassagne, Thomas et Matthieu, ils le savent ? articula péniblement Léo tout en réalisant qu'il devrait s'habituer à parler de Matthieu au passé.

— Aucune idée. Leur mère leur a peut-être dit. Peut-être pas.

Léo se leva et ressortit de chez sa grand-mère dans un état second.

Il traversait la place du village quand Fournier vint vers lui, tenant un sachet plastique transparent à la main. Absorbé par ses pensées, il ne le vit pas arriver.

— Monsieur Peyrac ? Ceci ne serait pas à vous par hasard ?

Léo leva les yeux. Le gendarme agitait le sac contenant un téléphone portable.

— Mon téléphone ! s'exclama-t-il naturellement avant de comprendre qu'il ne s'agissait pas d'une restitution sans contrepartie d'un objet trouvé.

— Vous l'aviez perdu où ?

— Aucune idée, je le cherche depuis plusieurs jours.

Léo tendit la main mais Fournier écarta le sachet et le plaça hors de sa portée.

— Monsieur Léonard Peyrac, vous êtes en état d'arrestation pour le meurtre de Matthieu Chassagne.

— Hein ?

Un homme équipé d'une caméra s'approcha derrière Fournier. C'était un comble, les journalistes étaient là pour filmer l'arrestation ! Léo imaginait déjà les gros titres : « Un maire arrêté pour le meurtre de son demi-frère caché », ça allait avoir du succès !

— Mais, pourquoi… Vous n'avez pas de preuve, s'étrangla Léo. Pourquoi m'accuser moi ?

— Un témoin vous a vu vers la Châtaigneraie le soir où le meurtre a été commis. Vous niez être allé là-bas ?

— C'était quand déjà ?

— Mercredi soir.

— Mercredi, mercredi… Oui, je suis allé voir l'avancée du chantier forestier, mais je n'ai vu personne ! Qui est ce témoin ?

— Peu importe.

Léo se rappela l'expression du chef de chantier, Mougy, qui paraissait le dévisager quand il l'avait rencontré. S'agissait-il de cet homme ?

— Et comment je l'aurais tué, je n'ai pas d'arc moi ! ajouta Léo en se raccrochant à tout ce qu'il pouvait.

— Vous l'avez volé chez les Le Guerzec la veille. On a retrouvé votre portable dans l'herbe devant la porte.

— Il sera tombé de ma poche quand vous m'avez demandé de vous rejoindre là-bas !

— Désolé, ça ne prend pas.

— Je serais allé cambrioler les Le Guerzec juste pour prendre un arc pour tuer Matthieu ? C'est… c'est ridicule !

— Non, ça signifie qu'il y a eu préméditation.

Léo vit la place du village tourner autour de lui. L'homme qui filmait abaissa sa caméra.

— Je peux aller m'asseoir, s'il vous plaît ? murmura Léo.

Fournier lui adressa un sourire presque cordial qui lui sembla très malvenu.

— Bien sûr.

Le maire se percha sur le rebord de la fontaine du village et s'efforça de rassembler ses esprits.

— Vous savez pour le fait que Matthieu était mon demi-frère ? murmura-t-il. Je viens juste de l'apprendre, je vous le jure. Ma grand-mère me l'a avoué tout à l'heure, mon père est aussi le sien. Mais je ne l'ai pas tué, ça non ! Même s'il faudra sans doute partager l'héritage à la mort de Papa, ni mon frère ni moi ne sommes assez vénaux pour commettre un crime.

Fournier fronça les sourcils. Les chances qu'il le croie étaient minimes, songea Léo. Il n'avait que sa parole pour prouver sa bonne foi. Mais peut-être le fait d'annoncer ce lien de parenté caché, avant que Fournier ne le découvre par lui-même au cours de l'enquête, jouerait-il en sa faveur.

— Je voudrais appeler un ami, il est gendarme à Aurillac, lui aussi, mais il est en vacances.

Fournier sortit un téléphone de sa poche et le lui tendit. Surpris par le geste, Léo murmura un remerciement et appela la gendarmerie qui, une fois qu'il se fut présenté, lui transmit le numéro personnel de Dumazet.

— Allô, Hervé ? articula péniblement Léo Peyrac. C'est Léo. Léo Peyrac.

— Salut mon vieux !

— Désolé de te déranger mais… J'ai un gros souci.

— Ouais, les glaces hein, j'ai vu l'article sur Internet. Une feuille de chou a décidé de mettre ça en avant pour démontrer la dangerosité des produits dits artisanaux, bah, tu peux être sûr qu'il y a un grand groupe industriel derrière qui essaie de démolir la réputation des produits locaux. Ne te prends pas la tête et dis à ton frangin de ne pas s'en faire. Il va sûrement y avoir un petit contrôle à la ferme qui produit les glaces, mais je suis sûr qu'on ne trouvera rien.

— Non, c'est pas ça. Il s'agit du meurtre.

— Quel meurtre ?

— Tu as vu l'article sur les glaces mais pas les articles sur le meurtre de la cascade ?

— Je n'ai vu aucun article sur un meurtre au Fagnet… Tu me fais marcher là, dis donc ? Pas cool, je suis en vacances. D'ailleurs mes gosses me tannent pour aller à la piscine, je vais devoir te laisser.

— Attends, ils veulent m'arrêter pour le meurtre !

Un gloussement de Dumazet lui répondit.

— C'est ça, sacré Léo ! Petit farceur. Et qui c'est le vilain gendarme qui veut t'arrêter ?

— Le capitaine Fournier, il est de la gendarmerie d'Aurillac lui aussi.

— Bien essayé mais on n'a aucun Fournier à Aurillac ! Allez, je dois te laisser. À plus !

Léo se fit raccrocher au nez par un Dumazet rigolard qui trouvait cependant que son vieux copain abusait un brin. Il rendit le téléphone à Fournier qui s'était éloigné pour le laisser passer son appel. Au moins ne jugeait-on pas nécessaire de le menotter comme un danger public, songea Léo.

Au moment où le malheureux maire pensait avoir touché le fond, il vit alors la dernière personne capable d'empirer la situation se diriger vers lui : Thomas Chassagne. L'homme arborait un air particulièrement renfrogné et marchait droit sur Léo. Celui-ci leva les mains.

— Je te jure que je n'y suis pour rien, je n'ai pas touché à ton frère !

— Matthieu ? Qu'est-ce que tu lui as fait à Matthieu ?

— Je ne sais pas qui l'a tué mais ce n'est pas moi, c'est une erreur !

— T'as tué mon frère, espèce de salopard ?!

Avant de voir venir la menace et d'avoir la moindre chance de pouvoir esquiver le coup, Léo reçut un coup de poing en plein visage. Il vacilla et sentit son nez se mettre aussitôt à saigner.

— T'es malade ??

Fournier et deux autres hommes, certainement des gendarmes en civil, se précipitèrent.

— Du calme ! Oh, on se calme !

Mais Thomas semblait décidé à en découdre. Fournier tenta de le tirer en arrière tandis que celui qui avait tenu la caméra quelques instants auparavant s'interposait. C'était l'homme au crâne rasé qui était déjà présent sur la scène du cambriolage.

— Ils font semblant vous croyez ? demanda-t-il à Fournier.

— Je ne pense pas. Hein les gars, c'est pas de la comédie ?

— J'ai l'air de faire semblant ? rugit Chassagne en tentant de se libérer de l'étreinte de Fournier.

— Dommage qu'on ait coupé avant, ça aurait fait une bonne scène, ajouta le cameraman.

Une idée saugrenue, horrible, renversante, gagna l'esprit de Léo Peyrac. Il la mit tout d'abord sur le compte du coup qu'il venait de recevoir, puis demanda d'une voix rendue nasillarde par son nez cassé :

— Je crois que... Monsieur Fournier, vous n'êtes pas vraiment gendarme, n'est-ce pas ?

L'intéressé haussa les sourcils.

— Bien sûr que non, je suis acteur et accessoirement réalisateur du film.

— Quel film ? grogna Chassagne.

— Oh putain, gémit Léo. C'était du cinéma tout ça. Le crime, l'enquête, même le cambriolage ?

— Bien entendu. Mais vous étiez au courant, non ? La maire adjointe, qui a été notre interlocutrice pour le contrat de tournage, nous avait dit qu'elle vous avait transmis toutes les informations...

À cet instant, Léo Peyrac se demanda s'il n'allait pas vraiment commettre un meurtre sur la personne de Bertille Mougnac quand elle reviendrait de vacances. Elle avait dû trouver l'idée très amusante de tout préparer sans lui en toucher un seul mot. Et surtout sans lui dire qu'il serait acteur du film à son insu.

— Mon frère est pas mort alors ? réalisa Thomas Chassagne.

— Il est actuellement à la boulangerie, souligna Fournier. Je l'ai vu tout à l'heure.

— Et lui, il était au courant ? questionna Léo. Que c'était du cinéma je veux dire ?

— Bien sûr. Il va même toucher une petite rémunération pour le court passage du film dans lequel il apparaît... L'idée de départ, puisque vous semblez l'ignorer tous les deux, était de tourner un film mettant l'accent sur l'aspect local et réaliste. On a donc fait appel à des personnes du coin qui acceptaient de jouer leur propre rôle. Je vous ai d'ailleurs trouvé très naturel, monsieur le maire, c'est pourquoi j'ai cru que vous étiez au courant et que vous jouiez simplement très bien la comédie.

— Et le fait que je ne respectais pas le script ni les dialogues ne vous a pas étonné ? s'offusqua Léo.

— Il n'y a pas de script en fait. On a créé la trame du crime, puis on laissait une grande marge de manœuvre à chacun pour dire ou faire ce qui lui paraissait bien, il fallait que les gens soient naturels, c'est tout. On développait le scénario au fur et à mesure.

— Mon imbécile de frère n'a pas jugé bon de me prévenir qu'il jouait dans un film, grogna Thomas.

— Hormis les personnes qui devaient interpréter un rôle, leur rôle en l'occurrence, nous avions fait passer la consigne de ne pas communiquer sur notre méthode de tournage auprès des autres habitants. Une fois de plus, pour garder le côté naturel quand on filmait des scènes de rue par exemple.

— Qui était au courant ? questionna Léo.

— Eh bien, les Le Guerzec bien entendu, qui ont accepté de jouer leur propre rôle et nous ont prêté leur maison pour y simuler un cambriolage.

— Ce qui explique qu'ils soient arrivés si vite, tout était prévu, soupira Léo.

— Il y a aussi Déborah, votre secrétaire, poursuivit Fournier. Elle a vraiment été mauvaise lors de ses premières répliques, alors exceptionnellement, on a choisi de lui faire recommencer sa tirade.

Léo se rappelait parfaitement la fois où Déborah avait répété, dans le couloir de la mairie, exactement les mêmes mots que la veille.

— Mais quand Déborah a sorti son discours, personne ne filmait, s'étonna-t-il. C'était au sein de la mairie, je l'aurais vu si un cameraman s'était trouvé là !

Fournier parut légèrement embarrassé.

— Ah, vous n'avez pas lu cette partie du contrat on dirait… On a placé quelques caméras dans la mairie et sur la place du village pour filmer des scènes quotidiennes à intégrer au film. Toujours l'aspect réaliste vous comprenez…

— Vous m'avez filmé à mon insu dans ma propre mairie ?!

— C'est pas votre mairie, grogna Thomas Chassagne. Vous êtes élu pour un mandat, ensuite vous dégagez.

— Votre engueulade dans la rue nous a donné une excellente idée pour le développement de l'intrigue, c'était parfait, assura Fournier. De même que la perte de votre téléphone, sur le moment, j'ai cru que vous l'aviez laissé tomber exprès, je l'ai vu chuter.

— Et les gars de l'exploitation forestière, ils jouaient un rôle aussi ?

Léo éprouvait le besoin de tout savoir : cette fois, plus de secrets possibles.

— Non, ils étaient informés du tournage, mais ils n'étaient pas filmés. Par contre, quand Mougy est venu boire un verre hier chez Ernest, on a discuté et il m'a dit que vous étiez passé sur le chantier le mercredi soir… Ça le contrariait que le maire semble ne pas faire confiance à son équipe. Lui était retourné au chantier car un de ses gars avait laissé une tronçonneuse sur place, et il vous a vu. Je me suis dit que je pourrais transformer ça pour en faire un passage du film où un témoin vous aurait aperçu approchant du lieu du crime. Vous avez été parfait quand je vous ai dit que vous étiez soupçonné… En même temps, si vous avez cru que c'était vrai, je comprends mieux votre jeu si réaliste… Rien de tel que le naturel, je le dis toujours !

La moutarde commençait à monter au nez de Léo, au fur et à mesure que Fournier expliquait en toute simplicité qu'il était passé pour un con et que Fournier trouvait ça génial.

— Et pour les conversations téléphoniques, quand vous m'appeliez à la mairie pour me poser des questions ? questionna Léo.

— Eh bien de mon côté j'étais sur haut-parleur et la scène était filmée dans mon bureau de faux capitaine de gendarmerie…

Ce fut le moment que choisit Matthieu Chassagne pour sortir de la boulangerie et rejoindre l'équipe regroupée sur la place. Son frère lui tapa dans le dos.

— Sacré cachottier ! Tu aurais pu m'en parler quand même que tu jouais les acteurs !

— Je comptais le faire après, avoua Matthieu, l'air un peu gêné. C'est plutôt bien payé en plus pour le peu de travail que ça demande.

Léo en profita pour constater que les deux frères, en effet, ne se ressemblaient guère physiquement. Comme si Fournier lisait dans ses pensées, il reprit :

— Là où je me suis posé des questions, monsieur Peyrac, c'est quand vous avez commencé à me raconter cette histoire de demi-frère caché après que le cameraman eut cessé de filmer, je ne voyais pas trop la raison de jouer hors caméra. Puis, je me suis dit que vous répétiez ou que vous me suggériez une piste pour le scénario. Matthieu Chassagne, le fils de la famille ennemie des Peyrac, qui est en réalité le fils caché de votre père, donc votre demi-frère, c'est très bon ça. Je pense qu'on va le garder dans le scénario.

Les Chassagne fixèrent Léo et Fournier avec suspicion. Ce dernier se racla la gorge, soudain embarrassé :

— Mais, euh… Du coup, monsieur Peyrac, si vous pensiez avoir affaire à un vrai gendarme, alors euh… Ce que vous m'avez dit, ce n'était pas inventé, hein ?

— C'est quoi cette histoire ? grogna Thomas Chassagne en regardant alternativement Matthieu et Léo. Demi-frères ?

En voyant les regards chargés d'animosité qu'échangèrent les trois hommes, l'acteur-réalisateur Fournier préféra reculer de quelques pas. Le cameraman au crâne rasé lui chuchota à l'oreille :

— Je fais quoi là, je filme ?

— Bah… Vas-y, on ne sait jamais, ça pourra servir pour le film.

Mystérieuses disparitions

Je m'étire de tout mon long, appréciant la douce caresse du soleil qui balaie mon corps. Des parfums fleuris flottent dans l'air. Une belle journée s'annonce. Belle à tous points de vue : le temps est clément, j'ai tout mon temps pour paresser à ma guise et, petit plus, Millie devrait passer me voir bientôt. Ah Millie... Sa silhouette longiligne de beauté noire aux mouvements souples et gracieux nous envoûte tous. Ajoutons à cela qu'elle possède une paire d'yeux verts magnifiques et qu'il semblerait qu'elle éprouve un certain intérêt pour ma personne... Si j'ai bien interprété les messages qu'elle m'a envoyés, nous devrions même conclure ce soir. Une belle journée, vous dis-je ! J'ai toujours eu un certain succès auprès du sexe opposé, certains diraient même que je suis un vrai coureur. Je ne me définis pas ainsi, je crois que je suis simplement sensible au charme des belles choses. Et puis, la vie est trop courte, faite de déceptions, de trahisons et de deuils, alors j'ai fait de la maxime « vivons l'instant présent » la devise qui guide mes pas.

Une voiture passe à toute vitesse devant moi, me sortant de ma rêverie. J'étais trop près de la route, bien trop près. Le véhicule a frôlé le trottoir. Encore un faiseur d'accidents en puissance, ce conducteur qui se croit le maître du monde au volant de son bolide. Je recule, par prudence, de quelques pas. Quand le soleil aura tourné, je quitterai cet emplacement privilégié pour regagner le grand hangar désaffecté qui se dresse derrière moi, vestige d'ateliers ferroviaires, et qui est aujourd'hui ma maison. Une maison que je partage avec d'autres marginaux. Je n'apprécie guère ce terme d'ailleurs, pour moi je suis avant tout un amoureux de la liberté, un être indépendant qui ne se soumet à aucune autorité et ne subit aucune entrave. J'ai choisi ma condition : jadis, j'ai eu une vie rangée que j'ai quittée par choix. Évidemment, ce mode d'existence a un prix : une espérance de vie réduite, des périodes compliquées où j'ai du mal à me nourrir correctement, la violence de la rue et l'incertitude du lendemain. Tout incident de santé qui paraîtrait bénin à tant d'entre nous devient rapidement dramatique, l'accès aux soins étant fort limité. On peut toujours compter sur des bénévoles qui arpentent les rues, à la recherche d'êtres à secourir, mais même eux, je m'en méfie… Je vous dirai pourquoi plus tard, là j'aperçois mon pote Bob qui traverse la route et me fait signe qu'il m'a vu.

Il me rejoint en boitillant légèrement, une vieille blessure mal soignée le fait souffrir ; comme je le disais, dans la rue, la vie n'est pas rose. Malgré cela, Bob est comme moi, heureux d'être libre, même si, contrairement à moi, il n'a jamais connu autre chose. Après les salutations d'usage et quelques échanges amicaux, je lui fais comprendre que j'attends quelqu'un et que je vais devoir le laisser, ou plutôt qu'il va devoir me laisser. Bob a bon caractère, et je suis à peu près certain qu'il a deviné de qui il s'agit. Millie est inaccessible pour lui, mais j'ai vu à sa manière de la regarder qu'il aurait bien tenté sa chance à une autre époque. Je m'étire de nouveau, vérifie mon aspect : pour mon âge, je suis plutôt en forme et je fais mon petit effet quand je me donne la peine de prendre un peu soin de moi, ce qui n'arrive pas tous les jours, je l'avoue. J'écarte d'un mouvement rageur un insecte qui cherche à se poser sur moi. Millie ne devrait pas tarder.

J'ai attendu bien après la tombée de la nuit, en vain. Elle m'a fait faux bond. D'accord, avec les filles on ne peut jamais savoir, mais là, j'étais sûr de mon coup ! Rien qu'à voir la manière dont elle me regardait, je sentais que c'était gagné, que je lui plaisais vraiment. Tout le monde peut se tromper, même un vieux routard dans mon genre qui a connu d'autres Millie, des filles de toutes les couleurs. Je regagne mon abri dans le hangar désaffecté pour dormir un peu, j'ai de gros besoins de sommeil en prenant de l'âge et cette pimbêche m'a fait perdre mon temps à l'attendre. Bon, j'exagère parce que je suis en colère, Millie n'est pas une pimbêche, pas comme Tina, par exemple… Elle, quand elle circule dans le quartier, elle marche la tête haute, le regard droit devant elle et elle s'efforce de ne jamais répondre aux interjections, parfois un peu lourdes, il est vrai, de mes compagnons de rue. Pas un regard, pas un signe quelconque qui laisseraient penser qu'elle sait que nous existons. Elle vit dans son monde, nous dans le nôtre, et nous avons bien compris qu'il n'y a pas de mélange possible. C'est sur ces pensées un brin moroses que j'entame ma petite pause sommeil.

Je suis réveillé au milieu de la nuit ; il y a du bruit dans le hangar, des cris. Je reconnais la voix du Boss, un de mes colocataires.

Quand je dis colocataire, attention, n'allez pas imaginer que je vis au sein d'une communauté fusionnelle ! Nous avons chacun notre espace. Nous cohabitons, mais chacun a besoin de sa liberté, ce n'est pas un clapier non plus. Pour ma part, j'ai un endroit à moi dans la partie supérieure du bâtiment, où je peux accéder soit par un vieil escalier intérieur, soit par quelques mouvements d'escalade sur la façade. Je ne dirais pas que c'est confortable, mais ça me suffit : un plancher poussiéreux, pas trop de courants d'air et une toiture en assez bon état protégeant de la pluie et de la neige. Quatre ou cinq autres marginaux occupent le reste du bâtiment, certains régulièrement, d'autres ne sont que de passage. Nous y sommes en général tranquilles, mais parfois il y a des intrusions et cela semble être le cas cette nuit.

Je passe la tête en haut de l'escalier qui dessert mon petit chez-moi. J'aperçois le Boss qui se faufile entre les interstices de l'une des parois extérieures disjointes. Il va gérer le problème, le Boss est doué pour ça, d'où son surnom. Même s'il n'y a pas de véritable hiérarchie au sein du groupe de colocataires, certains se mettent plus en retrait que d'autres. Le Boss, lui, est toujours le premier à pointer son nez. Il a un physique athlétique et un caractère aigri qui lui a valu pas mal de bagarres dans sa carrière, en témoignent ses multiples cicatrices. Un vrai baroudeur, un dur. Je ne lui cherche pas de crosses et il me laisse tranquille. Mais si un rôdeur s'est arrogé le droit de venir squatter chez nous, mauvaise idée, le Boss va mettre les choses au clair.

Je retourne donc me coucher en me recroquevillant, car la nuit est un peu froide. Un tapis ou un canapé ne seraient pas du luxe. Ah, un canapé, le seul que j'aie jamais connu était dans une décharge ; je l'ai occupé quelque temps et il a fini par disparaître, embarqué par des marginaux d'une autre sorte. Je finis par retrouver un peu de chaleur, le sommeil me reprend et je rêve de Millie. Pourquoi donc n'est-elle pas venue au rendez-vous ?

Ce sont des cris aigus qui me tirent du sommeil alors que le jour est levé. Je vais finir par être complètement décalé, moi qui suis un vrai noctambule, voilà que je vais devoir émerger le matin, à une heure qui est pour moi celle du coucher ! Cette fois, cependant, les cris sont différents de ceux de la veille, ils ne m'évoquent pas une bagarre, mais plutôt… Je passe de nouveau la tête en haut de l'escalier. C'est bien ce que je pensais, le Boss et Gigi sont en pleins ébats… Gigi est une des squatteuses du hangar, elle aussi. Elle est beaucoup moins jolie que Millie, plus grassouillette et avec un physique assez passe-partout. Par contre, elle est très accessible, si vous voyez ce que je veux dire… Et ce matin, c'est le Boss qui en profite. Je les laisse à leurs batifolages, j'ai bien compris que les plaisirs de la chair ne seraient pas pour moi dans les jours à venir.

J'ai quitté mon chez-moi dans la matinée pour aller aux nouvelles concernant Millie, tenaillé par un mauvais pressentiment. Un accident est vite arrivé et, même si elle n'est pas vraiment une marginale, personne n'est à l'abri de faire une mauvaise rencontre. Sur la place où se tient le marché les jours consacrés, aucune trace de ma belle prétendante, qui pourtant apprécie de vadrouiller par là. Mais j'aperçois une vieille connaissance, Scott. Nous échangeons de brèves salutations. Une fois de plus, j'admire l'élégance de ce jeune gars, toujours soigné et pomponné. Il porte aujourd'hui une petite chaîne brillante autour du cou. Même s'il ne vit pas dans la rue, Scott aime bien traîner dehors et il n'est pas hautain pour deux sous. Malheureusement, lui non plus n'a pas vu Millie, et il n'a détecté aucune trace d'elle. Ça devient inquiétant. Il y a déjà eu des disparitions dans le quartier, si je me souviens bien. Est-ce que ça recommencerait ? Je refuse d'y croire.

En attendant, pas question de se laisser abattre : « vivre au jour le jour et profiter de l'instant présent », c'est la seule philosophie qui me semble sensée. Scott, gourmand comme à son habitude, m'accompagne jusqu'à un endroit où nous allons pouvoir nous restaurer un peu : derrière un conteneur, des ordures en tous genres s'entassent. Les gens de ma condition ne font pas les difficiles, si on veut trouver du comestible, il faut chercher. Par bonheur, la société de consommation se montre généreuse pour nous... C'est incroyable la quantité de nourriture que les gens jettent ! Scott farfouille de son côté, moi du mien. J'écarte un carton contenant des restes de pizza et j'aperçois quelque chose se faufiler sous les détritus. Au même moment, Scott relève la tête, et me nargue avec sa trouvaille : un sandwich au jambon à peine entamé, encore à moitié dans son emballage. Je m'en fiche, j'ai mieux. J'écarte deux ou trois papiers sales et je l'aperçois, la coquine, qui espérait disparaître... C'est une musaraigne, un tout petit rongeur au museau pointu. Beaucoup de personnes crient en voyant une bestiole de ce genre. Pas moi. Je me contente de prendre mon élan, lui bondir dessus et lui briser la nuque. Puis je plonge mes dents dans son petit corps encore tiède. C'est largement meilleur qu'un sandwich au jambon !

***

Plus d'une semaine s'est écoulée depuis la disparition de Millie et j'ai reconnu sa photo sur des affiches collées sur des poteaux. Au fil du temps, j'ai compris que ces affiches fleurissaient en ville quand l'un des nôtres disparaissait. L'humaine chez qui Millie vivait a accroché ces petits papiers et c'est mauvais signe. Elle aurait mieux fait de s'occuper un peu plus de ma copine quand elle l'avait chez elle : un jour sur deux la pauvre Millie devait dormir dehors car elle trouvait porte close en rentrant. Et pour la nourriture, d'après ce que j'ai compris, ce n'était pas Byzance. Exactement le genre de situation qui me conforte dans l'idée que je passerai ce qui me reste de vie dans la rue, et c'est tant mieux. Au moins, je n'attends rien de personne.

J'ai beaucoup réfléchi ces derniers temps et je me dis que la disparition de Millie n'est vraiment pas nette. Si elle avait été renversée, quelqu'un aurait bien vu le corps. Les nouvelles vont vite dans la rue. J'ai fait le tour du quartier et je n'ai trouvé son odeur nulle part, exactement comme si elle s'était volatilisée. Je me suis décidé à mener ma petite enquête, j'ai besoin de savoir ce qui est arrivé à la belle féline. Je ne suis pas spécialement sentimental, mais je dois reconnaître que Millie avait un petit quelque chose en plus que je n'ai pas souvent trouvé chez les chattes. Un charme particulier, un magnétisme, dirais-je.

Alors que j'erre devant la maison où habitait celle qui aurait pu devenir la mère de mes enfants, en quête de traces olfactives ou autres, j'entends quelqu'un s'adresser à moi :

« Tigrou ! »

Comment je sais que c'est à moi qu'il parle, alors que personne ne s'est jamais donné la peine de me donner un nom ? Eh bien, parce que l'humain en question, je le connais depuis quelques mois. Il habite dans une maison voisine de celle de Millie. Il est grand, mince, plutôt souple dans ses mouvements, et il s'adresse toujours à moi comme ça. Je crois qu'il m'aime bien : dès qu'il me voit, il s'arrête, essaie de s'approcher, me parle… Évidemment, je ne l'ai jamais laissé me toucher ; si je subis les inconvénients de la vie sauvage, autant en retirer aussi les avantages ; et pour moi, l'avantage principal, c'est de ne pas avoir à se faire tripoter comme un jouet d'enfant. Mais bon, je dois reconnaître que ce type (que j'associe au nom de Tigrou désormais) est plutôt sympa. Il me dépose même de petits restes de viande sur le rebord de sa fenêtre parfois.

Aujourd'hui, Tigrou l'humain s'approche doucement de moi et commence à me parler. Je ne comprends pas tout, les êtres comme lui discourent beaucoup trop pour transmettre des messages somme toute simples, mais son intonation est amicale. Je le fixe avec une légère suspicion, je reste un chat errant, ne l'oublions pas. Tigrou a compris, il n'essaie pas de me toucher. Et puis je vois sortir de la maison d'à côté la femme qui était censée s'occuper de Millie. Elle s'approche à grands pas et je m'apprête à m'éclipser : comme la plupart des miens, je n'aime pas les mouvements rapides ou bruyants que j'associe à une menace. Tigrou lui fait signe de ralentir pour ne pas m'effrayer et elle obtempère. Ensuite, elle commence à lui parler très vite. Là non plus, je ne saisis pas tout, les humains ont mis au point un langage très compliqué avec tout un tas de sons qui ne veulent pas dire grand-chose à mon sens. Je devine cependant à son expression corporelle qu'elle est anxieuse. Et elle communique manifestement sa peur à Tigrou qui se met lui aussi à dégager des ondes négatives. Ils me regardent à plusieurs reprises et j'espère bien qu'ils ne parlent pas de moi. Mais j'imagine que cette femme indigne s'inquiète pour Millie. Quoique, étant donné le délai écoulé depuis sa disparition, elle ferait mieux de faire son deuil. Je suis lucide, ma copine n'est certainement plus de ce monde.

Un troisième humain vient se joindre aux deux précédents, il tient une feuille à la main sur laquelle on peut voir l'image d'un autre de mes congénères. Je ne le connaissais pas. Je comprends toutefois qu'un autre chat a disparu, un tigré, comme moi. Millie était noire comme une panthère. Quel point commun entre nous ? Je rassemble mes souvenirs et il me revient qu'une autre affichette a été placardée quelque temps plus tôt dans une rue voisine, une affichette avec la photo d'un énorme Chartreux. Je sais que les chats qui ont la malchance d'être noirs enregistrent un plus fort taux de disparition à certaines périodes de l'année, des humains complètement tarés en seraient la cause. Mais nous ne sommes pas à cette période. Et sur les trois disparus, seule Millie était noire.

Je sens soudain quelque chose effleurer mon dos et je sursaute, je me suis laissé surprendre ! C'est la preuve que je vieillis… ou que je suis vraiment très préoccupé. La chose n'était autre que la main de Tigrou : je lui lance un regard mauvais tout en reculant et il la retire aussitôt. Il affiche toujours une expression pacifique, quoiqu'un peu inquiète. Je m'éloigne de cette place, de ces humains avec lesquels je ne veux plus avoir affaire.

De retour au hangar, j'aperçois le Boss étendu de tout son long qui prend le soleil au pied d'un mur extérieur. Un peu plus loin, Gigi se roule par terre en se frottant la tête contre les gravillons. Elle pousse de petits couinements plutôt excitants. Encore en chaleur, notre Gigi… Mais c'est la nature. Mâles ou femelles, nous sommes tous soumis aux caprices de nos hormones, enfin, presque tous. Bob, par exemple, ne connaît plus ce problème. Jadis chat domestique, il a subi une visite chez le vétérinaire qui a modifié à vie sa virilité, le pauvre… Tout ça pour finalement être abandonné quand ses maîtres se sont séparés, c'était bien la peine ! Ce tourment m'a été épargné, les humains chez qui j'ai vécu à une période ne se sont jamais donné la peine de m'emmener chez un vétérinaire.

Je sais que certains des « sauveteurs » qui arpentent les rues du quartier font subir cette avanie aux chats qu'ils ramassent. Un des habitants de notre hangar, un gros chat qu'on surnomme le Blanc en raison de la couleur de son pelage, en a fait les frais : un soir qu'il fouillait les poubelles à la recherche de nourriture, il a été capturé dans un filet par une patrouille et emmené dans un bâtiment où il a été enfermé. Ensuite, il a beaucoup dormi et à son réveil eh bien… Les gens n'ont pas été méchants avec lui, ils l'ont même nourri avant de le relâcher, mais depuis le Blanc ne s'intéresse plus aux filles. Il a aussi pris du poids, lui qui était déjà plutôt grassouillet. Pour les femelles de notre espèce, c'est pareil, si elles tombent entre les mains des « ramasseurs » comme je les appelle, à leur retour, elles ne sont plus du tout intéressées par les mâles (même aussi séduisants que moi). Et pour ce que j'en sais, elles n'ont plus leurs chaleurs. Triste vie, soumise aux lubies de ces humains qui n'interviennent dans nos existences que pour en supprimer les rares plaisirs.

Tiens, justement, voici le Blanc qui rapplique, un oiseau mort entre les dents. Vu l'état du cadavre, il ne l'a pas tué lui-même, je dirais que le volatile est mort depuis plusieurs jours… Le Blanc file à l'étage du hangar, à l'opposé de l'endroit où je dors, pour déguster sa trouvaille en douce. Le sens du partage n'est pas très répandu dans notre espèce. Si tu veux un piaf, à toi de l'attraper. Bon, ça ne vaut pas pour les jeunes qui sont nourris et choyés par leur mère, au moins les premiers mois. Je me souviens quand Gigi a eu sa dernière portée, il y a de cela quelques mois déjà, il n'était possible à aucun de nous de s'approcher. Gigi était une vraie sauvage, prête à tuer pour défendre ses bébés. Cela n'a pas suffi hélas, sur ses trois enfants, un est mort quelques heures après être venu au monde, un autre a succombé quelques semaines plus tard, et le dernier n'a pas dépassé les deux mois : il a été renversé par une voiture alors qu'il s'aventurait sur la route, curieux de découvrir le monde, pendant que sa mère était à la chasse. C'est triste mais malheureusement assez banal. Gigi a eu un comportement un peu fou pendant quelques heures après la mort de ses petits, puis la vie a repris le dessus et elle est allée de l'avant, comme nous tous.

Maintenant que le Blanc a terminé son oiseau, il daigne rejoindre ses colocataires et vient vers moi. Rapidement, nous nous échangeons quelques nouvelles du quartier. J'apprends qu'un autre chat a disparu, un Siamois errant qui occupait un garage délabré sur un terrain vague, trois rues plus loin. Le Blanc semble inquiet et je dois reconnaître que je le suis aussi. Il me propose d'aller faire un tour dans ce secteur à la nuit tombée, histoire de comprendre ce qui s'y passe. Bien que nous ne soyons pas très doués pour les activités de groupe, la vie dans la rue nous amène parfois à collaborer. J'accepte, curieux de savoir ce que nous pourrions trouver.

Journal de Fabien, 14 mai

Pas de grandes nouveautés qui valent la peine d'être notées aujourd'hui. Ah si, j'ai vu le matou que j'ai surnommé Tigrou sur la place du marché. Toujours aussi sauvage, pourtant j'ai bien cru que j'allais parvenir à le caresser cette fois ! Enfin, quand on voit comment certains humains se comportent avec les animaux, il n'a peut-être pas tort de se méfier. Des chats disparaissent en ce moment, Florence, ma jolie voisine, a perdu sa Millie. Elle était bouleversée quand elle m'en a parlé, du coup je n'ai pas osé l'inviter comme j'ai envie de le faire depuis un moment déjà, l'instant ne s'y prêtait pas. C'est bizarre ces disparitions, au moins trois chats ont disparu de la circulation en quelques semaines, tous des ani-

maux du quartier. Je sais qu'au moment d'Halloween les chats noirs font les frais de quelques dingues qui se réclament de cultes obscurs et pratiquent le sacrifice d'animaux, mais ce n'est pas du tout la période. Et aucun des chats disparus n'a été retrouvé, même mort : ce ne sont donc pas des accidents liés à la circulation non plus. Des chiens errants s'en prendraient-ils aux chats du coin ? Ou des renards ?

J'espère que Tigrou n'en fera pas les frais. Je l'aime bien ce matou, il est vraiment très beau, même si un petit coup de brosse lui ferait le plus grand bien. Je vais mettre un peu de nourriture sur la fenêtre ce soir, on verra s'il passe. Je ne sais pas trop ce que j'espère avec lui, en fait. J'ignore tout de lui, depuis combien de temps il vit dehors, s'il a un jour eu un maître... De toute façon, je ne m'y connais pas trop en chats, je n'ai eu qu'un chien, et c'était il y a longtemps.

***

Il fait nuit quand nous nous mettons en route. Notre vision nocturne est largement suffisante pour nous diriger et observer ce qui nous entoure. D'après ce que j'ai pu constater, nous voyons mieux dans l'obscurité que d'autres espèces, à condition qu'il y ait quand même une petite luminosité. Nous pouvons également compter sur nos vibrisses, c'est-à-dire nos moustaches, véritables instruments de navigation, pour évaluer notre environnement.

En quelques minutes, grâce à notre parfaite connaissance des raccourcis, nous rejoignons le terrain vague où le Siamois avait pris ses quartiers. L'endroit est une sorte de grand champ envahi de mauvaises herbes et de petits buissons, un vrai bonheur pour la chasse, le Siamois avait bien choisi. Bien entendu il y a quelques détritus abandonnés là par ces humains dégoûtants. Au milieu du terrain se dresse un vieux garage, jadis desservi par un chemin en terre aujourd'hui grignoté par la végétation. L'endroit est lugubre.

Avec le Blanc, nous nous dirigeons vers la construction dont la silhouette cubique se détache sur le ciel nocturne. Nous sommes particulièrement attentifs aux marques olfactives diverses qui nous entourent. D'autres chats sont passés par ici et, comme je le pressentais, des rongeurs aussi. La truffe du Blanc s'agite alors qu'il est arrêté près d'une touffe de graminées. Vu sa gourmandise, il va sûrement chercher à se faire un petit casse-croûte au mulot. Je suis obligé de lui rappeler que nous sommes ici pour essayer de comprendre ce qui a pu arriver au Siamois et, par la même occasion, aux autres chats disparus. Si une menace plane sur les félins du quartier, nous sommes tous concernés.

Nous arrivons au garage, un bâtiment en planches qui a connu des jours meilleurs. Une bonne petite cachette néanmoins, où j'apprécierais de m'installer dans les temps à venir. Le Blanc en fait le tour tandis que je me glisse à l'intérieur sans difficulté entre deux planches disjointes. Rien de bien intéressant, hormis qu'il fait plutôt bon ici, plus chaud qu'à l'extérieur. Je trouve quelques poils et des traces olfactives qui me confirment qu'un chat a passé quelque temps ici. Il y a même mangé, puisque je découvre de petits os d'oiseaux et quelques plumes. Notre ami Siamois a dû se faire de bons festins dans son abri, le veinard. Enfin, veinard... Pas tant que ça.

Je ressors et je trouve le Blanc ramassé sur lui-même, prêt à sauter dans un buisson derrière le bâtiment. Il s'élance mais rate son coup, le mulot se faufile loin dans les feuillages et nous échappe. Je dis « nous » car finalement je n'aurais pas dit non à un petit rongeur. Tant pis. Je communique mes maigres trouvailles au

Blanc. De son côté, il n'a rien repéré, hormis une odeur dégoûtante qui n'a rien de naturel. Il m'indique l'endroit. Le sol est maculé d'un liquide gras et gluant que la terre n'a pas pu absorber complètement. En plus, ça pue. J'approche ma truffe à contrecœur. Non, cela ne me dit rien. Par contre, il y a autre chose sur le sol : des traces, les traces d'une voiture. Le Blanc m'explique qu'il a déjà senti cette odeur répugnante, pour lui, elle est associée aux voitures : il sait de quoi il parle, il a squatté les abords d'un garage de réparation de véhicules divers à une époque. Pour lui, la voiture qui était garée dans cet abri où vivait le Siamois a laissé ces traces, rien de plus. Sauf qu'il n'y avait pas de voiture dans ce garage, et à mon humble avis, c'était le cas depuis longtemps. J'aurais vu des marques au sol ou senti des odeurs. La voiture qui a laissé ces traces et ce liquide visqueux n'était pas dans le garage, elle est restée à l'extérieur. Pourquoi est-elle venue ici ? Est-ce lié à la disparition du Siamois ?

Je vois le Blanc qui se plaque soudain au sol. Encore un rongeur en vue, je suppose. Il va devoir arrêter avec son appétit démentiel, nous ne sommes pas ici pour ça… Puis je remarque sa queue agitée de soubresauts et les poils de son échine qui se hérissent : ce n'est pas la position de chasse. Je l'imite aussitôt, car le Blanc vient de prendre une posture indiquant un danger. Nous restons tapis tous les deux, à quelques mètres de distance. Un léger vent se lève, mélangeant les odeurs. J'ai encore la truffe emplie de cette saleté d'effluve de jus de voiture. Ce sont mes oreilles qui me permettent d'identifier la nature du danger qui arrive sur nous. Animal. Quadrupède. Mammifère. Chien !

Jaillissant au détour d'un buisson, un molosse surgit devant nous, à une dizaine de mètres à peine. Dans le noir, nous avons un léger avantage visuel sur ce prédateur. Heureusement, car nous ne pouvons espérer aucun secours. Pas de Boss ici pour mettre de l'ordre, d'ailleurs même le Boss, aussi teigneux soit-il, hésiterait face à un canidé de cette taille. Il fait près de dix fois la taille du Blanc, qui est plus gros que moi. Poil ras, babines tombantes, oreilles dressées, il dégage une agressivité manifeste. Rien à voir avec les petits chiens qui se baladent parfois dans le sac à main des humaines ou au bout d'une laisse minuscule et poussent de petits jappements quand ils me voient. Il suffit que je crache dans leur direction et ils prennent la fuite, ceux-là. Avec le monstre qui se tient devant moi, je n'essaierai pas l'intimidation. Je note qu'il n'a pas de collier, mais ça ne veut pas dire grand-chose. Certains chiens sont comme nous, des marginaux. D'autres vadrouillent en liberté même s'ils ont des maîtres. Les chiens en laisse ne me posent aucun problème : en deux sauts sur une voiture ou un mur, je me mets hors de leur portée. Parfois, même, les humains semblent chercher à les éloigner de nous. D'autres, au contraire, les excitent manifestement et les incitent à nous poursuivre. Il y a des crétins partout.

En attendant, le molosse s'est immobilisé, la truffe au vent. Tapis dans les herbes, le Blanc et moi essayons de nous rendre invisibles, en vain. Le chien nous a vus, il passe à l'attaque. Le Blanc s'enfuit dans une direction, moi dans une autre. Ce n'est pas mon jour, le molosse choisit de me suivre, moi. Je n'ai pas beaucoup d'avance, pour lui échapper je n'ai que deux options : entrer dans un endroit où il ne pourra pas me suivre, étant donné son volume, ou trouver un lieu en hauteur sur lequel il ne pourra pas sauter. J'ai laissé le garage derrière moi, dommage, j'aurais pu m'y faufiler.

Une silhouette décharnée apparaît devant moi. Un tronc, des branches… C'est un arbre. Je m'élance et plante mes griffes dans l'écorce, puis je me hisse à toute vitesse. L'arbre n'est pas bien haut, mais une fois au sommet, je pense être en sécurité. Le chien arrive sous mon perchoir et prend son élan. Dans un mouvement réflexe, je hérisse tous mes poils afin de paraître plus gros et je crache de toutes mes forces en émettant un grondement menaçant. Le prédateur n'est pas le moins du monde impressionné mais, fort heureusement, il ne parvient pas à atteindre ma branche. Par contre, je suis coincé dans cet arbre providentiel tant qu'il n'aura pas décidé de s'en aller. Et si c'est un marginal, il peut rester là longtemps. De la bave s'écoule le long de ses babines pendantes, il me répugne. Dire que j'aurais pu finir dans son estomac… J'ai une brève pensée pour le Blanc qui doit être en sécurité à l'heure actuelle, ayant largement eu le temps de quitter les lieux.

Finalement, mon attente n'est pas aussi longue que je le redoutais : moins de cinq minutes plus tard, le chien abandonne sa position et repart en trottinant vers le garage. Je me demande depuis quand il vient traîner par ici. S'il a croisé le chemin du Siamois, pas besoin de se demander où est passé ce chat… J'ai connu plusieurs cas d'attaques similaires, il est rare que l'on retrouve les restes de mes congénères quand ils tombent entre les canines de chiens. Parfois ceux-ci ne font que « jouer » avec, comme nous le faisons avec les souris, mais les conséquences sont fatales.

Je ne m'attarde pas dans cet endroit, il n'y a rien de bon pour moi ici. Je quitte mon arbre avec précaution. Par prudence, j'évite les espaces découverts et je me faufile dans les buissons jusqu'à l'extrémité du terrain vague. Ensuite, direction mon chez-moi.

À mon arrivée, Gigi est encore en pleine action, avec un de nos locataires temporaires cette fois. Un vieux chat noir famélique que l'on surnomme entre nous « le Vieux ». Pas dégoûtée la Gigi quand même… Elle va encore nous faire une portée multicolore, étant donné que les petits qui naissent ne sont pas forcément tous du même père. Gigi est grise et blanche, le Boss est roux, « le Vieux » est noir… Et je ne connais pas tous les partenaires de Gigi. Le résultat va être intéressant à observer. Mais pour le moment, priorité au sommeil : caser dix-huit heures consacrées à dormir dans une journée qui en compte vingt-quatre, c'est un challenge du quotidien. Aussi, je monte rapidement à l'étage et me couche en boule dans mon coin habituel. La truffe plongée sous mes pattes avant, je ne tarde pas à sombrer.

Le Blanc est rentré au petit matin seulement. Comme nous n'avons pas d'horaires fixes et que nous ne rendons de comptes à personne, aucun de nous ne s'est posé de questions sur son absence. Finalement, il n'a pas eu tant de chance que ça : je m'aperçois qu'il lui manque un morceau de queue. Le Blanc me raconte que, quand il s'est enfui au milieu du terrain vague, il s'est réfugié dans le garage. Il a attendu un petit moment et, n'entendant pas le chien, il a tenté une sortie. Le molosse était en embuscade un peu plus loin. Il a attaqué aussitôt. Le Blanc s'est de nouveau faufilé à l'intérieur du garage mais, à cause de son embonpoint, son arrière-train a eu du mal à passer. Le chien l'a attrapé par sa queue qui dépassait et il en a sectionné l'extrémité d'un coup de mâchoire. Le Blanc s'en sort bien. Il a perdu quelques centimètres de queue et pourrait avoir des complications si sa blessure ne cicatrise pas correctement, mais, si le chien l'avait attrapé au niveau des reins, mon colocataire ne serait plus de ce monde.

Le lendemain matin, il pleut et un vent tourbillonnant rugit à l'extérieur, tout ce que je déteste. J'imagine que ceux des nôtres qui partagent la maison d'un humain profitent de ce type de météo pour rester au chaud. Pour les chats libres et indépendants tels que moi, pas de répit possible : si je veux manger, je dois trouver ma pitance. C'est donc tenaillé par la faim que je brave les éléments et m'éloigne du hangar.

Je me rends sur la place du marché où j'espère glaner quelques aliments, tels que des têtes de poissons, des abats, des boyaux… Hélas, pas de marché aujourd'hui, donc pas de nourriture. Je me suis trompé de jour. Avec ce temps maussade, je ne peux pas compter non plus sur la présence de quelques lézards qui fourniraient un en-cas satisfaisant. Il ne me reste plus qu'à m'éloigner. Direction la sortie de notre petite ville, dans les champs alentour, je trouverai bien des mulots ou des oiseaux. La route est déserte, mais je préfère marcher dans le fossé. J'ai appris à me méfier des véhicules roulants à l'époque où j'étais à la ferme, le propriétaire ayant manqué de m'écraser, par inadvertance mais à plusieurs reprises, avec son lourd pick-up.

Un peu d'eau sourd au fond du fossé. Je m'arrête pour boire quelques gorgées. Je commence à avoir très faim. Au loin, au bord de la route, je distingue une charogne quelconque. Sans doute un animal moins averti que moi qui s'est fait renverser. La forme est celle d'un chat et soudain mon cœur s'accélère. Le pelage est roux, comme celui de Bob… Je hâte le pas, trop conscient de ce qui m'attend. C'est bien le corps de mon ami, du moins ce qu'il en reste, qui gît au bord de la chaussée, tel un pantin désarticulé. Il est dans un état pitoyable, ses viscères sortent de son abdomen, et du sang entoure sa tête qui repose sur le bitume. Salopard de conducteur… Un miaulement rauque s'échappe de ma gorge face à ce qui, pour beaucoup, n'est qu'un fait divers. Chat renversé par une voiture. Incident du quotidien. Pour moi, la perte d'un vieil ami. Pour Bob, la fin d'une vie où les humains auront décidément causé son malheur jusqu'à son trépas.

Un élément retient cependant mon attention. L'oreille gauche de Bob est sectionnée. Je dis bien sectionnée, pas arrachée ni écrasée, mais proprement coupée à la base. On distingue à peine la moitié du premier signe qu'on lui avait imprimé là, un procédé assez fréquent pour les chats domestiques. Je me demande bien d'ailleurs pourquoi les humains chez qui il vivait s'étaient donné la peine de faire cette marque, étant donné la manière dont ils l'ont abandonné par la suite… Oh ! Ils ne l'ont pas réellement jeté dehors, il s'est juste retrouvé livré à lui-même et quand il a rejoint la rue, personne ne s'est donné la peine de le chercher. Aujourd'hui, il gît, anonyme, petit tas d'os, de chair et poils, au bord d'une route, ignoré de tous, peut-être même du chauffard qui ne se sera pas aperçu qu'il avait percuté quelque chose. Je n'ai plus faim. Je renifle doucement le corps de mon pote. Avec sa patte handicapée, il n'a pas dû avoir le temps d'éviter la voiture. Pourtant Bob était un habitué de la rue, un vieux briscard qui en connaissait tous les dangers. La mort n'épargne aucun d'entre nous, pour certains elle vient simplement plus vite que pour d'autres.

***

Journal de Fabien, 17 mai

J'ai invité Florence à dîner, enfin. Elle est toujours triste à cause de la perte de Millie, mais on a pu discuter. C'est une chic fille. La conversation a beaucoup tourné autour des disparitions de chats et j'ai promis de créer un espace sur mon site Internet où les gens du voisinage qui ont perdu un animal pourront déposer leurs messages. Cela permettra d'échanger entre nous et de voir l'ampleur du problème, parce que j'ai bien l'impression qu'il ne s'agit pas d'incidents isolés. Florence parle déjà de monter une association pour lutter contre ces disparitions. À mon sens, c'est prématuré. On ne sait même pas si ces animaux n'ont tout simplement pas été écrasés ou s'ils n'ont pas fugué. Je crois qu'elle regrette d'avoir négligé sa chatte Millie les derniers temps. Il faut dire qu'elle en a hérité dans des circonstances un peu particulières : sa sœur avait offert ce chaton à ses deux enfants l'an dernier, mais il s'est avéré que la petite dernière souffrait d'une allergie aux poils de chat. La sœur de Florence l'a alors donné à une voisine, une vieille dame. Puis celle-ci a dû partir en maison de retraite et l'a rendu à la sœur de Flo. Impossible pour elle de garder Millie à cause de l'allergie de sa gamine, du coup, Florence l'a récupérée, un peu contrainte et forcée, en attendant de pouvoir lui trouver une famille. Sa sœur me paraît un peu légère quand même, il semblerait qu'elle n'avait même pas fait opérer Millie… D'ici que celle-ci se soit barrée avec un matou, il n'y a qu'un pas. Quoi qu'il en soit, Florence culpabilise et tente de se rattraper comme elle peut. De mon côté, je n'ai pas vu Tigrou ces temps-ci, ça m'inquiète un peu.

Deux jours que je ne sors pas du hangar, sauf pour faire mes besoins et pour boire un peu d'eau qui s'accumule dans un bidon éventré contre le mur de derrière. Après Millie, Bob. C'est un double coup dur. Aujourd'hui, le temps s'est remis au beau, il fait même un poil trop chaud. L'atmosphère est moite, les mouches s'acharnent sur les locataires du hangar.

Je prends sur moi et me rends en centre-ville. Au passage, je fais un petit saut sur le rebord de la fenêtre de Tigrou. Il est là, dans une jolie pièce bien meublée. Dès qu'il me voit, il entrouvre doucement la fenêtre. Je reste sur mes gardes. Il n'essaie pas de me toucher, mais s'absente et revient rapidement avec une assiette contenant des morceaux de jambon. Je dévore tout sous ses yeux, je suis affamé. Il me parle doucement, il semble heureux. Je doute d'en être la cause, je ne vois pas en quoi le fait qu'un chat affamé tape dans ses réserves le réjouirait. Le repas terminé, je m'éclipse sans demander mon reste.

Sur la place du marché, Scott est en vadrouille. Il attire bien des regards et semble prendre plaisir à se faire admirer. Il laisse facilement les passants le toucher, je ne le comprends pas. Il se méfie uniquement des enfants, ce qui est marqué au sceau du bon sens car ces petites créatures sont imprévisibles et peuvent facilement vous tirer la queue ou vous taper d'une seconde à l'autre. De l'autre côté de la place, Tina prend le soleil, étendue au pied d'une jardinière de fleurs. Elle me regarde avec ses yeux mi-clos, déesse inaccessible et fière de l'être.

Scott me rejoint et nous filons ensemble vers la poubelle la plus proche. La fouille des détritus devient l'occasion d'échanger quelques nouvelles. Il a appris pour Bob. Pire, il semble dire que Tina serait aussi au courant et même qu'elle se vanterait d'avoir été témoin de l'affaire. Comment cette pimbêche, qui est cloîtrée chez elle dès la nuit tombée, aurait-elle pu voir mon copain se faire renverser sur la route à l'extérieur de la ville ? Pour moi, elle se la raconte, c'est tout. Scott, moins remonté que moi à l'égard de Tina la pimbêche – peut-être parce qu'étant lui aussi un chat domestique, il est plus tolérant vis-à-vis de certains de ses traits de caractère –, m'incite à aller lui parler. Je connais Tina, si je veux obtenir quelque chose, ce ne sera pas gratuit.

Je trouve une sardine pas trop décomposée dans une boite métallique éventrée, je la prends doucement entre mes dents, puis je me dirige vers Tina, toujours étendue près de sa jardinière en béton. Elle me toise tandis que j'approche. Je dépose le poisson devant elle et recule de quelques pas ; le message est clair, même pour une idiote de chatte de luxe stérilisée. Elle cligne des yeux, comme si elle sondait mes intentions. Non ma belle, je n'ai pas envie d'une partie de pattes en l'air, je sais bien que depuis ton opération tu n'es pas intéressée par ces trucs-là… Juste un petit renseignement. Il semblerait que tu aies vu ce qui est arrivé à Bob ?

Tina a un petit reniflement dédaigneux en direction de la sardine. J'imagine que Madame mange du saumon ou du thon chez elle… Et bien frais encore. Mais ce sera ça ou rien. J'attendrai cinq minutes qu'elle se décide, puis je partirai. Elle se lance enfin. Apparemment, elle aurait tout vu de sa fenêtre la nuit où les faits ont eu lieu : Bob déambulait dans la rue quand une camionnette s'est arrêtée. Deux humains en sont descendus avec un filet, ont capturé Bob et l'ont jeté à l'arrière, puis ils ont démarré. Elle n'a pas vu la suite. Tout s'est déroulé en quelques instants, en pleine ville, à minuit passé. Mais alors, pourquoi et comment Bob s'est-il retrouvé au bord de la route, manifestement renversé par un véhicule ? Qui étaient ces hommes ? Des maraudeurs qui capturent les chats des rues pour les soigner et les castrer ? À ma connaissance, hormis la stérilisation forcée, ces gens ne font pas de mal aux chats qu'ils récupèrent. Je suis dubitatif et Tina n'apprécie pas. Elle se vexe. Si je ne la crois pas, je n'ai qu'à venir voir ce soir même, ces individus et leur véhicule sont déjà passés dans la rue devant chez elle, toujours à la même heure ou presque.

Avec un reniflement dégoûté à l'intention de la sardine déjà entourée de mouches, Tina s'éloigne de sa démarche de princesse du quartier. Si seulement elle, elle pouvait disparaître !

Je n'apprécie pas Tina mais, la nuit suivante, je me présente devant chez elle. Je sais qu'elle a une sorte de trou dans la porte qui lui permet d'entrer et de sortir à sa guise. Elle m'attend mais ne me laisse pas entrer ; pire, elle feule méchamment quand je fais mine de vouloir m'approcher. Quelle garce ! Si je veux voir passer la voiture, je devrai me terrer dans la haie qui borde son jardin et observer la rue de là, pas question de mettre une de mes pattes sales sur le carrelage de SA maison. Cette chatte est odieuse. J'en viens à croire qu'elle m'a baladé, qu'elle a inventé toute cette histoire juste pour m'humilier en me faisant passer la nuit dans sa haie. Mais puisque je suis venu jusqu'ici, autant voir ce qui va se passer. Si elle m'a menti, eh bien… Je ne suis pas très bagarreur de nature et je m'en prends rarement aux filles, mais pour elle, je ferai une exception. Ses sorties dans le quartier vont devenir un enfer, promis juré !

En attendant, je me poste dans la haie. Le terrain est légèrement surélevé par rapport à la route et j'ai un excellent point de vue sur le quartier. La nuit est tiède, douce, agréable. Tous mes sens sont en éveil et je m'apprête à rester des heures accroupi, aux aguets.

Mon attente n'est pas longue. Un véhicule de type camionnette passe au ralenti, je distingue des silhouettes humaines à l'intérieur. La vitre côté conducteur est baissée et j'aperçois un homme barbu au regard scrutateur qui examine la rue. Ça pourrait être n'importe quoi : des ferrailleurs, des membres de cette association qui récupère les chats des rues… Voire des cambrioleurs à la recherche d'une maison laissée vide par ses occupants partis en vacances. Bref, rien de sérieux. Décidément, la belle Tina va avoir des problèmes si elle m'a dérangé pour ça… La camionnette s'éloigne. Dans la nuit tiède, une odeur désagréable s'élève de la route. J'observe les alentours déserts, puis je me glisse discrètement hors de ma cachette. Je franchis le trottoir d'un bond et me retrouve sur la route, nez au sol. Ça pue. C'est la même odeur, associée à des traces visqueuses déposées sur le bitume, qu'on a sentie près du garage où le Siamois a disparu. Mais qui sont ces types ?

Un miaulement de rage retentit dans le silence de la nuit. Il n'est pas très fréquent que nous utilisions les miaulements pour communiquer entre nous, en général nous préférons la gestuelle, les odeurs, les marquages urinaires… Mais pour de grandes occasions, dans des cas de force majeure, les miaulements font partie du répertoire. En l'occurrence, le miaulement qui déchire le silence de la nuit exprime un mélange de colère et de peur, il se prolonge en un grondement menaçant. C'est le cri d'un chat face à une menace imminente. Avide de comprendre l'origine de cet appel, je me précipite dans la direction du miaulement, en prenant soin de toujours rester dans l'ombre des haies ou des arbustes qui bordent les jardins du quartier. La camionnette est arrêtée, stationnée à moitié sur le trottoir, à moitié sur la chaussée. Deux hommes se tiennent sur le trottoir, équipés de gants épais et d'un grand filet. Et dans le filet, Scott se débat comme un beau diable. Mais que fait-il ici à cette heure ? Je sais que son mode de vie est moins strict que celui de Tina, mais tout de même… L'un des hommes, à travers le filet, saisit Scott par la peau du cou. L'autre crie quelque chose, il semble énervé. Celui qui tient Scott le jette au sol, hors du piège, et crache par terre, puis il reprend le filet et le roule en boule. Je reste stupéfait tandis que Scott prend la fuite. Qu'est-ce que c'est que ce cirque ? Quel était le but de la manœuvre ?

Un des hommes regarde autour de lui. Bien que je sois tapi dans l'ombre d'un arbuste, il m'aperçoit car il fait un geste dans ma direction. Son acolyte déroule le filet et tous deux viennent dans ma direction. Je n'ai absolument pas l'intention de les attendre. Je fais demi-tour et saute le premier muret à ma portée, puis je passe d'un jardin à l'autre, déclenchant au passage quelques aboiements de chiens. La chance est de mon côté, à cette heure ils sont quasiment tous rentrés chez eux ou attachés à leurs niches, le risque d'une mauvaise rencontre est donc limité.

Je ne sais pas trop où je me trouve à présent, tant pis, je vais bien finir par repérer un élément, une odeur, qui me permettra de m'orienter. Au détour d'une cabane de jardin, une ombre se dessine devant moi. Quadrupède. De ma taille. La chose siffle et crache tout en se hérissant. Chat en colère. Un matou noir aux yeux d'émeraude me fixe avec animosité. Je tente l'apaisement en m'aplatissant et en clignant doucement des yeux, une manière d'établir pacifiquement le contact. Mais le gros chat n'est pas un amateur de paix et, de plus, je suis sur son territoire. L'affrontement est inévitable.

J'essaie d'éviter les combats rapprochés autant que je le peux, non pas que je sois froussard, mais les conséquences peuvent être dramatiques et l'enjeu en vaut rarement la peine. En l'occurrence, mon adversaire ne me laisse pas le choix : il se ramasse, puis tente un premier assaut que j'esquive assez facilement. Néanmoins, je suis fatigué par ma course effrénée et je sens que je vais avoir du mal à soutenir une bagarre. Deuxième assaut, j'esquive à nouveau tout en répondant d'un coup de griffe de ma patte avant droite qui entaille son oreille gauche. L'égratignure le rend fou de rage, il bondit sur moi et plante ses crocs dans mon épaule droite, me secouant pour me faire tomber au sol. Je résiste autant que possible, s'il me met sur le dos, il lui sera très facile de me mordre au ventre. Je me libère à coups de patte, mais la blessure est sérieuse, je sens le sang couler et la douleur est vive. Mais le combat n'est pas terminé. Le matou belliqueux revient à la charge et tente de me mordre à la gorge. Je lui balance un coup de griffe vers l'œil, hélas je rate ma cible. Je sens que je ne vais pas tenir bien longtemps. Doucement, tandis qu'il se recule pour prendre son élan, je fais marche arrière de quelques centimètres. Je m'enfuirais bien mais il court certainement plus vite que moi. Lorsqu'il bondit sur moi une nouvelle fois, je me laisse tomber sur le côté et je l'accueille avec mes quatre pattes tendues vers lui, toutes griffes dehors. Je lui laboure le ventre et les cuisses tandis qu'il me mord la tête. Notre lutte s'accompagne de grondements et de crachotements de haine. Il finit par relâcher sa prise et s'éloigne de quelques pas tout en me surveillant.

J'ai compris le message, si je quitte son territoire, il ne me poursuivra pas. Il a marqué sa domination, rappelé qu'il était le maître des lieux. Je m'éloigne doucement, sans prendre le temps de lécher le sang qui coule de ma patte blessée, tout en gardant un œil sur lui. Une fois ou deux, il fait mine de prendre son élan pour attaquer, je m'immobilise alors jusqu'à ce qu'il se relâche. Je gagne finalement la haie qui sépare cc jardin du voisin, je la franchis et là, j'accélère. J'entends l'autre qui s'est mis à courir aussi, histoire de me raccompagner aux limites de son territoire. Malgré ma patte douloureuse et l'épuisement, je cours comme jamais je n'ai couru. Je parviens même, je ne sais pas trop comment, à franchir un muret assez haut en m'accrochant aux pierres saillantes. Je commence à reconnaître les lieux, je ne suis pas très loin du hangar. Derrière moi, plus personne, seul le silence de la nuit m'accompagne. Je regagne mon abri en boitant.

***

Journal de Fabien, 20 mai

Le nombre de personnes ayant signalé la disparition d'un chat dans les villes environnantes a explosé sur ma page ! Cette fois, plus de doute, ce n'est pas naturel. Des rumeurs commencent à naître, certaines évoquent une secte dont les membres pratiqueraient les sacrifices d'animaux. Florence a pleuré en imaginant que sa Millie ait pu finir ainsi. Pour ma part, au vu du nombre de chats disparus de toutes races, toutes couleurs, tous sexes, tous âges, je trouve que le « kidnappeur » n'est guère sélectif. Ce qui me donne à penser qu'il pourrait s'agir de chiens errants ou de renards. S'ils emmènent les corps de ces pauvres chats dans les champs, aucune chance de les retrouver.

Avec les maîtres des chats disparus et quelques voisins qui se sentent concernés, nous avons fait une sorte de battue aux alentours, histoire de voir si on trouvait des cadavres, ou des pièges, nous avons même pensé à l'éventualité du poison, mais nous n'avons rien trouvé de semblable. Ces chats semblent s'être volatilisés, le mystère reste entier.

Certains propriétaires évoquent des enlèvements volontaires et s'attendent à recevoir des demandes de rançon mais, pour le moment, aucune demande de ce type n'a été formulée. Ça me paraît un peu tiré par les cheveux. J'ai contacté une association qui soigne et stérilise les chats errants, afin de leur signaler ces disparitions et d'avoir leur avis. Eux aussi ont noté qu'un certain nombre de chats qu'ils avaient l'habitude de voir lors des maraudes manquent à l'appel. Le « kidnappeur » s'en prendrait donc aussi bien aux animaux errants qu'aux animaux domestiques.

Des gamins affirment avoir vu une sorte de camionnette s'arrêter la nuit dans les rues et ils commencent à se monter la tête entre eux à l'école. Bientôt on va parler d'un homme en noir qui enlève indifféremment animaux et enfants sur le coup de minuit !

J'ai mal. Je suis enfermé dans ma partie de hangar depuis plusieurs jours. Je dis enfermé car je n'arrive plus à en sortir. Impossible pour moi de descendre l'escalier et encore moins d'emprunter l'accès extérieur le long du mur. La blessure s'est envenimée et c'est toute ma patte avant, de l'épaule aux coussinets, qui est terriblement gonflée. Malgré mes nombreux coups de langue, la plaie suppure. Je sais combien les dents et les griffes de mes congénères peuvent être porteuses de maladies, j'ai déjà connu des infections suite à des blessures, mais jamais aussi graves. Pour empirer les choses, la chaleur est devenue étouffante, il n'y a pas un brin d'air et pas trace de nuage dans le ciel non plus. Je ferais n'importe quoi pour une goutte d'eau. Tout à l'heure, le Boss a passé la tête en haut de l'escalier, j'ai lu dans son regard qu'il pensait que j'étais foutu.

Durant mes moments de somnolence fiévreuse, je vois Millie et Bob qui me déposent à manger. Millie et Bob… Et combien d'autres ? Le Siamois, le Chartreux… Est-ce ce camion qui les a ramassés, comme le dit Tina ? Millie a-t-elle été emmenée ? Où ? Et Bob, pourquoi l'avoir rejeté sur le bord de la route où il a succombé ? Et Scott, pourquoi l'avoir relâché ?

À la tombée de la nuit, de gros nuages s'amoncellent, promesses d'un orage bienfaisant. Je me traîne jusqu'à l'escalier, aux trois quarts mort de soif. J'ai la sensation que ma tête va exploser, une douleur me martèle le crâne sans interruption, à m'en donner la nausée. Une fois au bord de l'escalier, je me laisse glisser, ou plutôt je tombe jusqu'au rez-de-chaussée. Vacillant sur trois pattes, je gagne péniblement l'extérieur, le mur arrière et le bidon crevé qui contient toujours un peu d'eau. Sauf que ce soir, la chaleur aidant, il est désespérément vide. Je perds connaissance dans les herbes, à quelques centimètres de cet espoir tari.

C'est un grondement de tonnerre qui me tire de mon inconscience. Il est aussitôt suivi de la chute de gouttes de la taille de mes pattes. En moins d'une minute, je suis trempé. Qu'importe, même si je déteste la sensation de mes poils collés entre eux et à ma peau, le bidon se remplit doucement et je peux laper.

Après avoir bu, j'essaie de trouver une position à peu près confortable car je ne parviendrai pas à retourner à l'intérieur. Je commence doucement à ronronner, à la fois pour me rassurer et tenter de calmer la douleur. C'est un mécanisme qui nous permet d'exprimer le bien-être, mais aussi de gérer un stress ou une souffrance, en libérant dans notre organisme des phéromones bienfaisantes.

Je finis par me rendormir, plus ou moins abrité par le mur du hangar. Ma patte avant a triplé de volume, je n'arrive plus à la bouger, et la douleur dans ma tête n'a pas cessé. J'entends un bruit de moteur qui se mêle aux roulements du tonnerre. Je vois des humains, au nombre de trois, qui courent vers le hangar, enjambant les anciens rails recouverts de végétation. J'essaie de me faire le plus petit possible, en vain. Une humaine m'a vu, elle me montre du doigt. Elle porte des gants et un de ses acolytes tient un filet... C'est la fin. Je n'ai même pas la force de les mordre quand ils s'emparent de moi.

Je reprends connaissance lentement, je me sens comme assommé. De petits frémissements agitent mes pattes, ma langue va et vient toute seule entre mes dents par à-coups nerveux. J'ouvre les yeux. Je suis dans une cage. Un énorme bandage entoure ma patte blessée et je crois bien que j'en ai un autre sur la tête. La douleur est toujours vive mais ce n'est plus la même. Déjà, je n'ai plus l'impression que ma patte ou ma tête vont éclater. La souffrance qui me traverse, je la connais, c'est celle de blessures en train de cicatriser. Dans ma cage, un bol d'eau est vissé aux barreaux. Je me hisse et bois plusieurs gorgées. L'odeur de la pièce est infecte, un parfum chimique à vous donner la nausée. J'aperçois, au-delà de ma cage, d'autres prisons contenant des félins comme moi. C'est donc ainsi que finissent les Bob, Millie et autres chats de la rue ? Dans une cage ? Mais pourquoi ?

Une humaine entre dans la pièce et se dirige vers moi. Elle m'examine à travers les barreaux tandis que je recule au fond de ma prison. Elle semble posée et s'exprime d'une voix douce. Elle ne paraît pas hostile… Si ce n'est qu'elle m'a enfermé. Dès qu'elle pose sa main sur la porte qui clôt ma cage, je crache de toutes mes forces. Elle n'insiste pas et recule, se contentant de m'observer longuement, puis elle repart, m'abandonnant à ma séquestration.

Je tourne en rond dans ma minuscule geôle, tentant désespérément de trouver une issue. Pour un individu libre tel que moi, être enfermé ainsi constitue une torture. Une souffrance pire que la fois où, à l'époque où je vivais à la ferme, quelqu'un m'avait enfermé dans l'abri à bois. J'y avais passé la nuit, faisant mes griffes aussi bien sur les bûches que sur les parois de l'appentis. Un autre humain se présente, il entrouvre la porte de ma cage malgré mes crachotements qui se veulent menaçants mais qui le laissent de marbre. L'homme glisse une gamelle pleine de pâtée et referme la porte. J'attends qu'il se soit éloigné et je me rue sur cette nourriture si facilement obtenue, je suis affamé.

Sur le mur en face de moi, un gros Persan, enfermé lui aussi, me fixe sans aménité. Toute son expression physique transmet un unique message : s'il n'y avait pas ces grilles entre nous, tu serais un chat mort. Oui, mais il y a les grilles, mon gros pépère… Alors on se calme ! Nous sommes tous dans la même mouise, j'ai l'impression. Je ne parlerai pas de solidarité, je ne suis pas naïf, mais je ne crois pas que nos ennemis se trouvent derrière les barreaux de ces multiples prisons qui occupent la pièce. Dans celle qui est la plus proche de moi, l'occupante est une petite chatte de gouttière qui couine sans arrêt. Je poursuis mon repas sans lui prêter attention.

Après avoir mangé, je me sens mieux, plus détendu aussi. Je ne pense pas être en danger dans l'immédiat, j'essaie de m'assoupir, mais les pensées tournent en rond dans ma tête. Elles me ramènent toutes aux autres disparus. Quel point commun entre le gros Chartreux, le tigré qui me ressemblait un peu, Millie, le Siamois, Bob, Scott et moi ? Nous sommes tous des chats. Tous plus ou moins de la rue, Millie vivait dans une maison mais elle était livrée à elle-même. Scott était le seul à vivre avec des humains. Et il est le seul à en avoir réchappé. Mieux nourri, plus costaud, est-ce là la raison de sa survie ? Pour avoir été témoin de la scène, je peux jurer qu'il ne doit pas à sa vaillance le fait d'avoir échappé au filet. Les hommes l'ont volontairement relâché. Pourquoi lui ? Et Bob, s'est-il échappé ou a-t-il été libéré ? Sa mort par la suite ne serait-elle due qu'à un accident, sans aucun lien avec la tentative d'enlèvement ? Pourquoi lui avoir coupé l'oreille ? Les autres ont-ils subi les mêmes mutilations ? Je passe machinalement ma patte avant gauche au-dessus de mes oreilles, histoire de vérifier qu'elles sont bien en place, ce qui est le cas.

Je suis fatigué, je laisse le sommeil me gagner.

Quand je m'éveille, j'entends une voix qui m'est familière. Je redresse la tête. La porte de la pièce s'entrouvre et je reconnais la silhouette dont j'avais déjà identifié la voix. C'est Tigrou !

Il vient directement vers ma cage, l'humaine qui m'avait longuement observé le suit et ils discutent. Tigrou ne me quitte pas des yeux, il fait jouer ses doigts sur les barreaux de ma cage. Je suis sur mes gardes, mais je ne crache pas. Après un long échange avec la femme, celle-ci va chercher une autre cage, plus petite et opaque, et enfile des gants épais. Cette fois, je sens que je vais y passer. Je me recule au maximum, au fond de la cage, ne présentant à mes adversaires que mes crocs et mes griffes. Tigrou veut s'avancer mais la femme l'écarte, elle ouvre la porte de ma prison et s'empare de moi. Je mords sa main gantée de toutes mes forces. Inutilement, car elle ne semble pas sentir la douleur. Pourtant mes crocs sont redoutables, nombre de mulots et d'autres chats peuvent en témoigner. Mais cela ne semble pas la perturber, elle me fait glisser dans la cage plus petite que Tigrou maintient et referme la porte. À quoi rime cet échange de cellules ?

Je suis transporté à l'extérieur de la maison où j'ai été tenu prisonnier, c'est Tigrou qui porte ma cage et il ne cesse de me parler. Sa voix est harmonieuse, elle se veut rassurante. Mais je ne serai rassuré qu'une fois sorti de cette prison. Il dépose la cage dans une voiture et nous voyageons un court moment, avant que le véhicule ne s'arrête. De nouveau, Tigrou porte ma cage. Il ouvre une porte, je reconnais celle de sa maison. Il dépose ma prison voyageuse, referme soigneusement la porte de sa maison et ouvre la grille qui me sépare de la liberté. Dans un premier temps, je n'ose pas sortir. Je ne connais pas les lieux, les odeurs me sont étrangères, à tout moment je redoute de voir surgir un animal ou un homme. Tigrou continue de me parler, sans chercher à me faire sortir. Finalement, il s'absente et revient avec un bol d'eau et une assiette remplie de petits morceaux de viande pareils à ceux qu'il laisse parfois sur sa fenêtre. Il dépose le tout au sol, puis va s'asseoir dans un coin. Je résiste vingt minutes, mais Tigrou est un humain patient. Installé sur un siège, il me regarde, sans bouger. Au bout d'un certain temps, je passe la tête hors de ma cage, puis une patte – la valide –, l'autre… Finalement, je sors complètement, renifle le sol, observe l'environnement. Aucune menace en vue. Et une belle assiette qui semble m'attendre à quelques mètres seulement. Je me dirige vers elle en rampant, essayant de me faire le plus discret possible. Tigrou se contente de me regarder faire. Il est secoué d'un léger tremblement accompagné de petits gloussements quand je commence à avaler la viande, boire une gorgée d'eau, reprendre de la viande, de plus en plus vite. Il ne sait pas ce qu'est la faim ou quoi ?

***

Journal de Fabien, 25 mai

J'ai ramené Tigrou à la maison. Après plusieurs jours sans le voir, et avec toutes ces disparitions, j'ai contacté les cliniques vétérinaires et les associations d'aide aux chats errants pour savoir s'ils ne l'avaient pas vu. Il s'est avéré que si : Tigrou a été retrouvé, blessé et très mal en point, par une maraude de bénévoles. Ils l'ont conduit rapidement à la clinique vétérinaire. Je n'ai pas eu le droit de le voir tout de suite, mais j'ai expliqué que je le connaissais, qu'il semblait être un chat errant. J'ai dit que j'étais prêt à le prendre. La vétérinaire a été très gentille mais elle m'a mis en garde : selon elle, Tigrou présente les caractéristiques d'un chat haret, c'est-à-dire qu'il a vécu auprès d'humains en tant que chat domestique puis, livré à lui-même, il est retourné à l'état sauvage. De tels animaux sont impossibles à apprivoiser. Je lui ai aussitôt demandé si sa seule solution était de le piquer. Elle a secoué la tête : « Ni le piquer ni le remettre à la rue, même s'il est probable qu'il cherche à y retourner par tous les moyens. On ne fait pas ça ici. L'idéal serait une adoption, mais c'est impossible dans une famille avec d'autres animaux ou des enfants, ce chat pourra être agressif à tout moment. »

J'ai dit que cela ne me faisait pas peur. Je suis prêt à prendre Tigrou. Je n'ai pas d'enfants et, même si avec Florence nous nous sommes bien rapprochés, nous ne sommes pas du tout au stade des projets de famille !

Bref, j'ai signé les papiers et récupéré Tigrou : ça s'est fait vite car ils manquent de place au cabinet vétérinaire, j'ai assuré que je pourrai poursuivre son traitement d'antibiotiques et je dois le ramener dans quelques jours pour un examen de la cicatrisation de ses blessures. Ensuite, il faudra le faire stériliser, la vétérinaire a été ferme là-dessus et je suis d'accord. Trop de chats sont livrés à eux-mêmes dans la rue, ce n'est pas leur rendre service que de les laisser se multiplier. La vétérinaire n'a pas pu faire cette intervention plus tôt car, quand elle a récupéré Tigrou, il était très mal en point, extrêmement affaibli, l'équipe médicale a d'abord soigné ses blessures sous anesthésie, mais ils ont dû abréger car son cœur faiblissait. La stérilisation a donc été reportée.

La priorité, c'est qu'il recouvre la santé et, si possible, qu'il se laisse un peu apprivoiser.

Je dois reconnaître qu'après mon plantureux repas, je me suis faufilé derrière un meuble et j'ai dormi pendant longtemps. Il ne semble y avoir aucun danger en ces lieux, je baisse un petit peu ma garde. À mon réveil, Tigrou n'est plus dans la pièce. Je me lance donc dans une expédition de reconnaissance : c'est la première fois que je suis à l'intérieur d'une maison. Quand j'étais à la ferme, je vivais dehors, mon rayon d'action se limitait à la cour et à la grange où j'avais pour mission de chasser les rongeurs, animaux qui constituaient l'essentiel de mes repas.

Je prends le temps de me créer quelques repères visuels et olfactifs, puis je fais le tour de la pièce remplie de meubles. Je grimpe sur l'un d'eux, il est rembourré, c'est plutôt agréable. Comme un canapé, en plus petit. Ensuite, je m'approche de la fenêtre, juché en équilibre sur le haut du meuble rembourré, de là on voit très bien la rue. Je me demande si d'autres chats vont être victimes de ces hommes équipés d'un filet la nuit prochaine. Je descends ensuite pour explorer d'autres pièces. Il y a un couloir jalonné de portes des deux côtés. Je pousse doucement l'une d'elles. D'autres meubles, encore, dont une surface plane posée sur quatre pieds, jonchée de tissus et de couvertures, ça donne envie... Une chose, pourtant, attire soudain mon attention : une créature, installée dans une cage, qui pousse de petits cris. Je m'approche, curieux. Je n'ai jamais vu une bestiole pareille, c'est dodu, poilu, avec des taches de diverses couleurs, à peu près gros comme un chaton de deux mois... Je renifle la cage, comprenant qu'elle ne peut en sortir. Face à un animal inconnu, il y a deux questions à se poser pour un chat : est-ce un prédateur ? Manifestement pas. Est-ce une proie potentielle ? Là, il faudrait que je mette un coup de dents pour le savoir, ça ressemble à un rongeur quand même, dommage qu'il y ait ces barreaux...

La porte s'ouvre en grand derrière moi et Tigrou fait son apparition. Il s'approche en me parlant, je m'éloigne doucement de la cage. Cet humain un peu bizarre glisse deux doigts entre les barreaux et tapote la tête de la créature en répétant « Vanille ». Il faut croire qu'il a donné un nom à cette chose. Puis, il s'adresse à moi, toujours en reprenant le nom de Tigrou. Ça ne me plaît pas trop mais bon… Je le laisse s'approcher un peu. Il m'a nourri quand même, je pense pouvoir lui accorder une relative confiance. Il me tend ses doigts, main ouverte. Du bout de ma truffe, je les renifle. J'aime bien son odeur. Ensuite, il agite doucement ses doigts près de ma tête, jusqu'à effleurer mes poils. Ça me rappelle vaguement quand j'étais chaton et que ma mère me léchait. Ce n'est pas désagréable. Il touche doucement ma tête et me gratte très doucement entre les oreilles, au-dessus du pansement. Ouais, bon, il ne faudrait pas aller trop vite non plus, je ne suis pas « Vanille », je n'ai pas l'intention de finir en cage, ou avec une marque dans l'oreille, ou encore sans ma virilité… Ce qui est le lot commun pour ceux que les humains décident de garder auprès d'eux jusqu'à ce qu'ils s'en lassent.

Je m'éloigne donc, sans hâte car je ne me sens pas menacé. Tigrou, l'humain, me regarde avec bienveillance. Il dégage des ondes positives, comme si ce bref moment lui avait apporté du bien-être.

Je suis installé derrière le meuble où j'ai pris l'habitude de dormir depuis plusieurs jours. Tigrou, l'humain, me laisse faire, je dois reconnaître qu'il n'est pas directif du tout et c'est tant mieux. Je repasse en boucle les événements de ces derniers temps. Chats emmenés, jamais revus ensuite, ni morts ni vivants, sauf Bob, retrouvé mutilé et écrasé. Toutes races, mâles et femelles, tous âges… Beaucoup de chats errants, mais pas seulement puisque

Scott a failli être enlevé. Failli seulement. Ils l'ont relâché. Ces hommes cherchent quelque chose, mais quoi ? Un chat en particulier ?

Côté santé, je me sens beaucoup mieux et j'envisage de retourner au hangar où je vis ma vie de chat libre, même si cette maison offre un réel confort de vie. J'ai une assiette de nourriture à disposition en permanence, un bol d'eau, je ne suis pas exposé aux éléments et Tigrou me laisse mon autonomie sans toutefois m'autoriser à sortir, même si je lui ai bien fait comprendre que j'en éprouvais l'envie. J'ai pris l'habitude de faire mes besoins dans un coin du couloir, derrière un meuble. Au départ, Tigrou, quand il s'en apercevait, me déposait dans un bac contenant une sorte de sable, j'ignore pourquoi. Il a finalement abandonné et se contente de mettre des journaux au sol dans le coin où je me soulage. Même si cette existence est plutôt facile, au fur et à mesure que la forme revient, j'éprouve le besoin d'aller où bon me semble et cette maison me paraît bien petite. Je ne suis pas le chat d'une maison, je suis le chat d'un quartier, j'aime avoir des rues entières, des jardins, des places, à ma disposition.

Je me demande aussi comment vont les autres habitants du hangar, le Boss, Gigi qui doit attendre des petits, le Vieux, le Blanc…

Tigrou me tire de mes pensées en entrant dans la pièce. Il dépose une assiette avec du thon. Je me précipite dessus. Pendant que je mange, il me gratte la tête, ça ne me dérange pas vraiment. À peine ai-je terminé mon repas, que je le sens qui me soulève doucement. Je déteste aussitôt la sensation, quand mes pattes ne touchent plus le sol. Mais, avant même que j'aie pu le mordre, il me fait glisser dans la cage, celle-là même qu'il avait utilisée pour me conduire ici. Quoi, il me renvoie ? Je vais rejoindre les autres chats, ceux qui ont disparu ? Les humains sont imprévisibles. Je miaule avec rage pour marquer ma désapprobation et cette fois Tigrou peut bien utiliser sa voix douce en s'adressant à moi, ça ne marche pas.

Je miaule dans la voiture, pendant le trajet, quand on arrive au cabinet vétérinaire, dans la salle d'attente, puis dans la salle suivante où l'on veut me faire quitter la cage de transport que je trouve bien accueillante à cet instant. La femme que j'avais déjà vue prend des gants pour me sortir de mon abri, puis me passe un accessoire autour de la gueule qui m'empêche de l'ouvrir. Je gronde, d'un bruit de gorge rauque que même une créature stupide ne pourrait ignorer. Mais elle doit être vraiment stupide en plus de sentir mauvais : une odeur chimique et écœurante l'entoure. Tigrou reste là, sans rien faire, hormis me gratter la tête. Je n'y comprends plus rien.

La femme défait les bandages de ma patte et de ma tête, elle examine les plaies qui cicatrisent, hoche la tête. Elle parle avec Tigrou qui semble soulagé. Puis cette tortionnaire me retourne une oreille et indique une zone à l'intérieur à Tigrou qui observe avec attention. J'imagine que c'est là qu'ils vont me couper l'oreille, comme à ce pauvre Bob. Je ne comprends pas, Tigrou semblait bienveillant, pourquoi laisse-t-il faire ? Dans un éclair de lucidité, je devine la raison de cette manipulation : ils vont me faire un marquage dans l'oreille, comme c'est souvent le cas pour les chats qui vivent avec des humains. Ça et la stérilisation. Hors de question. Bob avait cette marque dans l'oreille datant de l'époque où il avait vécu avec des humains. Parmi les chats du quartier, Scott n'a pas cette marque, mais il fait figure d'exception. Et lui, il arbore un collier… Une marque à l'oreille, un collier… Deux éléments distinctifs de Bob et de Scott, or justement aucun de ces deux-là n'a disparu, même si la fin de Bob a été funeste. Les chasseurs de chats éviteraient-ils sciemment les animaux qui vivent avec des hommes ? En coupant l'oreille de Bob, ils auraient pu vouloir faire disparaître la marque…

Tout en discutant avec Tigrou, la femme me retire la chose qui me muselait. Je crache dans sa direction, mais sans doute en a-t-elle l'habitude, elle ne réagit pas. J'entends s'ouvrir la porte de la salle où je me trouve, un homme entre, puant le produit chimique autant que sa collègue. Je m'élance, échappe à l'étreinte de mes bourreaux, saute de la table, me faufile par la porte entrouverte… Je retrouve la salle où nous avons attendu. Un gros chien est assis, en laisse, accompagné d'un humain. Il commence à aboyer en me voyant et je me hérisse aussitôt. Pas le temps pour ça, je dois trouver une issue… Je fais deux fois le tour de la pièce en courant, poursuivi par Tigrou, la vétérinaire et son collègue. Puis la porte donnant dehors s'ouvre, une femme portant un panier entre. Ni une ni deux, je saisis l'opportunité et me faufile entre ses jambes. Ça y est, je suis dehors ! Libre !

***

Journal de Fabien, 2 juin

Tigrou s'est enfui quand je l'ai conduit chez le véto. Je culpabilise, j'aurais dû être plus vigilant. La vétérinaire m'a dit que, tôt ou tard, il aurait cherché à regagner la rue. Il était bien remis de ses blessures, il a de bonnes chances de s'en sortir... aussi longtemps qu'un chat errant peut le faire.

Florence ne cesse de répéter que ce n'est pas ma faute, que Tigrou a choisi son existence. Facile à dire, avec ce qui se passe en ce moment dans notre quartier, il aurait été mieux à la maison !

Flo a interrogé un des gamins qui racontaient avoir vu un camion s'arrêter la nuit et tenter d'enlever des chats. L'un d'eux aurait été relâché. D'après la description, ce pourrait être Scott. Elle a donc parlé à son maître et celui-ci a confirmé qu'une nuit, il était rentré très agité, perdant des poils par poignées comme s'il avait subi un grand stress et, accroché entre ses griffes, il y avait un petit morceau de tissu, comme le coton d'un sweat.

Si des tarés s'amusent à enlever les chats, on ne va pas les laisser faire, nous sommes à présent tout un groupe de voisins prêts à déposer plainte au moindre indice. J'ose espérer qu'ils ne les enlèvent pas pour leur fourrure ou une horreur de ce genre... Une chose est certaine : ils ne leur veulent pas du bien, rien à voir avec l'association de protection animalière qui effectue des maraudes et vient en aide aux chats errants.

Tout à mon bonheur d'avoir retrouvé la liberté, j'en oublierais presque la menace qui pèse sur mes congénères et sur moi-même. Une fois au hangar, je salue brièvement les copains. Gigi commence à s'arrondir ; dans quelques semaines les petits seront là.

Je décide de m'octroyer une belle sieste au soleil, j'irai faire les poubelles un peu plus tard, peut-être y trouverai-je du thon… On peut rêver.

En fait, quand je me réveille, la nuit tombe. J'entends un bruit de moteur à proximité du hangar qui ne présage rien de bon. Une maraude ou autre chose ? Rapidement, ayant retrouvé toute ma souplesse, je me glisse dehors par l'accès extérieur le long du mur. Je vois deux hommes s'approcher avec un filet. Ils ont repéré une cible. Cette fois, c'est Gigi. Elle est seule et, absorbée par le dépeçage d'une souris, elle ne les sent pas approcher. Le filet s'abat sur elle et je connais la suite : équipés de leurs gants, ils s'emparent d'elle malgré ses hurlements et ses coups de griffes à tout va. Ils entrouvrent ensuite partiellement la porte arrière de leur camionnette et tentent de la glisser à l'intérieur mais elle a écarté les quatre pattes et reste accrochée aux battants. L'un des hommes lève alors la main sur elle. C'en est trop. Je m'élance avec un miaulement rauque, pelage hérissé, espérant faire diversion pour permettre à Gigi de s'extirper de là. Celui qui tient le filet entourant Gigi se met à crier quelque chose et le second homme court vers moi. Il ne m'est pas difficile de lui échapper : je me glisse sous sa camionnette. Le type s'aplatit au sol et cherche à me saisir mais, dès qu'il passe ses mains d'un côté, je vais de l'autre. Le manège pourrait presque être drôle s'il ne s'agissait pas de nos vies.

Je sens un liquide visqueux couler sur moi. Le truc puant et gluant qu'on avait remarqué sur les lieux des enlèvements. Ça venait bien de leur camionnette. Finalement, l'homme se lasse, je l'entends claquer la porte arrière et prendre place avec son acolyte dans le véhicule. Ils démarrent à toute vitesse et je sens le déplacement d'air au-dessus de moi. Ils ont pris Gigi. On ne la reverra pas.

Je me relève doucement, observant le véhicule qui s'éloigne, puis soudain ralentit. La camionnette s'immobilise, fait demi-tour et fonce sur moi. Je m'élance sur la chaussée tandis qu'ils me prennent en chasse. Paniqué, je cours devant moi sans envisager de quitter la route pour des cours ou des jardins où un véhicule ne pourrait pas me suivre. Un comportement qui a coûté la vie à bien des chats… Mais la panique troublerait n'importe qui. Je m'épuise vite cependant, mes blessures et l'infection qui a suivi m'ont affaibli plus que je ne l'aurais cru.

À bout de souffle, je saute soudain sur un muret qui me semble familier. C'est celui qui borde le terrain où habite Tigrou. La camionnette s'immobilise, les hommes descendent, filet en main.

J'ignore pourquoi mes pas m'ont conduit précisément ici. Aurais-je instinctivement identifié cette maison comme un lieu de sécurité ? Je m'avance le long du muret, jusqu'au rebord de fenêtre sur lequel je saute et je me mets à pousser des miaulements déchaînés. Les types arrivent sur moi et lancent le filet. Je m'emmêle dedans tandis que deux grosses mains gantées me serrent à me faire mal. Je lance une patte, toutes griffes sorties, qui glisse entre les mailles du filet et accroche la manche de celui qui tient le piège. En une secousse, il me fait lâcher prise. Même pas mal, j'imagine… Je miaule, je grogne, je rauque, j'utilise l'ensemble de mes capacités vocales, tout simplement parce que je ne vais leur faciliter la tâche. C'est un combat pour ma survie, même s'il est perdu d'avance. Un des hommes me replie les oreilles en arrière, l'une après l'autre. Décidément, ces types font une fixette sur les oreilles des chats. Vont-ils m'en couper une ?

Au moment où l'homme au filet ouvre la porte de sa camionnette, la fenêtre de Tigrou s'entrebâille et je vois cet humain pas tout à fait comme les autres passer la tête. Il lance une phrase, un des hommes lui répond. Tigrou ne paraît pas content, en un instant, son regard se pose sur moi qui suis toujours emmailloté dans le filet. Et là, il me surprend pour de bon : il enjambe son rebord de fenêtre et commence à crier des phrases sur un ton que je ne l'ai jamais entendu employer. L'équivalent d'un miaulement de rage chez un humain, je suppose.

Le type qui me tenait avec ses gros gants me lâche soudain, je tombe sur le sol bitumé et je tente en vain de m'extirper du filet. Entre les humains, la situation dégénère : après un échange verbal très violent, je vois Tigrou foncer sur celui qui quelques instants auparavant tenait le filet. Il le frappe au thorax et l'autre riposte. Un hurlement féminin retentit alors.

C'est l'ancienne humaine de Millie, qui vient d'apparaître sur le pas de la porte de la maison de Tigrou. Elle brandit un objet dans une main et semble, elle aussi, folle de rage. Les deux kidnappeurs hésitent et échangent un regard. Tigrou saigne de la lèvre, mais son adversaire a le nez en compote, bien fait ! L'humaine ouvre d'office la porte arrière de la camionnette, révélant son contenu au grand jour : des cages, entassées les unes sur les autres. Elles sont vides, sauf celle qui enferme une Gigi terrifiée. L'humaine prend la cage et la dépose sur le pas de la porte tout en pianotant sur l'appareil qu'elle tient à la main. Un autre humain apparaît au coin de la rue, il accourt même. Je reconnais l'homme qui vit avec Scott. Il se range manifestement aux côtés de Tigrou et de la femme.

Tigrou retire le filet qui m'emprisonne, il n'essaie pas de me toucher et c'est tant mieux car je ne supporterai aucun contact dans l'état de fureur dans lequel je suis : ami ou ennemi, je ne fais plus trop la différence. Comme s'il l'avait compris, il se contente de m'observer tandis que j'extirpe mes pattes des mailles. Puis je prends la fuite.

Journal de Fabien, 4 juin

Ces dernières heures ont été riches en événements ! Hier soir, Tigrou a failli se faire enlever, juste devant la maison. J'ai la naïveté de croire qu'il voulait peut-être revenir... En tout cas, grâce à lui, nous avons pu élucider l'affaire.

Mais je reprends du début : nous étions tranquillement, Florence et moi, sur le canapé, quand j'ai entendu des miaulements désespérés. J'ai passé la tête à la fenêtre : deux hommes descendus d'une camionnette tenaient un chat prisonnier dans un filet ! L'un d'eux était en train de dire « c'est bon, celui-là n'est pas tatoué, on ne refait pas l'erreur de l'autre fois ».

Je leur ai aussitôt demandé ce qu'ils faisaient à ce chat. Et l'un des gars m'a répondu, sans trop d'aménité, qu'ils faisaient partie d'une association récupérant les chats errants pour les soigner. Je n'ai pas gobé leur histoire un seul instant et là, je me suis aperçu que c'était Tigrou dans le filet ! Je n'ai pas vraiment réfléchi, je n'avais qu'une idée en tête, qu'ils relâchent ce chat. J'ai enjambé le rebord de la fenêtre. Flo avait tout suivi depuis le salon et elle sortait son portable pour appeler la police, pressentant des problèmes.

Quand j'ai demandé au gars de me montrer ce qu'il avait dans son camion, il m'a envoyé balader. Puis son comparse a jeté Tigrou au sol en disant que des chats, il y en avait plein. J'ai deviné qu'ils devaient se livrer à un trafic quelconque. Bref, j'ai perdu mes nerfs et j'ai frappé cet homme. Je ne suis pas très doué pour la bagarre et ça aurait pu très mal finir pour moi si Flo n'était pas intervenue. Cette femme est époustouflante ! Tout en leur hurlant, portable à la main, qu'elle était en train d'appeler les flics, elle a ouvert la porte de la camionnette, dévoilant des cages empilées dont l'une contenait une chatte manifestement gestante. « Une honte ! » a-t-elle hurlé de plus belle en extirpant ladite cage et en la déposant en sécurité chez moi.

Sur ces entrefaites, le maître de Scott, Jean, est arrivé. Il a entendu les cris et je crois qu'il a deviné aussitôt de quoi il retournait. À trois contre deux, les malfrats n'ont pas vraiment eu le choix, entre Florence qui les mitraillait du regard comme si elle était prête à les frapper – elle m'a confié qu'elle faisait du kickboxing –, moi qui avais déjà donné de ma personne et Jean qui ne demandait qu'à m'imiter... On les a retenus jusqu'à l'arrivée des flics. Par précaution, Jean avait quand même pris les clés de la camionnette pour les empêcher de démarrer.

Les flics ont un peu râlé au départ d'avoir été appelés pour des chats, mais quand Jean leur a expliqué le contexte et a mis en avant le fait qu'on était membres d'une association de quartier pour la protection des animaux (ce qui est vrai maintenant, et je pense continuer ce que j'ai débuté via mon petit site internet), ils ont pris en compte la situation. Les gars ont avoué qu'ils ramassaient des chats des rues pour les vendre à des laboratoires pratiquant la vivisection.

Flo a pleuré en comprenant que sa Millie avait fini sa vie ainsi. Du coup, elle veut garder la chatte qui attend des petits. Tigrou, lui, est reparti... Il a filé sans demander son reste et je ne peux pas lui en vouloir de se méfier des Hommes.

Je ne suis pas retourné au hangar, j'appréhendais trop de voir revenir une autre camionnette avec des kidnappeurs, soigneurs, stérilisateurs ou autres humains qui n'ont rien à faire dans nos vies. Ce soir, je prends un bain de soleil sur un toit, au-dessus de bureaux désaffectés, dans mon nouveau quartier. Je suis bien, je me sens serein. L'image de Tigrou, cet humain bizarre, frappant ce sale type, me revient. Je n'arrive pas bien à comprendre ce qui s'est passé, les comportements humains sont trop étranges. J'ai l'impression confuse que Tigrou a eu une attitude différente de celle de ses congénères, mais de la part d'une espèce étrangère, difficile de comprendre ses motivations. Les chats d'un côté – en tout cas, ceux qui, comme moi, préfèrent vivre libres – et de l'autre le reste du monde, c'est devenu ma philosophie. J'avoue que je regretterai quand même la nourriture facile et savoureuse qui m'attendait sur le rebord de la fenêtre. Des opportunités comme celles-là sont rares. Et en vieillissant, la chasse va me devenir plus difficile. Je m'adapterai, au jour le jour, comme je l'ai toujours fait.

Journal de Fabien, 5 juin

Ce matin, nous avons eu de nouvelles informations par Jean qui a saisi une association nationale de protection des animaux pour se battre à nos côtés contre ce réseau de voleurs de chats. Apparemment, ces types auraient enlevé ainsi une bonne dizaine de chats ces dernières semaines. Au volant de leur vieille camionnette défoncée qui avait une fuite d'huile, ils sillonnaient les rues de la ville à la nuit tombée et remplissaient leur camion avec les chats. Ils évitaient de prendre des chats domestiques, tatoués ou avec des colliers, car les laboratoires les refusent par précaution, pour éviter d'éventuels problèmes avec des maîtres qui retrouveraient la trace de leur animal.

Ces deux salopards ont même avoué avoir un jour coupé l'oreille d'un chat tatoué en espérant pouvoir le refourguer à un labo mais, par téléphone, on leur a dit que ce chat-là ne serait pas accepté. Alors ils l'ont balancé sur la route... J'ignore ce que cette pauvre bête est devenue. Par contre, cet acte de cruauté sera ajouté à la liste des charges contre ces gars.

J'aurais bien voulu faire tatouer Tigrou, par précaution, s'il était resté... Mais il ne voulait pas de cette vie domestique. Par contre, Maya, la chatte que Flo a sauvée, semble très bien s'accoutumer à la vie dans une maison. Après la mise bas, il faudra faire adopter les chatons, on essaiera de trouver de bonnes familles, j'ai promis à Flo de l'aider.

Je sais que c'est idiot, mais je vais remettre de la viande et du thon sur le rebord de la fenêtre ce soir. Je ne pense pas que Tigrou revienne en ce lieu qui a failli lui être fatal, ni qu'il ait fait la différence entre les humains qui lui voulaient du bien et les autres, mais bon, si ce n'est pas lui, ce sera un autre chat errant qui y trouvera un bon repas. Je referai ça, tous les soirs, encore et encore. Peut-être, un jour, qui sait... ?

L'auteur du crime

Je consulte les évaluations pour la troisième fois depuis ce matin et je n'en reviens toujours pas : vingt-cinq lectures déjà pour mon roman de fantasy… Et une note moyenne de 9 sur 10 ! C'est la première fois que je participe à un concours d'écriture et, si j'y attache autant d'importance, c'est qu'à la clé se trouve un contrat avec une maison d'édition spécialisée dans la littérature de l'imaginaire. C'est une vraie maison d'édition, pas un de ces trucs bidons qui pullulent sur le web et vous proposent de vous « éditer » à vos propres frais, ou bien exigent que vous achetiez une centaine de vos propres livres… Non, là c'est un vrai contrat, « à compte d'éditeur » comme on dit dans le métier.

Je ne suis pas venu à l'écriture dans le but d'en faire mon métier, au départ je n'écrivais que pour mon plaisir. Et puis, je me suis demandé si mon style pourrait plaire, alors j'ai mis quelques nouvelles de fantasy sur des sites où les lecteurs peuvent y accéder gratuitement. Les résultats ont dépassé mes espérances, tous les retours étaient élogieux, voire dithyrambiques. Je me suis alors lancé dans l'écriture d'un véritable roman, toujours de fantasy, mon style favori, avec l'idée que peut-être un éditeur serait intéressé. J'ai envoyé quelques exemplaires du manuscrit à différentes maisons d'édition, sans retour positif malheureusement. Et puis, je suis tombé sur ce concours… Une véritable opportunité car la maison d'édition qui le sponsorise, Astrakania, est connue et bien établie.

Pour être sélectionné, le principe est simple, il faut d'abord passer l'étape de la validation des lecteurs : vous mettez votre roman en ligne sur ce site auquel ne peuvent accéder que les lecteurs inscrits, membres du comité « volontaire », qui s'engagent par ailleurs à ne pas communiquer en dehors du site ce qu'ils ont lu. Si vous obtenez trente évaluations de lecteurs, avec une moyenne supérieure ou égale à 8 sur 10 et aucune note inférieure à 6, vous passez à l'étape suivante : un comité de lecteurs « avertis » – d'après ce que j'ai compris, composé de bibliothécaires, libraires et membres d'Astrakania – qui évaluera votre œuvre et mettra une note. Le roman le mieux noté remportera le prix. Une note de 6 ou moins est éliminatoire. C'est simple.

Mes doigts frémissent sur le clavier tandis que je compte pour la énième fois le nombre de lecteurs ayant évalué mon roman : vingt-cinq, c'est bien cela. Il ne m'en manque que cinq et la première partie du concours se termine dans trois jours. Je vais battre le rappel sur les sites où j'ai déjà publié gratuitement, en ligne, des nouvelles de fantasy. Je compte sur celles et ceux qui ont aimé mon style et mon imaginaire pour s'inscrire gratuitement sur la plateforme du concours et évaluer mon œuvre.

Aussitôt dit, aussitôt fait : *Coucou les ami(e)s, c'est Sally, je participe à un concours d'écriture de fantasy, ce serait super sympa de votre part si vous pouviez prendre le temps de lire mon roman et laisser un avis. Je vous en dis un peu plus sur cette histoire : c'est un roman assez court, peuplé de créatures aux pouvoirs multiples qui doivent reprendre le contrôle d'un monde menacé par le chaos depuis que le maître des forces souterraines règne sur les Trois Royaumes. Cette histoire devrait plaire à celles et ceux qui ont aimé ma nouvelle « Le Seigneur du Royaume Perdu », vous y retrouverez des créatures déjà croisées auparavant !*

Et voilà, je poste mon petit message sur mon profil figurant sur les plateformes de lecture gratuite où mes fans ont pris l'habitude de me suivre. Je publie toujours sous un pseudo, au départ c'était par timidité, et maintenant je n'imagine pas en changer. « Sally Mendez », c'est un nom que j'associe désormais à la réussite. Il m'a porté chance jusqu'ici, j'espère que cela continuera. Le plus amusant, c'est que mon pseudo est féminin alors que je suis un homme. Dans la vraie vie, je m'appelle Florent Martin, j'ai 23 ans et je travaille en tant qu'employé de bureau. Pourquoi ai-je choisi un pseudo féminin me direz-vous ? Au départ, la première nouvelle que j'ai mise en ligne était un mélange de fantasy et de romance. Dans ce style, la plupart des personnes que j'ai croisées sur Internet étaient des femmes, aussi bien lectrices qu'autrices. Alors je me suis dit que pour attirer davantage de lecteurs, et surtout de lectrices, cela marcherait peut-être mieux si je me présentais en tant que fille. J'avoue, j'avais aussi un peu honte de me présenter comme un homme écrivant de la romance fantastique, le monde est encore plein de préjugés qui influent sur notre image personnelle. Et puis, cette mise à distance en me glissant dans la peau de Sally m'aurait permis d'encaisser plus facilement les revers si ma première nouvelle avait été un fiasco auprès du public. Finalement, ce ne fut pas le cas. Mais le nom de Sally est resté et je le porte aujourd'hui avec fierté dans mes activités d'écriture.

Nouvelle connexion le lendemain, pour découvrir avec joie que j'ai atteint les trente lectures. Certains lecteurs ont dû dévorer mon histoire pendant la nuit, ça me touche beaucoup. Ma moyenne s'élève à 9,1 sur 10, aucune note inférieure à 6… C'est gagné, du moins pour cette partie : mon roman passe à l'étape suivante, celle de l'évaluation par le comité de lecteurs « avertis ». Mon cœur bat la chamade, j'ai beau tenter de garder les pieds sur terre, je ne peux m'empêcher d'espérer. Si j'obtiens ce contrat et que je suis publié, présent en librairie et tout le reste, peut-être pourrais-je prochainement vivre de ma plume ? J'ai plein d'autres projets d'histoires à développer, j'adore l'idée d'aller à la rencontre des lecteurs lors de salons ou de séances de dédicaces… Ah, ce serait le vrai bonheur ! Si un jour je pouvais me consacrer pleinement à cette activité, je serais le plus heureux des hommes. Adieu bureau ennuyeux, chef aussi con que tyrannique, collègues déprimants ou sournois… Mon métier est ce qu'on peut appeler « un job alimentaire » : mal rémunéré, inintéressant, j'ai l'impression de perdre de précieux jours de ma vie chaque fois que je me rends au bureau. Mais cela me permet de payer les factures.

Je ne me suis jamais imaginé vivant de mes rentes, sans rien pour occuper mes journées. Non, mon ambition est tout autre : vivre de ma passion, sans compter mes heures ni mes efforts, simplement en faisant ce que j'aime et en le partageant avec des lecteurs qui trouveront plaisir à lire mes histoires. J'ai commencé à envisager cette possibilité de vie quand j'ai lu les retours sur mes premières nouvelles mises en ligne : je sentais le plaisir dans les commentaires publiés, l'impatience de connaître la suite… Si dix, puis vingt, trente, cinquante personnes ou plus accrochaient ainsi à mes romans, pourquoi d'autres ne les rejoindraient-elles pas ? Les compliments qui revenaient le plus souvent étaient la qualité du style, l'originalité des histoires, la richesse des mondes imaginés, la crédibilité des créatures, la sympathie pour les personnages... Bref, les lecteurs qui découvraient mes histoires tombaient dedans et ne lâchaient plus ! Comment faire alors pour toucher plus de monde, être lu par des milliers d'autres individus ? Je me suis renseigné sur l'auto-édition, mais les possibilités se sont avérées assez limitées : par cette méthode, rares sont les auteurs qui percent un jour pour de bon. Et moi, je voyais plus grand, j'ai commencé à y croire...

Le jour suivant, je reçois un courriel confirmant que mon roman a réussi la première étape et que le comité de lecteurs « avertis » commence à étudier mon histoire. Les notes tomberont les unes après les autres, au fil des retours des juges.

En réalité, la première note ne met pas beaucoup de temps à arriver : le soir même, j'ai déjà un 8 sur 10 de la part d'un des membres du jury, qui précise en commentaire qu'il a dévoré littéralement mon histoire. Comment ne pas y croire à présent ? Le monde des possibles semble s'ouvrir à moi... Il y aura des hauts et des bas, j'en suis conscient, des heures de travail, des loupés, des déceptions, mais la porte qui s'entrouvre est la seule voie d'accès qui permettra à ma vie de prendre enfin du sens.

Deux jours ont passé et j'ai de bonnes raisons d'espérer. Je sais que rien n'est joué tant que tous les manuscrits n'ont pas été lus et notés, mais j'ai reçu une autre excellente note, un 9 cette fois, accompagné d'un avis extrêmement positif. Je flotte sur un petit nuage.

Je n'ai encore parlé de mon projet ni à mes parents ni à ma sœur. D'ailleurs, ils ne savent même pas que j'écris encore. Je dis « encore » car, petit, je griffonnais des histoires sur des morceaux de papier, et je les leur faisais lire. J'ai arrêté à l'adolescence, préférant garder pour moi les poèmes et nouvelles à mon sens trop intimes pour être partagés.

J'attends d'avoir une réponse ferme et définitive avant de crier victoire, mais l'image de mon arrivée lors d'un repas de famille en brandissant un contrat d'édition me gagne. Mes parents, comptables tous les deux, ne vont sans doute pas trop y prêter attention ; pour eux, les métiers sont divisés en deux catégories : les « vraies professions » – dont la leur fait bien évidemment partie – et les « emplois fictifs », comme les activités artistiques en général. Du coup, peut-être ferais-je mieux de n'informer que ma sœur de l'obtention de ce contrat. J'en parlerai à mes parents quand mes livres se vendront pour de bon. Fanny, ma sœur, se montrera plus compréhensive, elle a toujours soutenu son « petit frère », de trois ans son cadet.

Je consulte mes courriels machinalement avant de me coucher et, au milieu des factures et autres tracasseries administratives, je distingue un message dont l'expéditeur ne m'est pas inconnu… C'est l'adresse du site qui organise le concours. Impatient, je l'ouvre : je n'avais pas reçu de courriels auparavant m'indiquant quand j'avais une nouvelle évaluation, donc il doit s'agir d'autre chose. Le concours ne sera pas clos avant plusieurs jours, ce n'est donc pas l'annonce du résultat final… Je lis en diagonale et accroche quelques mots, tout d'abord le chiffre « 5 » qui me paraît de mauvais augure, perdu au milieu d'une longue phrase… Puis la dernière phrase « *Nous sommes au regret de vous annoncer que vous êtes par conséquent éliminé du concours. Nous vous remercions cependant de votre participation et vous souhaitons beaucoup de succès pour la suite de vos projets.* »

***

Est-il besoin de préciser que je n'envisage pas une seconde d'aller me coucher, malgré l'heure avancée ? Je sens ma respiration se bloquer et je m'efforce de souffler doucement tout en relisant le courriel dans son intégralité. Le message est court et direct : je viens de recevoir une évaluation avec la note de 5, éliminatoire, attribuée par un des membres du comité de « lecteurs avertis ». Ma participation s'arrête donc là.

Refusant encore d'accepter l'inévitable, j'ai besoin d'en savoir davantage et me connecte sur le site du concours pour prendre connaissance de l'avis accompagnant ce « 5 » fatidique. Il est lapidaire : « Je n'ai pas accroché une seule seconde, je n'ai pas été fascinée, je n'ai pas été emportée ». OK, et… ? C'est tout ? On a le droit d'arrêter le parcours de quelqu'un comme ça, avec aussi peu d'explications ? Même les rares lecteurs « non avertis » qui ont pu me laisser, par le passé, des avis mitigés, développaient plus que cela leur argumentaire ! Madame n'a pas aimé, pourquoi, comment ? Parce qu'elle avait mal dormi, qu'elle avait trop bouffé ou n'avait pas… vous voyez quoi ! La colère remplace la tristesse, je vais contacter les organisateurs pour avoir quelques explications. Comment un « lecteur averti » qui, si ma mémoire est bonne, est un professionnel du monde des livres peut-il se contenter d'un avis aussi bref et inconsistant ? Et surtout, comment un tel avis peut-il être pris en compte dans un concours et suffire à éliminer un participant ?

Je contacte aussitôt par courriel le site qui organise le concours. Je piaffe ensuite derrière mon écran, attendant la réponse, tout en me doutant qu'elle ne me parviendra pas cette nuit. La mort dans l'âme, je décide d'aller me coucher.

Après une nuit blanche, je vérifie ma boîte mail : aucune réponse n'est encore arrivée. J'aurais pu m'en douter. Sans aucun enthousiasme, je me rends au boulot. Je suis déjà en retard.

J'ai mal au crâne et la matinée s'éternise, je suis d'une humeur massacrante envers mes collègues et je consulte mes courriels personnels toutes les cinq minutes. Enfin, vers midi, la réponse arrive. Au milieu de multiples formules de politesse qui me semblent bien creuses, on m'informe que les membres du jury étant des professionnels, aucun argumentaire détaillé de leur part n'est attendu, la note suffit. Ceux qui le souhaitent peuvent détailler leur ressenti, mais ce n'est en aucun cas une obligation. Néanmoins, le comité comprend ma déception et me souhaite plein de réussite, blablabla… J'ai compris. Je suis éliminé définitivement et sans recours. La porte qui s'entrouvrait vient de m'être claquée à la figure.

Les jours suivants, je me referme sur moi-même. Je n'adresse plus la parole aux collègues que pour quelques questions relatives au boulot, j'éteins mon téléphone personnel et ne réponds plus aux courriels. Cette histoire m'obsède, le message fatidique qui a mis un coup d'arrêt si brutal à mes espoirs danse devant mes yeux. Qui est donc cette saloperie de « juge » qui, en quelques frappes sur son clavier, a ruiné ma vie ? Pour ceux qui trouveraient que je dramatise, je les invite à se farcir au quotidien un job qui ne leur apporte rien, des relations familiales basées sur l'hypocrisie, et un vide sidéral côté sentimental… Bref, l'écriture est tout ce qui me tient à cœur, tout ce qui a du sens pour moi.

Je dois être un peu maso, mais je retourne finalement sur le site pour lire encore une fois les évaluations sur mon histoire. C'était si bien parti… Plutôt que de me réconforter en consultant les témoignages positifs, je m'acharne à relire cette critique lapidaire et sa note éliminatoire. Je vois que le « juge » en question a comme pseudo « Catoche ». C'est moche, Catoche. Catoche, grosse cloche… Pendant cinq minutes, je m'amuse de manière puérile à trouver les jeux de mots les plus pourris, mais bien vite, je me lasse. Je me rends compte que l'on peut voir le « profil » des correcteurs, enfin, pour ceux qui ont bien voulu le remplir. Je clique donc sur celui de Catoche la grosse cloche moche. C'est une femme, elle a choisi comme photo de profil un papillon (c'est d'un commun !), elle a trente-huit ans et se présente comme bibliothécaire. Eh bien, on peut être sûr que je n'y foutrais pas les pieds dans sa bibliothèque ! Combien d'autres personnes a-t-elle cassées ainsi ? Elle doit avoir une vie de merde, perdue toute seule dans ses rayons poussiéreux, et jouir de cette once de pouvoir qu'elle exerce quand elle joue au juge dans des concours comme celui auquel j'ai participé. Pathétique.

Les pensées négatives tournent en boucle et ne m'apportent finalement aucun réconfort. Je suis presque soulagé quand mon téléphone vibre. Je l'ai machinalement allumé ce matin. C'est ma sœur, je ne décroche pas et elle laisse un message.

« Salut Florent, j'espère que ça va. Les parents ont essayé de te joindre plusieurs fois ces jours-ci, ils s'inquiètent. Peux-tu me recontacter s'il te plaît… »

Sans aucun enthousiasme, je la rappelle, pour m'en débarrasser. Je n'ai pas envie de parler et Fanny le devine très vite.

— Oh, tu nous fais une grosse déprime, toi ! Qu'est-ce qui s'est passé ?

— Rien de spécial, j'ai une vie de merde, c'est tout.

— Arrête ! Bon, je ne te laisse pas tout seul comme ça. Je vais passer te voir ce soir.

— Ne te sens pas obligée.

— Mais non. Ah, zut, ce soir j'ai un dîner chez des amis…

— Pas grave. Un autre jour.

— J'ai une idée, et si tu m'accompagnais ?

— Bah non, je ne les connais pas, moi, tes potes !

— Ils sont adorables, c'est un couple, Cathy et Jean. Ils ne verront aucune objection à ce que tu sois là, je te promets. Je vais les appeler pour leur en parler, comme ça tu seras rassuré.

Je laisse faire ma sœur, quand elle a une idée dans la tête… Et puis j'avoue que passer une énième soirée en solo à me morfondre ne m'enchante guère.

Le soir venu, Fanny passe me chercher, elle habite à dix minutes en voiture de chez moi et ses amis ne sont pas bien loin non plus, une demi-heure, tout au plus. Comme si elle avait compris que je n'ai pas envie de répondre à de multiples questions sur la cause de ma mélancolie, Fanny parle de la pluie et du beau temps pendant le trajet. C'est dans ces moments-là que je me dis que ma sœur est chouette. Mes parents, eux, m'auraient sans doute harcelé de questions, puis assommé de conseils allant de « Reprends des études » (ça c'est mon père, qui ne se propose jamais pour les financer par contre, alors je ne vois pas comment, avec mon maigre salaire, je pourrais me le permettre) au traditionnel « Tu devrais chercher une petite amie » (ma mère, qui semble croire qu'il existe des supermarchés où on peut aller chercher une copine en rayon !).

Nous arrivons enfin devant la maisonnette des amis de ma sœur. Un pavillon de banlieue, sans aucun charme particulier. Un homme ouvre la porte, la trentaine, grand et élancé, cheveux bruns et yeux verts, il me rappelle un peu une star de télé. Il m'accueille avec beaucoup de gentillesse, me mettant immédiatement à l'aise par rapport à ma venue imprévue.

— Fanny nous parle souvent de vous, je lui ai toujours dit que nous aimerions vous rencontrer, je suis ravi que cela puisse se faire ce soir.

À l'entendre, ils n'attendaient que moi, c'est vraiment sympa de sa part et je lui serre la main avec un sourire sincère.

Puis c'est au tour de Cathy d'apparaître, émergeant de la cuisine. Elle doit avoir quelques années de plus que Jean, en tout cas, elle paraît un peu plus âgée. Physiquement, elle n'a rien d'une star de télé, elle est petite, un peu ronde, avec une coupe de cheveux qui devait être jadis un carré plongeant mais qui, faute d'entretien, ne ressemble plus à grand-chose. Ses vêtements, une robe en lainage plutôt informe, ne la mettent pas en valeur non plus. Bon, elle est peut-être très sympa. D'ailleurs elle m'accueille avec le sourire elle aussi, même si le sien est moins chaleureux que celui de Jean.

Après l'apéritif, nous passons à table et les ennuis commencent quand Cathy demande ce que je fais dans la vie. Jean vient d'expliquer qu'il est imprimeur et passionné par son métier.

— Je travaille dans un bureau, dis-je sans m'appesantir sur le sujet particulièrement douloureux en ce moment.

— Ah, et cela vous plaît ?

— C'est un travail au chaud avec une paye fixe, c'est déjà pas si mal.

Cathy me scrute avec insistance. Je me concentre sur le morceau de pain à côté de mon assiette.

— C'est tellement beau quand on peut faire le métier que l'on aime. Moi par exemple, je ne me vois pas faire autre chose que mon travail à la bibliothèque, les livres ont toujours été ma passion.

— Oh, mais cela fait un point commun entre Florent et toi ! s'exclame ma sœur. Dire que je n'avais jamais fait le rapprochement… Quand Florent était enfant, il n'arrêtait pas d'écrire des histoires.

— Vraiment ? Pourquoi avez-vous arrêté ? interroge Cathy.

Je n'ai aucune envie de déballer mon échec cuisant autour de cette table ; à vrai dire, j'aimerais même changer de sujet. Je bredouille une réponse sur le manque de temps et demande où sont les toilettes. Jean me les indique et, tandis que je quitte la pièce, j'entends Fanny qui explique :

— Il n'est pas très bien en ce moment, j'espère qu'il ne va pas nous faire une grosse déprime comme il y a deux ans… Florent a toujours été assez fragile, émotif.

Merci ma grande, déballe ma vie personnelle devant tes amis ! Je retire ce que j'ai dit sur le fait que tu étais moins nulle que les parents… Je reste un long moment enfermé aux toilettes, à fixer le papier peint jaune aux minuscules fleurs violettes. Sûrement une idée de Cathy, ses goûts esthétiques semblent douteux, si l'on en juge son apparence. Je suis médisant ce soir, c'est une de mes caractéristiques quand je déprime.

Je finis par retourner dans la salle à manger. Jean lance aussitôt :

— Florent, si l'écriture vous tient à cœur, vous pourriez en parler avec Cathy. Elle est bibliothécaire depuis plus de dix ans, elle anime aussi un club de lecture.

— Ce serait avec plaisir, affirme Cathy. Je pourrais vous donner mon ressenti sur vos écrits.

— Elle a même fait partie d'un jury pour dénicher de nouveaux auteurs dernièrement, renchérit Jean.

Une bulle explose dans ma tête. Cathy, Catherine, Catoche. Bibliothécaire. Allons, il y a des milliers de Catherine bibliothécaires. Un peu moins qui jouent les jurés de concours, mais quand même. D'une voix que j'essaie de rendre détachée, je demande :

— Ah oui ? Ce doit être intéressant. C'était quel genre de concours ? Comment ça se déroule ?

Ravie d'attirer l'attention exclusive de son auditoire, Cathy se lance dans une longue explication des critères de sélection, de la nature du concours, jusqu'au nom de la maison d'édition qui l'organisait, Astrakania. Mon cœur s'arrête. Il s'agit bien du concours auquel j'ai participé.

— Et vous avez trouvé des histoires qui vous ont séduite ? coupé-je.

Elle ne semble pas choquée par le fait que je l'interrompe, plutôt flattée que je m'intéresse à son récit.

— J'avoue que la fantasy ce n'est pas trop mon truc, moi je préfère les polars. Mais bon, certaines histoires étaient sympas.

Tu n'aimes pas la fantasy et tu fais partie d'un jury pour sélectionner un roman de fantasy ? Mais de qui tu te moques ?? Mes lèvres se crispent et je déchiquette mon morceau de pain sans même m'en apercevoir.

— Et sinon, vous avez eu des romans vraiment pourris dans ce concours ? J'imagine qu'il y a un peu tous les niveaux.

Je retourne le couteau dans ma propre plaie, je le sais bien, mais j'ai besoin de voir en face cette saleté de bonne femme dire pourquoi elle a descendu mon roman.

— Vraiment mauvais non, mais certains étaient quelconques, répond-elle avec une petite moue dédaigneuse.

— En même temps, si vous n'aimez pas la fantasy, ça doit être dur de trouver une histoire qui vous plaise.

La phrase est sortie toute seule. Fanny se racle la gorge.

— Pas vraiment, je fais la part des choses, je sais être professionnelle, affirme Cathy. En tout cas, je suis ravie que vous vous intéressiez à mes activités littéraires ! Et si vous aimez les débats, je vous invite à rejoindre notre club de lecture, je vais vous donner mon numéro de téléphone et mon mail.

J'acquiesce sans mot dire. Je n'ai plus faim.

— J'ai aussi quelques contacts dans le milieu de l'édition, de par ma profession d'imprimeur, explique Jean. Il faut faire attention dans ce milieu, on trouve des éditeurs sérieux et d'autres qui le sont moins. Je pourrai vous en indiquer qui sont très bien. En matière de polar par exemple, les Éditions de la Destinée ont le vent en poupe. Je travaille régulièrement avec cette maison. Il y a aussi… Oh, je n'ai plus le nom, mais je vous le retrouverai. Bref, si un jour vous avez un manuscrit à soumettre, je pourrais vous conseiller des maisons dont la ligne éditoriale correspond à ce que vous écrivez et qui recherchent de nouvelles plumes.

— C'est très gentil.

Les mots sortent machinalement, tandis que je pense « Un manuscrit, j'en avais un, une histoire finalisée même, qui partait très bien, mais ta pouffiasse l'a dézingué en trente secondes. »

La fin du repas est interminable, je dois prendre sur moi pour sourire aux blagues de Cathy que je trouve de plus en plus imbue d'elle-même. En même temps, elle a réussi, elle : elle fait le métier qu'elle aime, est mariée avec un beau gosse, comme son alliance le prouve… Et elle joue de sa petite influence pour faire et défaire des vies. Saloperie. Je m'absente une fois de plus pour me rendre aux toilettes, tant pis s'ils pensent que j'ai des problèmes intestinaux.

En revenant, je m'attarde devant la porte du bureau restée entrouverte. Je suis curieux, j'ai envie d'en savoir plus sur cette Catoche à la vie si parfaite. J'ai rarement ressenti une véritable haine pour quelqu'un, mais là, j'expérimente ce sentiment. Au mur sont accrochées des photos de Jean et elle, en vacances, avec des amis… Je ne trouve aucune faille, cette grognasse est vraiment heureuse dans sa vie.

Je n'entends pas Jean arriver derrière moi et je sursaute quand il me demande si ça va.

— Oui, euh… Désolé… En fait je cherchais un lavabo pour me laver les mains, il n'y en a pas aux toilettes.

— Bien sûr. Je vous conduis.

Il m'emmène à la salle de bains et son portable vibre à ce moment-là. Il me laisse seul et va répondre en s'éloignant un peu dans le couloir. Comme je n'ai pas fermé la porte, je saisis des bribes de conversation.

— Je ne peux pas te parler maintenant… Non, nous avons des invités avec Cathy… Arrête, on en a déjà parlé, ce n'est pas possible… Bon, demain soir alors, à six heures... Oui, comme d'habitude.

Il y a là matière à gamberger, pour ma part en tout cas je ne m'en prive pas. Le beau Jean aurait-il une liaison avec une autre femme ? Je me réjouis d'avance de voir la tronche de Cathy si elle le découvre. Et cela me donne une idée…

***

J'ai accepté de rejoindre le club de lecture de Cathy, et je l'ai recontactée par courriel, pour sa plus grande joie. Elle m'a communiqué toutes les dates de réunions et une liste de livres à lire pour débattre en groupe. Une partie de moi n'avait vraiment pas envie de revoir sa tronche ni d'entendre ses commentaires assénés d'une voix pontifiante. D'un autre côté, je brûlais d'envie de découvrir une faille dans son existence si parfaite. Dans l'idéal, j'aimerais être présent quand elle va découvrir que Jean se tape une autre fille. Mais qu'est-ce que je raconte, je n'en suis même pas sûr… Bref, vous l'avez compris, mon état d'esprit est assez embrouillé alors que je me rends à la première réunion du cercle de lecture. Je verrai bien si elle casse tous les bouquins comme elle l'a fait pour le mien.

La réunion a lieu dans une salle attenante à la bibliothèque, nous sommes une quinzaine. J'ai lu en diagonale un des livres recommandés, « Ce qui se tramait dans l'ombre des rosiers », une sorte de psychodrame où l'héroïne voit sa vie brisée par la vengeance d'une ancienne rivale qu'elle avait oubliée. C'était assez fade, j'ai passé le plus clair de mon temps à imaginer d'autres rebondissements qui auraient rendu l'histoire plus palpitante. J'ignore si c'est la rancune que j'éprouve à l'égard de Cathy, mais je suis d'humeur vengeresse ces temps-ci.

Je me présente au début de la séance, après quelques mots d'introduction prononcés par une Cathy toujours aussi mal habillée, mais qui roucoule au milieu de son groupe de lecteurs. Dieu, que cette femme est imbue d'elle-même ! Comme je suis nouveau, je laisse les autres participants présenter leur dernière lecture et des débats s'engagent, tant sur la forme que sur le fond. Je me surprends à apprécier la réunion, les membres du groupe sont des lecteurs passionnés pour la plupart, et cet échange de points de vue est intéressant.

Cathy entame un laïus sur son propre ressenti sur le bouquin, en s'aidant d'un petit mémento rédigé sur un carnet. Pas étonnant qu'elle ait besoin d'un aide-mémoire, son commentaire est blindé de phrases tarabiscotées, de termes pompeux et de jugements incisifs. Elle a apprécié l'œuvre, semble-t-il, et se montre dithyrambique sur le style, qui m'a personnellement laissé de marbre.

Elle se tourne vers moi, un peu essoufflée, sans doute à cause de sa longue tirade.

— Florent, tu as eu le temps de lire un peu ?

Non, je viens à un club de lecture car je passe mes soirées à planter des carottes, ai-je envie de répondre. Sa question n'est pas méchante sur le fond, mais, venant d'elle, tout m'horripile, surtout sa condescendance.

— Oui, dans son intégralité.

Ma réponse est tranchante, même si un peu enjolivée. Je n'ai pas de carnet de notes, mais je me lance :

— Pour ma part, j'ai été assez déçu, notamment par le dénouement. Bien que peu habitué à ce genre de romans, car d'habitude je lis plutôt de la…

Je m'interromps, j'ai failli dire que je lisais de la fantasy, mais j'ai subitement eu peur que Cathy fasse le lien avec ce candidat au concours qu'elle a recalé. C'est absurde, il y a des milliers d'auteurs et de lecteurs de fantasy, j'écris sous un pseudo, et cette histoire a dû lui sortir de la tête. Ce n'est pas parce que moi je sais que nos chemins se sont déjà croisés que c'est réciproque ! Un léger sourire se dessine sur mes lèvres à la pensée que j'ai un avantage sur elle.

— Je lis surtout du fantastique mais je suis ouvert à d'autres styles.

— Il faut éviter de se cantonner à un seul genre littéraire, renchérit Cathy avec un hochement de tête approbateur.

En cet instant, elle me rappelle la dame de la cantine qui, à l'école primaire, nous disait qu'il fallait manger de tout… Je lis ce que je veux, point ! Je reprends avec un sourire forcé :

— Comme je le disais, la lecture de romans fantastiques m'a appris à être vigilant sur la cohérence dans une histoire. Sous prétexte qu'on parle de mondes inconnus ou d'un futur imaginaire, certains bouquins partent un peu dans tous les sens et manquent de cohérence. Le surnaturel et l'imaginaire, oui, mais pas n'importe comment. Je fais le lien avec cette histoire, ce roman intitulé « Ce qui se tramait dans l'ombre des rosiers ». Ici nous parlons de vengeance, de psychologie humaine. L'histoire se veut réaliste et pourtant, le roman se termine sur un *happy end*, je n'ai pas réussi à y croire. Au fil des pages, on a le sentiment que l'auteur veut nous présenter une histoire de vengeance très sombre, mais mâtinée de bons sentiments et qu'elle nous prépare à une crise de remords et un pardon final. Je doute que quelqu'un qui éprouve une rancune comme celle de la rivale de l'héroïne se laisse gagner par les tourments de sa conscience.

Cathy fait la moue.

— Mais le style, vous n'avez pas parlé du style ? Il est magnifique tout de même.

— Je m'attache davantage au fond qu'à la forme, pour moi une histoire doit emporter le lecteur ; faire des phrases pour faire des phrases, c'est un exercice de style, ça ne fait pas un roman.

— Quel jugement tranché ! rit-elle en s'étranglant à moitié.

Elle est mal placée pour dire ça, songé-je avec colère. Mais sa quinte de toux se renforce et elle s'affaisse sur sa chaise tandis qu'une des filles du groupe, une certaine Julie, se précipite vers elle. Cathy porte sa main à sa poitrine et semble chercher sa respiration. La panique me gagne, elle nous fait quoi, là ?

— Elle est asthmatique ! explique Pauline, une autre participante en rejoignant Julie. Cherchez dans son sac, elle doit avoir des médicaments.

Un homme, je crois qu'il se nomme Pierre, se lève, va aux porte-manteaux, et fouille le sac à main de Cathy. Il ne trouve rien, s'énerve, finit par renverser le contenu du sac sur le sol pour chercher plus aisément. Pendant ce temps, Cathy panique, malgré l'aide de Pauline, secondée par Julie, qui la fait asseoir au sol, dos contre le mur, les jambes repliées. Je suis un peu secoué par cette crise inattendue, mais j'avoue que je n'éprouve pas grande sympathie pour Cathy.

— Je l'ai !

Pierre arrive avec un inhalateur, Pauline s'en empare et applique le spray dans la bouche de Cathy qui aspire le produit à grandes goulées. Elle tourne la tête vers moi :

— Tu peux aller chercher un verre d'eau aux lavabos, la porte à droite en sortant ?

Je me rends dans la pièce indiquée et je cherche un contenant qui conviendrait. Un gobelet en plastique, ayant sans doute déjà servi, trône à côté du robinet. Il fera l'affaire. Je le remplis et retourne auprès de Cathy qui semble déjà aller un peu mieux. Je pose le verre à côté d'elle. Julie lui tapote la main pour la rassurer.

— Merci, souffle Cathy. J'ai souvent des crises en ce moment, c'est terrible, on a l'impression qu'on va s'asphyxier. J'ai toujours refusé de prendre un traitement de fond pour mon asthme, car les crises étaient rares, mais je crois que je vais devoir en parler à mon médecin. Merci pour votre intervention.

Elle regarde tous les membres du groupe rassemblés autour d'elle. Elle a perdu de sa superbe, c'est fou comme la peur peut ramener l'être humain au sentiment de sa condition de poussière dont la vie ne tient qu'à un fil.

— Je crois qu'on va arrêter là pour aujourd'hui, ajoute-t-elle. Vous avez déjà la liste de livres pour les deux mois à venir, on se retrouve dans quinze jours ?

Pierre propose de la raccompagner chez elle, mais Cathy refuse, affirmant n'avoir besoin que de quelques minutes pour récupérer complètement et prendre sa voiture en toute sécurité. Pauline insiste pour attendre un peu avec elle, histoire d'être certaine qu'elle est en état de le faire.

Nous nous dirigeons donc tous vers la sortie quand la jeune femme me rappelle :

— Florent, si tu aimes les histoires de vengeance un peu plus sombres, j'ai un excellent bouquin que je pourrais te prêter…

Elle sort de son sac à main un livre de poche intitulé « Rien ne s'efface jamais ».

— Je devais le rendre à Joël mais, comme il n'était pas là aujourd'hui, je pense qu'il ne m'en voudra pas de te le passer, tu devrais te régaler.

C'est vraiment sympa de sa part et je la remercie d'un sourire. Pauline est une jeune femme très mignonne en plus, menue mais bien proportionnée, avec de grands yeux verts et des boucles rousses soyeuses. D'habitude ce genre de fille ne s'aperçoit même pas de mon existence, moi, le timide caché derrière ses lunettes qui accumule les maladresses et se rend ridicule à la première occasion. Pauline me rend mon sourire, elle a des dents superbes et de jolies lèvres pulpeuses. Cathy me sort de mes réflexions :

— Je suis très contente que tu sois venu, Florent. Je vois que tu es un lecteur qui a le courage de ses opinions, ton analyse était bien étudiée même s'il manquait des éléments liés à une culture littéraire qui te fait vraisemblablement défaut.

Pardon ? J'écarquille les yeux. Et dire que je suis allé lui chercher un verre d'eau à cette teigne ! M'humilier ainsi, devant une jeune femme en plus…

— Mais tu vas acquérir tout cela au fil du temps et des lectures, reprend la peste. C'est très important de participer ainsi à des débats sur des œuvres, de s'astreindre à rédiger des retours de lecture… Je vois que tu n'avais rien noté, tu devrais y penser pour la prochaine fois.

Je pense que Cathy est possédée par l'esprit de ma prof de français de terminale, une femme qui avait bien failli me dégoûter de la lecture et de l'écriture tant elle était dogmatique et pontifiante pendant ses cours. J'ai l'impression de voir madame Mangin parler à travers la bouche de Cathy. Un club de lecture doit-il forcément ressembler à un enseignement scolaire ?

Je récupère mon manteau sans un mot et quitte la pièce sans un au revoir. Sur le parking, Pauline me rejoint, elle a garé sa voiture près de la mienne.

— Ne t'en fais pas pour les critiques de Cathy, elle n'est pas méchante, mais elle parle toujours comme la prof qu'elle aurait voulu être, m'explique-t-elle.

Une fois de plus, je trouve son comportement très chouette. Je suis parti comme un voleur et Pauline a pris la peine de m'adresser ces mots. En plus, elle m'apprend que Cathy n'a finalement pas fait la carrière dont elle rêvait… L'image de vie idéale se fissure doucement.

Je voudrais répondre quelque chose, mais je suis mal à l'aise avec les mots quand je suis impressionné ou ému, et c'est le cas à cet instant. Écrire est plus simple que de parler pour moi. Je regarde donc Pauline d'un air niais.

— Tu… Tu as assuré quand elle a fait sa crise tout à l'heure, tu as su quoi faire immédiatement, c'est fou.

C'est tout ce que je trouve à dire. Pauline hausse les épaules.

— Je sais qu'elle est asthmatique. Je les connais, Jean et elle, depuis quelque temps déjà. Et ma sœur est asthmatique aussi, alors je connais des trucs. Mais c'est bizarre que sa crise soit arrivée comme ça, souvent il y a un élément déclencheur, un effort physique, un stress…

Peut-être va-t-elle faire une nouvelle crise au volant de sa voiture et se tuer ? songé-je méchamment. Je déteste de plus en plus cette bibliothécaire à la noix. Comme si elle lisait dans mes pensées, Pauline désigne le livre qu'elle m'a prêté et que je garde sous le bras.

— Franchement, je pense qu'il va te plaire d'après ce que tu as dit tout à l'heure, il est très réaliste, sans concession… On ne peut pas dire que l'auteur se fasse des illusions sur l'âme humaine ! Bon, eh bien, je vais y aller. On se voit vendredi dans deux semaines ?

J'acquiesce avec un autre regard niais. Ce que je peux être nul…

***

Je n'ai pas réussi à entrer dans le bouquin que nous devions lire pour la séance suivante, je me suis contenté de lire le premier et le dernier chapitres. Par contre, je me suis régalé avec le polar sombre prêté par Pauline. Une histoire noire, qui colle très bien à mon état d'esprit du moment. Je me suis identifié sans difficulté au héros assassin, au point de lui trouver des excuses quand il commet ses crimes.

J'ai appris, par un courriel envoyé par Cathy, qu'elle ne s'était pas tuée en voiture sur le chemin du retour et qu'elle était bien rentrée chez elle. J'espère qu'au moins Jean la fait cocue. Pour plus de sûreté, et comme Jean m'avait laissé son adresse mail, je m'inscris en son nom à lui sur des sites de rencontres extra-conjugales. C'est moche, mais si Cathy a pour habitude d'espionner la boîte mail de son mec, elle va avoir une sacrée surprise en recevant des confirmations d'inscription à

« Plancul.com » et « Sautesurtoutcequibouge.fr ». Je me marre dans mon coin. Cette garce a bien failli me rendre complètement ridicule devant la belle Pauline à laquelle je pense souvent. J'aimerais trouver un bouquin à lui prêter pour que nous commencions à faire des échanges, juste entre nous, sans débat philosophique pompeux. Je fouine dans ma bibliothèque et tombe sur un des premiers romans de fantasy que j'ai lus, c'est un peu grâce à lui que je suis devenu accro à ce genre. Je vais le lui proposer, on verra bien.

Je n'ai aucune envie de faire un retour de lecture écrit sur le bouquin dont je n'ai lu que le premier et le dernier chapitres. Si cela ne tenait qu'à moi, je cesserais même de me rendre au club de lecture, mais je ne sais pas comment je pourrais continuer à voir Pauline autrement. Je n'ai pas son numéro et je ne me sens pas prêt à le lui demander : comme je l'ai dit, je suis très timide avec les femmes. Mieux vaut que nous nous rapprochions doucement au fil des réunions du club, avec un peu de chance, elle me fera comprendre gentiment si je peux tenter ma chance ou si je risque de me prendre un râteau.

Devant ma feuille de papier, un stylo à la main, j'écris ce qui me passe par la tête. Le roman noir de Pauline, la crise d'asthme de Cathy, mes rêves où je la voyais quitter la route en peine crise d'asthme au volant de sa voiture, les possibles infidélités de Jean, tout se mélange. Je m'aperçois que je commence à rédiger des paragraphes entiers sur une histoire de crime et de vengeance. J'écris pour moi, juste comme ça, pour me libérer. Je finis par poser les feuilles, persuadé que ce moment de défoulement passé, tout cela finira à la poubelle. Je n'ai jamais écrit de polars, je n'en lis pas beaucoup non plus.

Deux nouvelles réunions du club de lecture plus tard, mes sentiments à l'égard de Cathy n'ont pas changé ; pire, ma rancune s'est amplifiée. Je ne lui trouve aucune circonstance atténuante, elle est mauvaise, tout simplement. Ma seule consolation, c'est de voir qu'elle affiche une mauvaise mine, les yeux cernés, la voix éraillée. Peut-être s'est-elle disputée avec Jean ? Ou alors, elle a des problèmes de santé… Bien fait.

Les réunions ont tout de même un côté positif : Pauline et moi, nous nous sommes rapprochés, nous avons fait des échanges de livres, elle a accepté avec enthousiasme le bouquin de fantasy que j'avais préparé pour elle, et nous avons fini par nous donner nos numéros de téléphone respectifs ! Elle est simple, chaleureuse, intelligente… Je crois que je commence à en tomber amoureux.

Ce soir, seul chez moi devant mon ordinateur, je m'interroge : Jean voit-il réellement d'autres femmes que Cathy ? En quelques minutes, je me crée un faux profil féminin sur l'un des sites sur lequel je l'ai inscrit à son insu et où je m'inscris à mon tour pour l'occasion. Je me souviens du pseudo que je lui avais attribué « Hotboy ». Peut-être en a-t-il changé ? Ou peut-être s'est-il désinscrit, tout simplement… Après un petit tour sur les différents profils, force est de constater qu'il n'y a aucun « Hotboy ». Par contre, il y a un « Veryhotboy ». Coïncidence ? Je regarde sa date d'inscription sur le site : c'est celle à laquelle je l'avais inscrit dans son dos ! Il a simplement modifié son pseudo. Waouh, c'est mon jour de chance… En quelques clics, j'indique que je veux discuter avec lui. J'ai choisi un profil excitant à souhait, avec une photo représentant un zoom sur un décolleté et un pseudo adéquat, « Gronéné ». J'ignore jusqu'où ce petit jeu va me mener. Mais si Jean a des velléités d'infidélités, pas question de louper l'occasion de nuire à Cathy.

J'ai d'ailleurs mis en place un stratagème similaire dans mon roman noir sur le thème de la vengeance. Le personnage principal, un dénommé Fred, victime d'un licenciement abusif qui lui a coûté son couple en plus de sa carrière, met tout en œuvre pour détruire son ancienne cheffe, Lydie, qu'il tient pour responsable. La première étape consiste à saper la vie de famille de Lydie, notamment en faisant croire à son compagnon qu'elle le trompe afin de provoquer une séparation. La seconde étape vise à détruire sa carrière en introduisant des logiciels espions dans son ordinateur lui permettant de prendre le contrôle à distance, puis de falsifier et de diffuser des données confidentielles. Et enfin, quand Lydie semble prête à s'effondrer, Fred lui fixe un rendez-vous dans un bâtiment désaffecté au sein d'une forêt où il va la séquestrer pendant plusieurs jours, en distillant peu à peu les informations lui permettant de deviner qui il est et pourquoi il a agi ainsi. Je n'ai pas encore déterminé s'il la tuait à la toute fin, mais de toute manière, il lui est impossible de la relâcher… Ou alors elle pourrait mourir d'épuisement, à voir. C'est un aspect jouissif de l'activité d'écrivain, que de tenir ainsi la destinée de ses personnages entre ses mains.

Un courriel de réponse me parvient, émanant de « Veryhotboy ». Il est prêt à engager la conversation, et plus si affinités. Tu m'étonnes… Je me fais passer pour une étudiante d'origine slave (en général cela plaît aux hommes, mes camarades d'études bavaient tous devant les Russes, Ukrainiennes et autres Slovaques). Pas tout à fait une fille facile, je sais que certains hommes aiment bien avoir l'impression que la séduction est une chasse (à condition que la victoire soit assurée quand même !). Bref, juste une nana canon et pas farouche qui cherche une relation, sans préciser qu'elle la veut sérieuse, ce qui veut tout dire pour un mec en recherche de sexe.

Nous échangeons toute la soirée, puis il m'envoie sa photo. C'est bien Jean, mon cœur est sur le point d'exploser de bonheur ! Par contre, il me demande la mienne en contrepartie. À toute vitesse, je cherche sur Internet une image correspondant au physique que je me suis attribué. Tiens, celle-là fera l'affaire. Je la lui envoie et il répond par un sifflement (écrit) appréciateur. Tentant le tout pour le tout, je lui propose un rendez-vous, exactement comme dans mon polar ! Bien évidemment, il l'accepte. Notre partie de jambes en l'air est programmée pour le lendemain, dans un hôtel à bas coût du secteur. Et hop, je fais une petite capture d'écran, de sa photo et de son message de rendez-vous. Non que je compte y aller, il se trouverait bien bête face à un homme au lieu de sa superbe blonde pulpeuse. Mais j'ai besoin de ces éléments pour la suite de mon plan.

Après la fin de la discussion, j'envoie un courriel à Cathy depuis une boîte mail « poubelle » que je me suis créée. Il est peu probable qu'elle le lise maintenant, il est deux heures du matin, mais demain, au réveil, hé hé… J'intitule le message « Une amie qui veut te prévenir » et je mets en pièces jointes les captures d'écran réalisées ainsi que la photo du profil de « Gronéné ». Dans le corps du texte, j'écris « Si tu ne me crois pas, ne dis rien et va au rendez-vous à l'hôtel demain, tu verras bien si ton mari y est ». Dans mon roman, la femme n'était pas réellement infidèle, mon héros parvenait à faire croire à son compagnon qu'elle l'était, grâce à de faux messages et des rendez-vous envoyés séparément aux deux. Mais là, ce cher Jean et son inconstance me facilitent la tâche.

La prochaine réunion du club de lecture n'étant prévue que deux jours plus tard, le lendemain je ronge mon frein : mon stratagème va-t-il fonctionner ? J'en profite pour peaufiner mon roman noir, c'est génial, les idées me viennent toutes seules. Je n'aurais jamais cru écrire un jour dans un style si différent du mien. J'étais habitué aux créatures magiques, aux actes de bravoure et aux combats contre les forces du Mal… À bien y réfléchir, il y a des points communs : là aussi je combats le Mal, j'applique une forme de justice au travers de la vengeance. La coupable n'a que ce qu'elle mérite. C'est à cet instant que je décide de tuer Lydie, froidement, dans mon histoire. Fred, emporté par un sentiment de toute-puissance, va l'étrangler. J'écrirai ce passage plus tard, mais je note d'office quelques idées.

Le vendredi arrive et c'est avec enthousiasme que je me rends à la réunion, un peu inquiet cependant de n'avoir pas reçu de message d'annulation de la part de Cathy qui aurait prouvé qu'elle était au fond du trou. N'aurait-elle pas tenu compte de mon courriel ? Ou pire, s'en moquerait-elle ? Certaines femmes n'accordent pas d'importance à la fidélité, je le sais. C'est aussi pour ça que j'ai choisi un profil très sexy : Cathy a forcément conscience que, physiquement, elle ne fait pas le poids face à un canon comme « Gronéné ». Si je peux réveiller en elle des blessures d'amour-propre liées à son apparence, et je suis bien placé pour savoir combien c'est douloureux, alors je vais la mettre à terre. J'ai suffisamment souffert dans ma vie pour trouver facilement où il faut appuyer pour faire du mal à quelqu'un, et je n'envisage pas une seconde que Cathy, si assurée en apparence, si contente d'elle, ne cache pas des doutes et des complexes.

Je suis très en avance, il n'y a qu'une voiture sur le parking devant la bibliothèque. Je reconnais la Clio de Cathy et je doute à nouveau, aurais-je échoué ?

Non, je n'ai pas échoué. Je le devine en entrant dans la salle et en voyant les traits tirés de Cathy qui me salue du bout des lèvres. Ses yeux sont rouges et, pendant une seconde, j'éprouve une once de pitié que je balaye rapidement. Fred n'aurait aucune pitié pour les tourments endurés par Lydie. J'ai été un sentimental pendant bien trop longtemps et ça m'a coûté cher. Et puis, Cathy ne peut s'en prendre qu'à elle-même ! Jean était de toute évidence un coureur, il n'a sûrement pas attendu mon intervention pour coucher avec d'autres filles. J'affiche un air innocent et lui offre un grand sourire accompagné d'un « Bonsoir ! » retentissant. Puis, je me mets à parler, de tout et de rien. Je sais combien il est pénible, quand on a envie de silence, de se trouver face à un moulin à paroles, d'autant plus quand ledit moulin affiche une gaieté manifeste alors que c'est la douleur qui ronge notre cœur.

— Excellent ce livre sur l'esclavage, m'exclamé-je. Vraiment, j'ai été conquis, aussi bien par le style que par le fond. La force du propos s'applique tout à fait à la gravité de la situation décrite, on ne tombe jamais dans le pathos, et pourtant les descriptions sont sans concession… Mais je ne vais pas te livrer tout mon retour tout de suite, on va attendre les autres…

Je tapote mon petit carnet que je tiens à la main, affichant toujours un sourire digne d'une publicité pour dentifrice.

— J'ai oublié quelque chose à la bibliothèque, balbutie Cathy en se dirigeant vers la porte.

— Oh, je viens avec toi, ce sera l'occasion de découvrir ta bibliothèque !

Toujours aussi enjoué, je l'accompagne dans le bâtiment voisin, en m'extasiant sur tout et n'importe quoi. En réalité, la bibliothèque est vieillotte, installée dans une ancienne habitation réaménagée et toujours divisée en pièces dont chacune contient un rayon différent. Nous montons l'escalier menant à l'étage, Cathy semble m'avoir oublié, perdue dans ses pensées. Je change alors ma technique d'approche :

— Cathy, ça va bien ? Tu sembles un peu bizarre ? Tu ne vas pas refaire une crise d'asthme au moins ?

Elle secoue la tête.

— Non, ça va. J'ai oublié d'envoyer un mail aux adhérents de la bibliothèque, il doit absolument partir aujourd'hui.

Je la suis jusqu'à son bureau, elle s'installe à son ordinateur.

— Alors, c'est là que tu travailles ? J'imaginais un bureau un peu plus grand… Tu n'as pas beaucoup de lumière non plus, ce doit être à cause des arbres en face…

J'inspecte la pièce tandis que Cathy tape sur son clavier. Je passe derrière elle pour regarder par la fenêtre. Quand je me retourne, je vois par-dessus son épaule le mot de passe qu'elle saisit pour accéder à certains fichiers. Je sais déjà que je vais faire bon usage de cette précieuse information, même si j'ignore encore quand je vais l'utiliser.

***

L'opportunité se présente lors de la réunion du club qui se tient quinze jours plus tard. Cathy a maintenu notre rendez-vous littéraire malgré une sévère rhino-pharyngite. Elle a l'air encore plus défaite que la fois précédente, pour mon plus grand plaisir.

De mon côté, j'ai passé deux semaines à avancer dans l'écriture de mon roman noir, tout en échafaudant des plans pour bousiller le travail de Cathy maintenant que je connais son mot de passe. Le rêve et la réalité s'entremêlent, je finis par rêver que je suis dans la peau de Fred et que Cathy prend les traits de Lydie. Mais, contrairement à mon héros, je n'ai pas les connaissances informatiques nécessaires pour installer un logiciel espion sur son ordinateur. Néanmoins, galvanisé par mon succès précédent dans l'affaire d'adultère, je suis plein de confiance. Je crois n'avoir même jamais été aussi confiant en moi-même et cela me change la vie. Après la réunion, je vais inviter Pauline à boire un verre, on verra bien ce qu'elle dira.

La voix éraillée de Cathy me tire de mes réflexions, elle présente son retour de lecture, bien plus superficiel qu'à l'accoutumée, d'une voix morne.

— Je vous ai apporté d'autres bouquins qui, je trouve, sont très complémentaires de celui que nous venons de lire, annonce-t-elle en regardant autour d'elle. Merde, où ai-je mis ce sac ?

Elle se lève et une quinte de toux la saisit.

— J'ai dû le laisser à la bibliothèque, quelle idiote, gémit-elle. Bon, je vais aller le chercher…

— Je peux y aller, proposé-je aussitôt. Dis-moi simplement où il se trouve.

— Non, je vais y aller. D'ailleurs j'ai oublié un autre truc, que je dois faire moi-même sur l'ordinateur.

Décidément, elle semble bien distraite, Cathy, ces temps-ci.

— Je t'accompagne alors, pour porter le sac de livres.

J'insiste et elle cède. Son regard éteint mais fiévreux me ferait presque de la peine. Sa crève semble sérieuse, avec son asthme, elle pourrait bien avoir des complications… Qui sait ? Je n'aurais peut-être même pas à l'étrangler pour qu'elle étouffe… Cette pensée me fait sursauter. Je ne suis pas Fred, je ne vais tuer personne moi ! Même si les dernières journées au boulot se sont avérées tellement pénibles et frustrantes qu'elles ont relancé ma haine contre celle qui a brisé la seule possibilité qui s'offrait à moi de changer de vie.

Arrivée dans le bâtiment de la bibliothèque, Cathy monte péniblement l'escalier en soufflant. Une fois en haut, un sanglot l'étreint.

— Ça ne va pas ? demandé-je bêtement.

Elle se cache le visage dans les mains.

— C'est Jean, ce salaud, il me trompe ! Il a essayé de me raconter des salades pour se disculper, j'ai même failli croire à ses explications au départ, mais, en y réfléchissant, je me rends compte qu'il m'a toujours menti.

— Ah… Je suis désolé.

— Bah, de toute façon je ne vais pas parler de ça avec un homme, vous êtes bien tous les mêmes…

Là, ma grande, tu viens de signer ta perte. Dire que même au fond du trou, il faut encore que tu lâches des assertions aussi vaches. Parce que les femmes sont toutes fidèles peut-être ?? J'en ai connu une, en particulier… Le visage de mon ex se superpose à celui de Cathy. J'ai mis du temps à faire mon deuil de cette relation, peut-être d'ailleurs ne l'ai-je pas complètement fait.

— Désolée, je dis n'importe quoi, bredouille Cathy.

Trop tard. Je jette un coup d'œil à la pièce où se trouve son bureau. L'idéal serait que je puisse me retrouver seul dans cette pièce. Mais Cathy rejoint son ordinateur et, entre ses larmes, fait le travail qu'elle avait oublié de réaliser.

— Le sac doit être resté dans la salle 2, me lance-t-elle. Si tu veux aller le chercher…

Voilà qui ne sert pas mes plans, mais je n'ai d'autre choix que d'obtempérer. Je vais sur le palier, entre dans la pièce en face, où je trouve rapidement le sac, déposé au sol, contenant une dizaine de livres. Tandis que je le charge sur mon épaule, j'entends Cathy qui renifle dans son bureau. Je passe la tête par l'entrebâillement de la porte.

— Tu devrais prendre cinq minutes pour aller aux lavabos, boire un coup, te passer de l'eau sur le visage… Tu ne vas pas redescendre rejoindre les membres du club dans cet état, si je peux me permettre.

— Tu as raison.

Encore quelques clics et Cathy quitte le bureau, je l'entends s'enfermer dans les toilettes qui se trouvent aussi sur le palier. Devant moi, la voie est libre. L'ordinateur trône au fond de la pièce. Je m'approche, le sac de livres à la main, et remarque qu'elle a verrouillé sa session. Mais si son mot de passe est toujours le même, je peux peut-être faire quelque chose…

Je tente une connexion et ça fonctionne ! Vite, je fouille dans sa boîte mail, elle a des centaines de contacts, évidemment, entre les adhérents à la bibliothèque, les membres de son réseau professionnel, des libraires… J'ouvre ensuite les fichiers qui sont sur le bureau de son PC. Lequel pourrais-je diffuser en masse, provoquant des remous qui éclabousseront la carrière de Cathy ? Un des fichiers s'appelle « base de données personnelles ». Il me plaît bien celui-là, je l'ouvre pour vérifier. Oh… Les adresses, téléphones et RIB de tous les adhérents à la bibliothèque réunis en un seul fichier… Et sur l'onglet suivant, les données relatives à ceux qui bénéficient de tarifs réduits du fait de situations particulières, comme le chômage, le handicap, de faibles revenus… Si ça ce n'est pas confidentiel… Je reprends le dernier courriel envoyé à la liste de diffusion la plus large possible, je mets tous les destinataires en copie visible, je joins le fichier et, en un clic, il est envoyé. J'imagine la tête des adhérents qui vont recevoir un courriel diffusé à une bonne centaine de personnes et découvrir qu'il contient des informations très privées sur leur situation personnelle et financière, je m'en réjouis d'avance !

Le bruit du loquet de la porte des toilettes me fait sursauter, je verrouille de nouveau le PC et, d'un mouvement brusque du bras, je fais tomber le sac de livres au sol. Quand Cathy me rejoint, intriguée par le bruit, elle me trouve à quatre pattes en train de ramasser les bouquins éparpillés autour de son bureau.

— Je suis désolé, je suis très maladroit, dis-je en guise d'excuse. J'ai voulu poser le sac sur le bord du bureau et il a basculé. J'espère que je n'ai pas abîmé de livres.

— J'espère aussi !

Le ton de Cathy est sec et elle ne se baisse même pas pour m'aider à ramasser. Je retiens mon sourire, elle va avoir une sacrée surprise !

Le lundi suivant, je me lève de bonne heure. Ma sœur et moi avons planifié de longue date un petit séjour dans un chalet au bord d'un étang, un endroit qui appartient à nos parents et que nous affectionnons tout particulièrement. Nous nous y retrouvons régulièrement, parfois tous les deux, parfois avec des amis. Deux cents kilomètres de route m'attendent, mais mon sac est prêt depuis longtemps. J'y ai glissé mon fidèle ordinateur portable contenant mon histoire criminelle à présent terminée. Je devrais avoir du temps pour la relire dans les jours qui viennent et, si le résultat me satisfait, qui sait ? Peut-être le proposerai-je à un éditeur.

Au moment de partir, je reçois un appel de Fanny :

— Salut Florent, est-ce que ça t'embête si je demande à Cathy de venir nous rejoindre pour un jour ou deux ? Elle est très mal, Jean et elle se sont gravement engueulés, apparemment il a fait le con, elle parle de divorcer, et en plus elle a des problèmes au travail...

— Ho ! Des problèmes à la bibliothèque ? Non ?

Je joue mon rôle à merveille, même si je danse de joie devant ma porte. Ça, Fanny ne peut pas le voir.

— Elle aurait envoyé par mail des données privées, des informations à caractère personnel, à tous les adhérents de la bibliothèque. C'est une faute professionnelle, elle a une procédure disciplinaire sur le dos. Elle dit qu'elle ne se rappelle pas l'avoir fait, mais bon, ce n'est pas le Saint-Esprit qui a manipulé son clavier... Quelques jours de congé lui feraient du bien.

Pas le Saint-Esprit, non... J'exulte. Mais ai-je envie de voir Cathy dans notre petit coin de paradis ? À moins d'en profiter pour la noyer dans l'étang... Fred, sors de ce corps !

— Pas de souci, Fanny. Dis-lui de venir.

En arrivant sur le chemin de terre qui mène à notre petit chalet, perdu au milieu des marais, j'ouvre en grand les vitres de ma voiture et prends une profonde inspiration. C'est un rituel que je me suis fixé il y a des années et que je réitère chaque fois que j'arrive ici. L'étang est rapidement en vue, le chalet avec sa terrasse en bois également. Ce n'est pas très vaste, mais il y a tout de même trois chambres et un canapé convertible dans la salle principale qui sert à la fois de salon, de salle à manger, d'entrée et où se niche un coin cuisine. Ajoutons à cela une salle d'eau et des WC, tout y est ! Avec nos parents, Fanny et moi avons passé de nombreux étés ici, peuplés de bonheurs simples et de souvenirs qui restent vivaces des années plus tard.

Fanny est déjà sur les lieux, je repère sa voiture garée devant la porte. Je la rejoins à l'intérieur et, après de brèves embrassades, nous attaquons le ménage.

— On va proposer à Cathy la chambre qui donne sur la terrasse, suggère ma sœur.

C'était la chambre de nos parents quand nous étions petits. Depuis l'enfance, Fanny et moi avons gardé les chambres que nous avions à l'époque : je couche toujours dans celle donnant sur l'arrière, directement sur l'étang qui fait un coude à cet endroit, et Fanny dort dans la chambre jouxtant la mienne. Ces deux chambres sont séparées de la troisième par la salle d'eau.

— C'est sympa d'avoir accepté la venue de Cathy, elle arrive ce soir. Tu n'avais pas envie d'inviter quelqu'un toi aussi ? demande ma sœur, un chiffon à la main.

La couche de poussière qui s'est accumulée est conséquente, cela fait des mois que nous ne sommes pas venus. Je hausse les épaules. Je n'ai pas spécialement d'amis depuis un moment, et Fanny le sait bien.

— On n'a que trois chambres, c'est complet.

— Tu oublies le clic-clac. Et comment va cette fille avec qui tu échanges des bouquins… Pauline, je crois ?

Je n'aurais pas dû raconter à ma sœur que je m'entendais très bien avec une jeune femme du club de lecture. Elle en a tout de suite tiré des conclusions un peu hâtives. Même si Pauline et moi nous nous voyons désormais en dehors du club de lecture, jusqu'à présent nos relations sont restées purement amicales. Sans doute attend-elle que je fasse le premier pas… ou pas. Du coup, je n'ose pas. Pourtant, Pauline m'a envoyé un SMS au moment où j'arrivais au chalet, demandant si on pouvait se voir le jour même pour échanger d'autres livres. Je n'ai pas encore répondu.

— Tu pourrais l'inviter, suggère Fanny comme si elle lisait dans mes pensées. En plus, elle connaît Cathy, je crois. On lui laisserait ta chambre, tu pourrais dormir sur le canapé.

L'idée ne me paraît pas si absurde. Je me décide à envoyer un SMS à Pauline, appréhendant un peu sa réponse. Mais c'est un grand oui, accompagné d'un smiley, qui atterrit sur mon téléphone quelques minutes plus tard. Il suffit que je lui donne la localisation exacte de notre chalet et Pauline promet de nous rejoindre dans la journée car, ça tombe bien, elle était en congé. J'ai l'impression que la chance tourne en ma faveur !

En attendant l'arrivée de nos hôtes, je m'installe sur la petite terrasse donnant sur l'étang, mon ordinateur portable sur les genoux, et je relis mon polar. J'ai offert une fin affreuse à Lydie, à qui j'ai collé une pathologie asthmatique de surcroît – toute ressemblance avec une personne réelle est fortuite, vais-je devoir préciser en avertissement. J'ai l'impression d'exorciser une partie de la colère que j'éprouvais à l'égard de Cathy, je me sens apaisé et confiant en l'avenir.

Emporté par mon enthousiasme, je me connecte à Internet via le réseau 4G de mon smartphone et je cherche des éditeurs spécialisés dans les romans noirs et policiers. J'en trouve trois qui me paraissent sérieux. Le nom de l'un d'eux, Éditions de la Destinée, me dit quelque chose… C'est Jean qui me l'avait recommandé lors du dîner où j'ai rencontré Cathy. Ma motivation s'en trouve renforcée : après une dernière relecture, je vais soumettre mon histoire à cette maison d'édition.

Ma sœur vient me rejoindre, deux verres de jus de fruits à la main. Elle m'en tend un.

— Tu te remets à l'écriture alors ? C'est chouette, ça me fait plaisir pour toi. Tu adorais ça étant plus jeune.

— Je te demanderai de ne pas en parler, à personne, pour le moment. Ce ne sont que des essais.

Elle acquiesce. Je pense pouvoir lui faire confiance.

Le soir tombe quand j'entends une voiture se garer de l'autre côté du chalet, je range l'ordinateur, puis je me rends auprès de notre invitée qui s'avère être Pauline. Elle a fait vite ! Après quatre bises, je lui montre sa chambre – la mienne à l'origine –, où elle dépose son sac.

— J'espère ne pas déranger, s'inquiète-t-elle.

— Tu es la bienvenue. Cathy va nous rejoindre aussi.

Pauline observe l'environnement tandis que nous retournons sur la terrasse. Elle semble apprécier les lieux et ça me fait chaud au cœur.

— C'est un endroit que j'aime beaucoup, depuis mon enfance, expliqué-je.

— On comprend pourquoi. Cette terrasse est idéale pour s'installer avec un bouquin… À propos, j'en ai apporté trois. Et je te rends celui que tu m'as prêté la fois dernière. Tes commentaires m'avaient vraiment donné envie de le lire, tu n'as jamais pensé à faire des chroniques littéraires ?

Avant que je puisse répondre, un nouveau bruit de moteur me signale que notre second hôte, à savoir Cathy, vient d'arriver. Ma bonne humeur est telle que je me sens prêt à faire un effort pour elle, à condition qu'elle y mette du sien, bien entendu. J'estime qu'elle a bien payé, ces derniers temps, pour ses actes néfastes.

La journée étant presque terminée, après avoir aidé nos deux invitées à s'installer, Fanny et moi nous occupons de préparer un dîner simple. L'ambiance n'est pas au beau fixe, Cathy affiche une tête d'enterrement et, quand son portable sonne, elle refuse de décrocher en voyant l'identité de l'appelant. Fanny et Pauline s'efforcent d'animer la conversation, mais face à la vacuité de leurs efforts, nous terminons la soirée de bonne heure et chacun regagne son lit – le canapé pour ma part.

***

Le lendemain, tandis que Cathy part avec ma sœur pour un tour de l'étang à pied, moment qu'elles vont mettre à profit pour discuter – j'ai saisi le mot « divorce » alors qu'elles s'éloignaient –, Pauline et moi nous prêtons des livres tout en partageant nos impressions de lecture. Installés sur la terrasse, nous profitons de la douce lumière qui rayonne sur l'étang, avec les chants d'oiseaux en fond sonore. Serein, je me laisse aller à quelques confidences.

— Tu m'as demandé hier si je n'étais pas tenté par les chroniques, en fait je dois te dire quelque chose… J'écris des trucs, enfin un peu…

Les yeux de Pauline s'écarquillent.

— Sérieux ? Tu écris des romans ? Waouh.

Elle semble impressionnée et j'ai très envie de l'embrasser mais quelque chose me retient encore.

— Tu écris dans quel genre ?

— Fantasy et, depuis peu, polar. Je ne sais pas si c'est bon ou pas…

— Je pourrais le lire ?

Sa demande est formulée si simplement, avec tant de naturel, que je n'envisage pas de refuser. Je lui demande si elle se sent prête à lire dès maintenant mon roman policier.

— Bien sûr !

Je lui passe mon ordinateur et elle s'installe dans sa chambre, sur son lit, pour se plonger aussitôt dans la lecture.

Je suis partagé entre trac et excitation, Pauline lit énormément de polars, elle a des éléments de comparaison. De plus, elle sait dire ce qui lui plaît ou pas dans un livre, sans être méchante mais avec franchise.

Pour passer le temps pendant qu'elle lit, je m'active à ranger quelques bibelots dans le salon, puis je passe un coup de balai sur la terrasse et enfin, je me plonge à mon tour dans un livre, assis sur la terrasse.

Plus de deux heures plus tard, Pauline me rejoint, les yeux brillants, et s'assoit à côté de moi.

– C'est génial, tout simplement, déclare-t-elle. Il faut que tu l'envoies à un éditeur.

Mon cœur explose de joie. J'ai toujours été un émotif, je le sais. Je profite de ce moment où je flotte sur un petit nuage pour trouver le courage d'accomplir ce geste qui me démange depuis des jours : poser mes lèvres sur celles de Pauline. Elle répond à mon baiser et, quand nous nous séparons, elle remarque :

— Tu en auras mis du temps.

La promenade de Fanny et Cathy s'est prolongée au-delà d'un simple tour d'étang et la journée est bien avancée lorsqu'elles reviennent. La bibliothécaire a les yeux rouges et je propose, afin d'améliorer l'atmosphère, un petit apéritif dînatoire pour le soir.

Le reste de la journée file à une vitesse folle, peut-être à cause de mon sentiment d'euphorie. Pauline m'indique qu'elle a un coup de téléphone à passer, puis qu'elle m'aidera à préparer l'apéritif. Elle annonce avoir une surprise.

Le soir venu, nous nous retrouvons donc tous les quatre auprès du vieux poêle de la pièce principale, j'ai sorti quelques tapas et Pauline s'est occupée des boissons et de la « surprise » : elle a apporté avec elle une bouteille d'un vin de grand cru qu'elle présente comme fameux. Ma sœur ne boit pas d'alcool, par principe, mais pour ma part, sur l'insistance de Pauline, je me laisse tenter. Cathy nous imite, annonçant qu'elle se sent beaucoup mieux depuis qu'elle a pris la décision de divorcer de Jean. Elle l'en menaçait depuis plusieurs jours, sans toutefois être convaincue elle-même de vouloir aller au bout de sa démarche, mais à présent, sa décision est ferme et définitive.

Bientôt les langues se délient, nous sortons des blagues un peu lourdes et causons à bâtons rompus. Ma sœur, malgré le jus de fruits que contient son verre, n'est pas la dernière à enchaîner jeux de mots douteux et anecdotes déjantées. Pauline remplit nos verres et fait des va-et-vient entre le coin cuisine et le salon. Elle semble se sentir chez elle et insiste pour que je reste avec ma sœur et notre « invitée » qui a bien besoin d'une compagnie gaie.

Vers vingt-deux heures, je me sens complètement assommé et mes bâillements font rire les autres. Après avoir débarrassé les restes éparpillés sur la table, Pauline insiste pour faire un brin de vaisselle et nous regagnons ensuite nos lits respectifs. À peine suis-je allongé sur le clic-clac que je plonge aussitôt dans un sommeil de plomb.

Il me semble vaguement, au milieu de la nuit, entendre un bruit sourd dans la chambre de Cathy mais je n'y accorde guère d'attention, persuadé qu'il s'agit d'un rêve. Cathy apparaît souvent dans mes rêves depuis que je la connais, ses traits se mêlant à ceux que j'ai attribués à Lydie. En tuant Lydie, j'ai tué la Cathy qui m'avait fait tant de mal, cette phrase revient dans ma tête alors que j'émerge doucement au matin. J'ai mal au crâne, il est vrai que je ne suis pas très habitué à l'alcool.

Ma sœur me rejoint dans le salon, bientôt suivie de Pauline. Seule Cathy n'est pas levée. Vers onze heures, sa porte demeurant close, ma sœur s'inquiète et va frapper bruyamment en l'appelant. Aucune réponse. Fanny actionne la poignée tandis que je la rejoins. La porte s'ouvre et la première chose que nous remarquons, c'est la fenêtre ouverte. Puis le couvre-lit, qui n'est plus à sa place et a basculé de l'autre côté du lit, le côté que nous ne voyons pas depuis la porte. Nous faisons le tour. Le corps de Cathy, à demi-emmêlé dans le couvre-lit, visage violacé, gît au sol. Fanny pousse un hurlement qui attire Pauline. Celle-ci se met à crier à son tour. Bizarrement, je reste de marbre. J'ai tellement imaginé la mort de cette femme, j'ai du mal à réaliser qu'elle s'est produite pour de bon.

— Il faut appeler un médecin, déclare Pauline.

— Il n'y a plus d'espoir, murmuré-je. On voit bien qu'elle est…

— Mais on ne peut pas la laisser comme ça !

Elle a raison. Je prends ma sœur hébétée par les épaules pour lui faire quitter la pièce pendant que Pauline cherche son portable et passe un appel auprès des secours.

Je vis les heures qui suivent comme un cauchemar que j'observerais de l'extérieur. Le médecin arrive, accompagné de la police. Je répète en boucle : « Elle était asthmatique, elle a dû faire une crise dans la nuit, on ne l'a pas entendue. »

Après les premières constatations, nous sommes invités à nous rendre au commissariat pour effectuer nos dépositions.

C'est la première fois de ma vie que je pénètre dans un commissariat, l'atmosphère est froide, pesante. Le policier qui m'interroge, qui s'est présenté à moi comme le lieutenant Charrier, va droit au but et assène ses questions tout en prenant des notes sur son ordinateur : quels étaient mes liens avec la victime, est-ce que je savais qu'elle était asthmatique, quels médicaments prenait-elle, comment était-elle la veille au soir, à quelle heure nous sommes-nous séparés, est-ce que j'ai entendu du bruit pendant la nuit, etc. Quand je réponds que j'ai eu le sommeil particulièrement lourd cette nuit-là, il me demande :

— Vous aviez pris un somnifère ?

— Non, seulement bu de l'alcool.

— Quoi, comme alcool ?

— Du vin. Nous en avons tous bu, sauf ma sœur.

Les doigts du lieutenant s'activent sur son clavier.

— Vous êtes sujet au somnambulisme ?

— Pas que je sache. Pourquoi ?

Je ne comprends pas bien l'origine de la question. Pense-t-il que je me serais relevé la nuit pour aller étrangler Cathy ? Non, ça c'est mon imagination d'écrivain qui me joue des tours. D'ailleurs Cathy n'a pas été étranglée, elle est morte d'une crise d'asthme particulièrement violente. Enfin, je crois. Pourquoi n'a-t-elle pas pris son médicament ? N'a-t-il pas agi correctement ?

J'essaie de poser ces questions au lieutenant Charrier, mais il secoue la tête en se contentant de répondre que l'enquête suit son cours. Il me fait signer ma déposition, puis je suis libre de quitter les lieux. Ma sœur m'attend dehors, la mine sombre.

— Nous n'avons pas le droit de retourner au chalet, même pour prendre nos affaires, annonce-t-elle. D'ailleurs, la police m'a indiqué que nos effets personnels seraient fouillés.

Merde, mon ordinateur ! Heureusement que j'avais sauvegardé mon polar en m'envoyant le fichier par courriel… Je n'ai pas confiance dans les clés USB.

— On dirait vraiment qu'ils croient qu'on l'a assassinée, soupiré-je. Jean a été prévenu de la mort de Cathy ?

Fanny acquiesce de la tête.

— Lui aussi va être interrogé, je ne leur ai pas caché la situation conflictuelle entre eux ; de toute façon, ils l'auraient bien découverte.

***

Le surlendemain, alors que je viens tout juste d'envoyer le manuscrit de mon roman noir aux Éditions de la Destinée, je suis de nouveau convoqué au commissariat. Bien qu'un peu étonné, je me rends au rendez-vous. Je demande d'emblée au policier qui me reçoit – encore le lieutenant Charrier –, la raison de cette nouvelle convocation. Il me dévisage en silence, longuement, puis lâche :

— Vous n'en avez aucune idée ?

— Non.

— Les analyses ont démontré que Mme Catherine Berger n'était pas décédée d'une simple crise d'asthme. En fait, l'inhalateur qu'on a retrouvé dans sa chambre, et qu'elle a vraisemblablement utilisé, contenait, au lieu du traitement habituel, un AINS.

— Un quoi ?

— Un anti-inflammatoire non stéroïdien. Exactement le type de produit qui peut exacerber une crise d'asthme. Et manifestement, elle en a absorbé une bonne quantité. Plus que ce que contenait son inhalateur, elle en a certainement pris par un autre biais en plus.

— Ce serait un suicide ?

Le lieutenant me regarde comme si j'étais idiot.

— Drôle de manière de se suicider. D'après le légiste, elle a certainement ingéré une première dose de cet AINS sous forme liquide, peut-être avec un comprimé effervescent placé dans une boisson, puis une crise se serait déclenchée dans l'heure suivante. Elle a alors utilisé son inhalateur, sans deviner qu'elle ne faisait que reprendre une dose supplémentaire de ce produit. Les symptômes se sont aggravés, elle a ouvert sa fenêtre pour essayer de mieux respirer, puis elle a dû se diriger vers la porte pour trouver de l'aide, mais c'était trop tard… Elle a succombé.

— Ce serait un meurtre alors ?

— Vous êtes un rapide des méninges, vous.

Il me dévisage de plus belle.

— Depuis quand connaissez-vous Catherine Berger ?

Je sais que je le lui ai déjà dit, mais je répète l'histoire du dîner avec ma sœur et le couple, puis le club de lecture.

— Vous ne vous étiez pas croisés avant ?

— Non !

Le policier croise les doigts en tapotant ses deux index l'un contre l'autre.

— Pourquoi, alors, lui avoir envoyé ces messages ?

— Quels messages ?

— On a fouillé votre ordinateur.

La vérité me revient à la vitesse d'une fusée. Je n'ai absolument pas pensé à supprimer les messages envoyés de ma boîte mail ; les enquêteurs ont dû trouver aussi la trace de ma connexion sur le site de rencontre, sous un faux profil. Pire, s'ils font le recoupement avec ma participation au concours de nouvelles, ils devineront que j'avais une raison de lui en vouloir.

— Nous savons que vous avez tout mis en œuvre pour pousser Catherine Berger à soupçonner son mari d'adultère, reprend Charrier.

— Vous avez fouillé le portable de Jean, j'imagine. Vous avez dû voir qu'il voyait d'autres filles bien avant que je ne les rencontre.

— Ce qui ne me dit pas pourquoi vous vous en êtes mêlé.

— Je… Je voulais qu'elle sache à qui elle avait affaire.

— Quelle générosité, répond le flic sur un ton ironique. Vous avez été jusqu'à jouer les tentatrices auprès de Jean afin de dévoiler son manque de fidélité… Si vous ne connaissiez Catherine que depuis peu, qu'est-ce que cela pouvait bien vous faire ?

Je réalise que je m'enferre dans le mensonge. Ici, ce n'est pas moi qui écris le scénario, je suis un pion, une marionnette. C'est beaucoup moins simple que d'écrire un polar, il n'y a pas de touche « effacer », pas de suppression de paragraphe possible, ce qui est fait est fait, ce qui est dit est dit.

— Vous feriez mieux de dire la vérité, conseille le lieutenant Charrier.

J'acquiesce et lui relate l'histoire du concours, ma déception, ma rencontre inopinée avec la responsable de mes malheurs, puis mon désir de vengeance.

— J'ai deviné que Jean la trompait en l'entendant fixer un rendez-vous par téléphone le soir où je suis allé dîner chez eux. Je n'ai fait que me servir de ça pour la faire souffrir, j'avoue, je voulais casser son couple.

— C'est tout ?

J'écarquille les yeux.

— C'est déjà bien, non ?

— Je crois que votre vengeance est allée beaucoup plus loin. On m'a relaté que Catherine a été victime d'un sabotage de son travail, une histoire qui lui aurait coûté une procédure disciplinaire pour faute professionnelle si elle avait survécu.

Je lève les mains.

— Je ne suis pas responsable de ses fautes dans le cadre de son travail.

— Mais manifestement, elle a toujours nié avoir envoyé ce mail… Quelqu'un aurait pu le faire dans son dos. Vous étiez à l'étage avec elle ce jour-là.

Seuls les membres du club de lecture ont pu dévoiler cette information. Qui a été raconter ça ?

— Alors, Monsieur Martin ?

— Il faut probablement un mot de passe pour se connecter, comment aurais-je pu…

— En l'observant le saisir par exemple. Nous pouvons faire des relevés d'empreintes sur son clavier, sur son bureau aussi, si nécessaire.

Je soupire.

— Je risque quoi ?

— Toutes ces petites vacheries passeront aux oubliettes derrière le chef d'accusation d'homicide avec préméditation.

Je m'étrangle, la stupéfaction me cloue les lèvres. Homicide avec préméditation… Je suis soupçonné d'être un meurtrier.

— Allons, ne me dites pas que vous n'y avez pas pensé, reprend Charrier. J'ai lu votre texte, l'espèce de polar, qui figurait en pièce jointe de l'un de vos mails. Intéressant. On sent que la préméditation et la stratégie sont vos points forts.

— Mais, ce n'est qu'un roman ! Une histoire de fiction, que j'écris pour mon plaisir ! On n'enferme pas les gens parce qu'ils écrivent des polars !

— Dans votre cas, il y a beaucoup trop d'éléments troublants. Le parallèle entre votre personnage, Lydie, que le tueur hait intensément, et Mme Catherine Berger, est évident. Jusqu'à l'asthme… Vous avez fait des recherches sur cette pathologie, on en a trouvé des preuves sur votre ordinateur.

— Pour mon histoire, uniquement !

Je suis effondré, moi qui pensais être sorti de cette période compliquée, voilà que ma vie prend un tournant dramatique.

Le policier se lève, marche dans la pièce tandis que je prends ma tête dans mes mains. Puis il se penche vers moi :

— Vous savez, Florent, je crois que vous avez fini par vous prendre pour le héros assassin de votre histoire. Vous avez voulu accomplir une vraie vengeance.

— Non, je n'ai rien fait, cette nuit-là je ne suis pas allé voir Cathy…

Mais le doute me gagne. Mes souvenirs sont tellement vagues… Il est vrai que, dans mes rêves, j'ai mélangé fiction et réalité, mais ce n'était que des rêves…

— Comment avez-vous échangé le contenu de l'inhalateur de Catherine Berger ? reprend le lieutenant. À quel moment l'avez-vous fait ?

— Je n'ai pas touché à son inhalateur, je le jure ! Mais enfin, vous avez pris mes empreintes, vous avez dû voir qu'elles n'étaient pas dessus !

— Il n'y avait que les empreintes de Catherine dessus. Normal, car elle a été la dernière personne à le manipuler. Le tueur a dû effacer ses empreintes après avoir procédé à l'échange des recharges.

Mon cerveau se réveille lentement et passe en mode survie. Pour me sortir de là, je dois réfléchir, posément, avec recul. Qui a pu changer le contenu de l'inhalateur ? Jean, avec qui Cathy vivait, pouvait très facilement le faire. Parmi les personnes présentes au chalet, je disculpe d'office ma sœur. Reste Pauline. Non, impossible. Elle aimait bien Cathy. Pourtant, si Cathy a bu un verre contenant une première dose de ce fameux AINS, il a fallu que la manipulation soit effectuée par l'un de nous trois. Je ne l'ai pas fait, j'en suis certain. Pauline, alors, mais pourquoi ?

— Résumons, vous avez un mobile, vous avez eu l'opportunité, c'est mauvais pour vous. Je vous conseille de faire appel à un avocat.

Le téléphone posé sur le bureau sonne à cet instant. Charrier décroche, je vois ses sourcils se froncer au fur et à mesure que son interlocuteur lui délivre un message.

— Très bien, merci.

Il raccroche sur ces simples mots, puis revient s'asseoir en face de moi.

— On a retrouvé une recharge d'inhalateur contenant de la Ventoline dans les taillis derrière le chalet, annonce le policier. Et, mauvaise nouvelle pour vous, vos empreintes sont dessus. Vous avez bien changé le contenu de l'inhalateur de Madame Berger, vous l'avez remplacé par une recharge contenant un AINS et vous avez jeté le flacon d'origine en oubliant d'effacer vos empreintes.

— C'est impossible !

Je crie, je pleure, je perds mes moyens. Qui pourrait être assez stupide pour laisser ses empreintes sur une preuve telle que celle-ci ? Et jeter ce flacon à proximité du chalet, là où il est évident que la police va la trouver ?

— On cherche à me faire endosser la responsabilité du crime. Je ne vois pas d'autre explication.

— Ah, et qui donc ?

Je ne vois malheureusement qu'une personne. Pauline. Au cours de la nuit, elle a dû prendre ma main pendant que je dormais et presser mes doigts sur ce satané flacon. Et si je ne l'ai pas sentie ni entendue, c'est parce qu'elle m'avait préalablement drogué. Je me souviens de la lourdeur de mon sommeil, que j'avais attribuée à l'alcool. J'en fais part au lieutenant Charrier.

— On pourrait me faire des analyses de sang ? suggéré-je après avoir expliqué ma théorie.

— Depuis trois jours, les produits ne sont certainement plus présents dans votre organisme. Par ailleurs, quel mobile cette Pauline aurait-elle eu pour tuer Mme Berger ?

Ça, je n'en ai aucune idée. Cathy l'aurait-elle cassée dans des projets littéraires, comme elle l'a fait pour moi ? Je ne sais même pas si Pauline écrit elle aussi... Dans tous les cas, une chose est sûre, cette femme s'est servie de moi. Elle m'a manipulé et, à l'heure actuelle, je n'ai plus rien : ni possibilités de publication, ni petite amie, ni liberté, car j'ai bien compris que je vais être incarcéré.

Les murs de la pièce se resserrent autour de moi tandis que je me revois quelques mois plus tôt, au moment du concours, galvanisé par la perspective de peut-être, enfin, percer dans l'écriture. Tant d'espoirs, tant de rêves, puis l'intervention de Cathy, la désillusion, le désarroi. Ensuite cette rencontre surprise, mon désir de vengeance que j'ai fini par canaliser à travers l'écriture et qui m'a ouvert les portes d'un univers méconnu : le monde des polars. Puis le début de ma relation avec Pauline : de nouvelles illusions qui se sont soldées par une douche froide maintenant que j'ai compris ses motivations. Pour couronner le tout, cette arrestation, cette accusation de meurtre à mon encontre. Non, je n'ai pas tué Cathy, même si j'en ai rêvé à un moment. Je sais à présent que je n'ai pas l'étoffe d'un assassin, sauf avec une plume dans la main, enfin, un clavier d'ordinateur. Je suis un loser, un type qui foire tout ce qu'il entreprend et qui va payer ses naïvetés au prix fort. Cathy aura été mon mauvais génie jusqu'au bout, jusque dans sa façon de quitter ce monde, elle m'aura détruit.

***

Deux mois plus tard

Fanny arrive d'un pas rapide au bureau de Maître Madiol. Les parents ont remué ciel et terre pour trouver à Florent un bon avocat qui a affirmé qu'il le défendrait de son mieux ; il a bon espoir, malgré les preuves qui accusent le jeune homme.

En ce début de matinée, Maître Madiol a téléphoné à Fanny pour lui annoncer qu'il y avait du nouveau dans l'enquête et que cela penchait en faveur de son frère. Il a précisé qu'il souhaitait la voir en personne pour lui en dire plus.

La jeune femme est heureuse, pour la première fois depuis des semaines ; enfin, elle aura une bonne nouvelle à annoncer à son petit frère lors de sa prochaine visite à la maison d'arrêt où il est détenu en préventive. Deux bonnes nouvelles même car, de son côté, en relevant le courrier à la boîte aux lettres de son frère, Fanny a découvert ce matin une enveloppe qu'elle s'est permis d'ouvrir. Le contenu l'a réjouie.

Une fois dans le bureau de l'avocat, elle lui serre brièvement la main et demande aussitôt :

— Alors, Maître ? Vous disiez que vous aviez de bonnes nouvelles ?

— En effet, il se trouve que, suite au décès de Catherine Berger, son époux, Jean, a touché une jolie assurance-vie.

— Un mobile pour le meurtre ! s'exclame Fanny. Pourquoi personne n'y a pensé avant ?

— Les enquêteurs y ont pensé, mais Jean n'était pas sur les lieux du crime. Pourtant, il faut croire qu'il avait une complice… Mademoiselle Pauline Gautier et lui ont quitté la France pour le Mexique hier dans l'après-midi.

— Jean et Pauline ??

— Jusqu'à présent, rien ne permettait d'envisager que ces deux-là avaient des liens particuliers, mais partir ainsi ensemble avec l'argent de l'assurance-vie, ce n'est pas un hasard. Je ne veux pas faire le travail des enquêteurs, mais je ne serais pas surpris si l'on découvre qu'ils entretenaient une liaison. Même si Jean avait manifestement d'autres aventures à côté.

— Florent m'avait dit lors du premier parloir qu'il pensait que c'était Pauline qui avait changé les recharges de l'inhalateur, il n'y avait qu'elle qui aurait pu le faire… Mais il lui manquait un mobile et des preuves.

— Nous l'avons à présent. Nous savons que Catherine Berger était prête à divorcer, Jean ne pouvait pas prendre le risque de voir s'envoler cette jolie assurance-vie qu'elle avait souscrite à son bénéfice. Il a convaincu sa maîtresse d'intervenir. Vous m'avez dit qu'elle avait un flirt avec votre frère, elle a profité de ce rapprochement pour lui faire porter le chapeau… C'est elle qui s'est invitée, ou bien c'est lui qui le lui a proposé ?

— Florent m'a dit qu'elle lui avait proposé qu'ils se voient ce jour-là. Avec le recul, je pense qu'elle lui a tendu la perche pour qu'il l'invite à nous rejoindre. Par Jean, Pauline devait savoir que Cathy avait prévu de venir quelques jours au chalet.

— Et Jean avait pu facilement changer le contenu de l'inhalateur de Cathy, ou en fournir un identique mais contenant un AINS à sa complice qui aura fait l'échange une fois au chalet. Ensuite, elle a dû offrir en fin de soirée une boisson à Cathy contenant un premier AINS, sans doute effervescent.

— C'est Pauline qui s'est occupée des boissons ce soir-là, se rappelle Fanny.

— Et elle a probablement drogué votre frère par le même moyen, avec un bon coup de somnifère. Elle aura ensuite rincé les verres. Ni vu ni connu !

— Elle a insisté pour faire la vaisselle, ça me revient. Je me demande même si…

Maître Madiol fixe Fanny avec intérêt.

— Oui ?

— Je sais que la veille du meurtre, Cathy et moi sommes allées faire une longue balade. Au retour, Florent et Pauline discutaient avec animation, il semblait sur un nuage… Comme vous le savez, il écrivait un roman policier sur le thème de la vengeance, je l'ai lu depuis… Ce roman a beaucoup joué contre lui car les enquêteurs ont fait un parallèle entre le tueur de l'histoire et mon frère. Eh bien, je me demande si Florent n'aurait pas fait lire à Pauline son roman. Il était amoureux vous savez, je sais reconnaître quand mon frère est dans cet état… Florent est un grand émotif. Et si elle a découvert son histoire de vengeance, ça a pu inspirer Pauline, lui donner l'idée que Florent ferait un coupable idéal au vu de ce qu'il avait écrit. Il était évident que les policiers étudieraient le contenu de son ordinateur…

— Nous n'aurons jamais la certitude à moins d'avoir des aveux complets des coupables, ce qui me paraît peu probable, soupire Maître Madiol. Néanmoins, avec tous ces éléments, je pense obtenir un non-lieu sans difficulté.

La sonnerie du téléphone portable de Maître Madiol retentit tandis que Fanny se sent pousser des ailes. Le cauchemar est sur le point de se terminer. Depuis qu'elle va le voir en prison, Florent, très abattu, s'est beaucoup livré sur ce qu'il a traversé ces derniers mois : son travail d'écriture dans l'ombre, son échec au concours… Elle se sent plus proche que jamais de son frère et espère bien pouvoir reconstruire un avenir familial plus serein.

Elle tripote la lettre qu'elle garde dans sa poche, celle qui est adressée à Florent. Elle va faire une demande de visite, aller lui remettre ce courrier au plus vite, et elle lui annoncera la bonne nouvelle communiquée par Maître Madiol. Toute à son euphorie, Fanny ne remarque pas que le visage de l'avocat s'assombrit. Après de brefs « Oui », « Non » et « Merci », il raccroche.

Fanny, n'y tenant plus, sort la lettre de sa poche.

— J'ai une autre bonne nouvelle pour Florent.

— Mademoiselle Martin, s'il vous plaît… J'ai de mon côté une mauvaise nouvelle. Une terrible nouvelle.

— Quoi ? Ils l'ont condamné ? Mais le procès ne devait pas avoir lieu avant…

— Mademoiselle Martin, votre frère s'est pendu cette nuit dans sa cellule.

Le monde s'arrête autour de Fanny qui fixe l'avocat avec stupeur. Les mots n'ont plus de sens. Elle caresse machinalement la lettre qu'elle tient à la main.

— C'est pas possible… Pas possible. On allait l'innocenter… J'allais lui donner cette lettre…

Elle lâche l'enveloppe et le courrier qu'elle contient s'en échappe et tombe sur le sol. Sur la feuille blanche à l'entête des Éditions de la Destinée, les mots rédigés ressortent en noir :

Monsieur Florent Martin,

Après une étude approfondie de votre manuscrit « Vengeance froide » par notre comité de lecture, j'ai le grand plaisir de vous annoncer qu'il a été retenu. Nous avons apprécié la qualité de la plume et l'atmosphère très sombre de l'histoire, qui correspond tout à fait à notre ligne éditoriale. Nous serions fiers de vous compter désormais parmi nos jeunes auteurs de talent, et, par conséquent, nous vous proposons le contrat d'édition ci-joint, à compte d'éditeur.

Je vous prie d'agréer mes salutations distinguées,

Bernard Leconte,

Directeur adjoint des Éditions de la Destinée

La gorge infernale

Jour 1

La douleur lancinante dans ma tête est la première sensation que j'éprouve. Elle se propage subitement et je réalise que j'ai aussi très mal au dos. En fin de compte, c'est tout mon corps qui me torture. J'ignore pourquoi, je ne sais même pas où je suis. J'ouvre les yeux. Un ciel bleu et lumineux s'étend au-dessus de moi. La lumière du soleil aggrave mes maux de tête et je referme mes paupières. Je suis à l'extérieur. Allongée sur le sol, si j'en crois l'inconfort, avec ces petits cailloux qui me piquent le dos. Je tente de me redresser, mais une lame de douleur me déchire le crâne et j'abandonne. Avec la souffrance, la mémoire me revient dans un flash. Accident. J'étais dans un avion de tourisme. On s'est écrasés.

La panique me gagne. Suis-je gravement blessée ? Paralysée ? Fracturée ? Sans ouvrir les yeux, je fais bouger doucement mes mains, puis mes bras qui répondent bien, bien qu'au prix de quelques douleurs d'un niveau tolérable. Je tente la même expérience avec mes pieds, ma cheville droite me fait très mal. Entorse ? Fracture ? Néanmoins, je parviens à bouger les jambes. Je porte les mains à ma tête si douloureuse. Je sens quelque chose de poisseux sur ma tempe gauche, sans doute du sang qui coagule déjà. Pas de blessure ouverte sérieuse en apparence. En revanche, j'ai toujours très mal au dos. Je m'efforce de rouler doucement sur le côté et cela fonctionne, même si ce mouvement réveille en moi la sensation d'avoir été rouée de coups.

Je rouvre les yeux, à présent je suis à l'ombre d'un petit buisson et il n'y a plus ce douloureux rayon direct du soleil qui me vrillait la tête. J'observe tout mon corps avec appréhension, redoutant de découvrir des blessures profondes. Mon tee-shirt rose porte quelques traces de sang et de terre, mon jean est déchiré dans le bas et j'ai perdu une basket, la gauche. Hormis ces détails, rien d'irrémédiable, semble-t-il.

Je suis vivante. Je me rappelle que j'étais persuadée que j'allais mourir, ce fut ma dernière pensée avant de perdre connaissance. Mais non, je suis bel et bien vivante. La sensation m'emplit d'une joie indescriptible. Vivante, vivante… Pourquoi ne me suis-je pas rendu compte de ma chance chaque matin de mon existence ? Sans doute parce que, comme beaucoup d'entre nous, j'ai considéré le fait d'être en vie comme un dû, une évidence, un acquis. Il faut malheureusement parfois frôler la mort pour se rappeler le prix de la vie et sa fragilité.

La vague de bonheur qui m'a envahie me permet de me relever doucement sans trop prêter attention aux douleurs. J'ai des vertiges une fois debout, mais ce n'est rien. Je suis vivante ! Et, cerise sur le gâteau, apparemment sans blessure sérieuse.

Il me faut quelques instants pour dépasser l'euphorie de ce réveil inespéré ; je suppose que ce que je vis correspond à ce que doit éprouver un condamné à mort qui apprend qu'il a été gracié. Oh, bien entendu, nous savons tous que ce n'est que partie remise, tôt ou tard, la mort l'emporte. Mais ce sursis, ce délai supplémentaire offre tant de possibilités ! Profiter de la vie, de ses opportunités, des bons moments et des petits plaisirs, encore, encore... Même le soleil qui me provoquait de si violents maux de tête un instant auparavant me paraît devenir un ami. Sa lumière brillante est symbole de vie et d'espoir, sa douce chaleur est réconfortante. La douleur de mon dos s'apaise lentement, ainsi que celle de ma tête. J'en serai quitte pour quelques hématomes.

Je regarde autour de moi. Où sont les autres ? La mémoire me revient rapidement, nous étions neuf dans cet avion. Le pilote, qui nous a dit s'appeler Georges, moi-même, Marie Dumont, et sept de mes compagnons. En fait, tous les membres de notre équipe de comédiens : Franck, Eva, Manuel, Cyril, Flavie, Hervé et Tim.

Les souvenirs affluent à présent. Au cours de ces deux dernières semaines, nous avons proposé nos prestations artistiques dans un village de vacances. Au programme, de courtes pièces humoristiques tous les soirs pour distraire les vacanciers et un peu d'impro le vendredi et le samedi soir pour mêler le public à nos spectacles. Une super opportunité pour la petite troupe de comédiens que nous formons depuis deux ans seulement. La plupart d'entre nous ont un métier, au moins à temps partiel, à côté. Impossible, pour le moment en tout cas, de vivre de notre art. Alors, quand un club de vacances bien connu nous a fait cette offre, incluant l'hébergement et une petite rémunération, nous avons été ravis.

Nous avons signé pour trois semaines de prestations au total. Les deux premières semaines étaient déjà finies et nous avons décidé d'un commun accord de nous octroyer un petit moment de détente avec ce tour en avion au-dessus des montagnes environnantes. Pour certains d'entre nous, c'était même un baptême de l'air. Étrange baptême qui s'est soldé par un accident qui aurait pu coûter la vie à toute l'équipe.

Je tente de me déplacer car, de là où je suis, je ne vois personne, seulement quelques débris qui doivent provenir de l'avion, éparpillés dans une végétation composée de buissons et d'herbes folles. Nous sommes en altitude, dans une gorge très encaissée, cernée par des crêtes rocheuses. L'environnement est essentiellement minéral et terriblement silencieux. L'appareil qui nous transportait a dû se disloquer en percutant le flanc de la montagne et j'ai été éjectée. Et les autres ? Je tente de me déplacer mais dès que j'avance, je m'effondre : ma cheville droite ne répond pas. Je m'assois, me débarrasse de la chaussure qui enserre mon pied. Mon articulation est très enflée, je souffre certainement d'une entorse, peut-être même d'une fracture.

Incapable de bouger, j'appelle :

— Ohé, y a quelqu'un ? Vous m'entendez ?

Seul le silence me répond et j'en appréhende la raison. Et si j'étais l'unique passagère à avoir survécu à l'accident ?

Je réitère mon appel et cette fois j'emploie des prénoms :

— Georges ? Franck ? Hervé ?

Mon cœur menace d'exploser de joie quand j'entends une voix qui me répond :

— Marie ? C'est toi ? Tu es où ?

— Je suis là !!! hurlé-je. Je suis blessée à la cheville, je ne peux pas marcher ! Ici !

Je crois bien que c'est la voix de Franck qui m'a répondu. Il est sans doute la personne de la troupe avec laquelle je m'entends le mieux, je le considère comme un ami et pas seulement une simple relation partageant mon amour de la scène. Je n'ai pas besoin de préciser que mon soulagement de le savoir vivant est indicible.

Quelques instants s'écoulent, qui me paraissent bien longs, puis je vois la silhouette athlétique de Franck émerger de la végétation. Il porte un morceau de tissu enroulé autour du crâne, enserrant les mèches brunes qui balayent son front ; du sang teinte le chiffon. Ses bras, dénudés par les manches courtes de son tee-shirt, sont griffés à de multiples endroits, mais hormis cela, il semble aller bien.

— Marie, qu'est-ce que je suis content ! On ne te voyait nulle part, je croyais que tu étais…

— Ça va, je suis seulement blessée à la cheville. Mais je ne peux pas marcher. Les autres vont bien ?

Le visage de Franck se ferme.

— Il y a eu du dégât. Le pilote est…

— Georges est mort ?

Il hoche la tête.

— Et les autres ?

Il évite mon regard et c'est à cet instant que je devine que la situation est grave.

— Viens voir.

Il me soutient et j'avance avec lui, pieds nus, sur quelques dizaines de mètres. Les débris de toutes tailles se multiplient au fur et à mesure que nous progressons, je m'en rends compte en essayant de les éviter ; c'est à ce moment que je prends réellement conscience de la violence du crash. Je m'attends au pire quant à l'état de mes compagnons. Une odeur de kérosène m'accueille avant que j'aperçoive ce qui reste de notre avion. Les ailes ont disparu, arrachées et démembrées, ne laissant que des vestiges. Le fuselage est ouvert, béant, et je distingue un corps encore attaché à son siège. C'est Georges, notre pilote.

— C'est sûr qu'il est mort ? chuchoté-je.

— Sûr, confirme Franck. Et ça fait une demi-heure qu'Hervé et moi on fouille les décombres, on n'a pas réussi à retrouver Manuel.

— Il a peut-être été éjecté, comme moi. Et les autres ?

— Hervé ça va, il a juste le poignet gauche en vrac. Eva est toujours inconsciente, on l'a ramassée à quelques mètres de l'avion. Cyril est blessé au dos, ça a l'air grave, il n'arrive pas à bouger. On l'a un peu déplacé cependant car on craignait que les restes de l'avion ne prennent feu et n'explosent. Quant à Tim… Il est coincé sous l'avion.

— Comment ça « coincé sous l'avion » ?

— Il est coincé sous un morceau du fuselage qui bloque tout le bas de son corps. Hervé et moi on a tout essayé. Impossible de le dégager. Ce n'est pas beau à voir, prévient Franck.

— Et Flavie ?

— Elle est sonnée, mais ça va, hormis de nombreuses écorchures.

Avec appréhension, je contourne ce qui reste du fuselage d'où s'échappent encore quelques fumerolles, pour me trouver face à une scène d'horreur. Tim gît à terre. Seul le haut de son corps dépasse : à partir du bassin, il est bel et bien coincé sous les débris. Écrasé serait le terme plus exact, car à voir la manière dont les pièces métalliques reposent sur le sol, il ne doit pas rester beaucoup de place pour ses jambes. Je me demande même si celles-ci sont encore là. Le pire, c'est qu'il est conscient. Ses yeux grands ouverts expriment une terreur sans nom, son visage est livide. J'ai du mal à reconnaître le jeune trentenaire féru de jeux de mots parfois douteux, qui est un peu le boute-en-train de notre bande. De taille modeste et presque maigre, il porte des dreadlocks et affectionne les couvre-chefs en tout genre.

— J'ai trouvé Marie, elle va bien, à part une cheville tordue, annonce Franck.

Tim ne répond pas et je me demande s'il comprend encore. Eva gît quelques mètres plus loin, à l'ombre d'un arbre rabougri. Ses yeux sont clos, le noir de ses cheveux courts accentue l'effet de pâleur de son visage et sa poitrine se soulève à peine quand elle respire.

Quant à Cyril, grand gaillard dégingandé au crâne rasé, considéré comme l'intello de l'équipe, il est prostré contre un morceau de carlingue, le bas de son dos tordu dans un angle bizarre. Il est conscient, mais incapable de bouger, me précise Franck. Hervé vient vers nous et me serre brièvement contre lui.

— Content de te voir, Marie. Enfin une bonne nouvelle. Tu vas pouvoir nous aider, on va réessayer de soulever les morceaux qui coincent Tim, décide Hervé. Les fumées ont diminué mais, avec le kérosène répandu, à la moindre étincelle, ce qui reste de l'avion pourrait exploser. Il faut le sortir de là.

Je sors machinalement mon téléphone portable de la poche de mon pantalon. Il faut appeler des secours.

— Ne te fatigue pas, il n'y a pas de réseau, annonce Franck qui déchausse Eva. J'ai essayé avec mon téléphone et Hervé avec le sien.

Je dois m'y résoudre, dans l'immédiat nous sommes les seuls à pouvoir venir en aide à nos compagnons. On ne peut rien faire de plus pour Eva, ni pour Cyril. Mais on peut essayer de dégager Tim. Franck me tend les tennis d'Eva, elles sont un peu grandes pour moi, mais ça fera l'affaire, je ne peux pas rester pieds nus.

Après vingt minutes d'efforts, pendant lesquels je n'ai pas eu l'impression de servir à grand-chose avec ma cheville en vrac – que Franck a préalablement bandée avec un morceau de tee-shirt –, Hervé, Franck et moi devons nous rendre à l'évidence : même en tentant de faire levier avec les quelques branches que nous avons pu trouver, il nous est impossible de faire bouger, ne serait-ce que de quelques centimètres, les plaques métalliques qui écrasent Tim.

— Les secours vont arriver, ils auront l'équipement nécessaire, affirmé-je, autant pour rassurer un Tim au bord de l'inconscience que pour me donner de l'espoir à moi-même. Et il n'y a presque plus de fumée, je crois que le risque d'explosion est écarté.

— Les secours, ça fait une heure qu'on en parle, grogne Hervé en frottant son menton barbu.

Au sein de la troupe, nous l'avons fréquemment surnommé « l'ours », d'une part en raison de son physique un peu sauvage – cheveux noirs mi-longs et barbe mal taillée –, d'autre part à cause de son habitude de râler à tout bout de champ. N'empêche, pour l'équipe, il a toujours de bonnes idées. C'est lui qui nous a déniché ce contrat avec le club de vacances. Enfin, était-ce une bonne idée, à cet instant, j'en suis moins sûre.

— Ils ne nous trouveront pas, murmure Flavie, assise sur un rocher à quelques mètres de nous.

Depuis que je l'ai retrouvée, mon amie semble hébétée, elle ne réagit pas quand on lui parle, elle reste prostrée… Je suppose qu'il s'agit d'un état de choc.

— On a de l'eau ? demandé-je soudain en réalisant que ma gorge me brûle.

— Tu parles, personne n'avait pensé à prendre une gourde ou une bouteille, on n'était partis que pour deux heures, répond Franck.

— Et le pilote, il avait peut-être de l'eau dans le cockpit ?

— Va regarder, tranche Hervé. Franck et moi, on va essayer de retrouver Manuel et aussi de trouver un point d'eau. Nous sommes en montagne, il doit bien y avoir des sources ou des torrents.

Mais je n'ai pas du tout envie de m'approcher de ce qui reste du cockpit et du cadavre de Georges, je rejoins donc Flavie sur son rocher tandis que les deux hommes s'éloignent.

— Les secours vont arriver, Flavie, murmuré-je. On aurait déjà dû être rentrés à cette heure, quelqu'un va s'inquiéter.

— J'ai soif, répond-elle.

Je pense que Tim et Cyril doivent éprouver la même sensation. Eva est toujours inconsciente et son état devient inquiétant. Elle souffre peut-être de blessures internes.

— Flavie, nous sommes les deux seules à pouvoir bouger, dis-je. Accompagne-moi au cockpit, je vais voir s'il n'y a pas de l'eau.

Mais Flavie reste murée dans le silence et l'immobilité. Il est vrai qu'au sein de la troupe, elle a toujours été une suiveuse. Ses longs cheveux blonds et ses yeux clairs font d'elle une vraie beauté, et de surcroît, elle joue bien et dispose d'une excellente mémoire. Mais pour ce qui est d'avoir des idées et d'être force de proposition, elle est toujours restée en retrait. Hervé, qui est notre metteur en scène, le lui a souvent reproché.

Du coup, je me dirige seule vers les débris, m'efforçant de ne pas regarder le cadavre. La soif est déjà plus forte que le dégoût, et pourtant à cet instant j'ignore encore à quelles extrémités elle pourra pousser chacun de nous. Avec la chaleur, des mouches se sont rassemblées sur le visage ensanglanté de Georges, le spectacle n'est pas beau à voir. Sans le toucher, je fouille autour de lui, jusqu'à trouver finalement une bouteille en plastique contenant de l'eau et pleine aux trois quarts. Je rapporte ma trouvaille à Flavie qui se jette dessus. Après quelques gorgées, je dois lui ôter la bouteille des mains.

— Eh, t'es pas toute seule ! On a trois quarts de litre pour sept, huit si les mecs retrouvent Manuel !

— Eva ne peut pas boire, elle est inconsciente, répond machinalement Flavie.

Je sais que ça n'a jamais été le grand amour entre les deux filles, mais là, la réaction de ma collègue m'écœure. D'autant que je me suis toujours bien entendue avec Eva, plus facile à vivre que Flavie et ses caprices de diva. J'enlève donc la bouteille à l'égoïste et je me dirige en boitillant vers Eva. Je tente d'entrouvrir ses lèvres et de faire couler quelques gouttes dans sa bouche mais elle n'a même pas le réflexe de déglutir, l'eau ressort. J'ai peur qu'elle ne s'étouffe et j'arrête là ma tentative de l'hydrater. À la place, je déchire un morceau de son tee-shirt et je l'imbibe légèrement d'eau, puis je le pose sur son front. Une bourrade dans le dos me fait sursauter. C'est Flavie.

— Tu fais quoi là ? Tu as dit toi-même qu'on n'avait presque pas d'eau !

— Écoute, Flavie, Eva est mal en point. Quand les secours vont arriver, on aura de l'eau à volonté, alors pour le moment, j'essaie de la soulager.

Je suis convaincue de ce que j'avance, le bonheur que j'ai ressenti en me réveillant en vie n'a pas complètement disparu et il guide mon optimisme.

— Elle est inconsciente, elle ne s'en rend même pas compte ! insiste Flavie.

— Mais Tim et Cyril ne sont pas inconscients eux, alors je vais leur donner à boire aussi.

Flavie me fixe d'un regard mauvais tandis que je me dirige vers Tim. Il entrouvre les yeux quand je lui parle, mais il ne répond pas. J'arrive néanmoins à lui faire avaler deux gorgées d'eau. Je ne veux surtout pas imaginer l'état dans lequel doit être le bas de son corps, écrasé sous cet amas de ferraille. Survivra-t-il, en admettant que nous soyons secourus rapidement ? Puis je me dirige vers Cyril. Celui-ci, toujours incapable de bouger mais pleinement conscient, avale de grandes gorgées à la bouteille que je lui tends. Je devrais l'arrêter, il faut en garder pour Franck, Hervé, Manuel peut-être... Et pour moi aussi. Mais il me fait vraiment pitié et, quand je lui retire la bouteille alors qu'il n'en reste qu'un fond, il murmure :

— S'il te plaît, Marie, encore.

Je cède et lui donne ce qui reste. De toute manière, les secours seront bientôt là.

— Tu as mal ? demandé-je.

— Non, je ne sens rien du tout. C'est pas bon, hein ?

— Tu ne peux absolument pas bouger ?

— Ni les bras ni les jambes, non. Je suis paralysé, tu crois ?

Sa voix se brise. Je tente de baratiner.

— On n'en sait rien, les secours ne vont pas tarder. Tu sais, ils font de super trucs en chirurgie aujourd'hui. Il ne faut pas renoncer. Essaie de t'accrocher.

Il murmure un remerciement tandis que je retourne auprès de Flavie, retombée dans sa sidération. Quelques minutes plus tard, Franck et Hervé reviennent, la mine sombre.

— Vous avez trouvé Manuel ? demandé-je.

— Non, répond laconiquement Hervé.

Je grimace. Manuel, le benjamin de l'équipe, était aussi le dernier à avoir rejoint la troupe. C'était la première fois qu'il montait dans un avion et il appréhendait un peu… Si seulement il avait écouté son instinct !

— Et on n'a pas trouvé d'eau non plus, ce n'est pas faute d'avoir cherché, soupire Franck en se tâtant le crâne.

— Les secours ne vont pas tarder, assuré-je.

— Marie, tu te rappelles ce qui s'est passé avant le crash ? coupe Hervé.

Je fouille dans ma mémoire.

— Eh bien, il y a eu des turbulences, puis Georges a dit qu'il y avait un problème…

— Qu'on était pris dans un tourbillon créé par la crête voisine, précise Franck.

— Avant ça, reprend Hervé. Georges a demandé si on voulait voir un coin qu'il ne montrait pas aux touristes d'habitude, vous vous rappelez ?

La mémoire de cet épisode me revient par bribes. En effet, il me semble que notre pilote a fait cette proposition « parce qu'il nous trouvait sympas ».

— Par conséquent, nous avons dévié de notre trajectoire, reprend Hervé. D'abord volontairement, puis quand Georges a vu que l'avion était pris dans un tourbillon, il a tenté de s'éloigner de la crête, nous avons franchi un petit col et c'est ensuite que l'avion s'est crashé.

— Je me rappelle avoir eu l'impression que nous allions nous écraser contre la paroi en face de nous, dis-je. Après, plus rien.

— Tu devais être évanouie. Georges a pu éviter la falaise de justesse, franchir le col, mais ensuite nous sommes sortis du courant tourbillonnant et l'avion a décroché. Tout ça pour dire que nous n'aurions pas dû être dans cette vallée, constate Hervé en désignant la gorge dans laquelle nous nous trouvons, encadrée par ces falaises oppressantes. Les secours ne vont pas nous chercher ici.

— Ils vont bien élargir la zone de recherches en ne nous trouvant pas, suggère Franck.

— Et combien de chances crois-tu qu'ils aient d'apercevoir les débris de l'avion au fond d'une vallée aussi encaissée ? Ou mieux encore, les moucherons que nous sommes ? rétorque Hervé.

La panique me gagne, j'entends à peine Flavie qui éclate d'un rire hystérique.

— Ils ont des chiens pour les recherches, tenté-je.

— Personne ne va faire venir des chiens dans cette gorge. Et aucun chien ne peut flairer une odeur à des dizaines de kilomètres ! coupe Hervé.

— L'avion n'émet pas un signal, avec une balise, qui permettrait de le repérer ?

— Tu as vu ce qu'il reste de l'avion ?

Il désigne du doigt les débris derrière moi.

— Ce n'est pas un avion de ligne, c'est un petit coucou actuellement fracassé de surcroît. Il a sans doute cessé d'envoyer des infos sur sa position bien avant de s'écraser ; Georges ne contrôlait plus rien, les appareils étaient défaillants sur les dernières minutes... Au mieux, les services de contrôle aérien ont remarqué qu'on avait disparu et ils ont une vague idée du secteur où c'est arrivé, mais pour nous localiser précisément ici... Ça va prendre beaucoup de temps. Plus que ce dont nous disposons.

— On doit trouver un moyen de joindre les secours, alors. Flavie, tu as essayé avec ton téléphone, toi ? C'est peut-être une question d'opérateur, tous les réseaux ne se valent pas pour ce qui est de la couverture.

— Plus de batterie, répond-elle avec un soupir.

— Et les autres ? Hormis Franck et Hervé ?

— Cyril n'avait pas pris le sien, celui d'Eva, on ne l'a pas trouvé, pas plus que celui de Tim, répond Franck.

— OK. Oublions les portables. Il y a une radio dans l'avion. Et il y a peut-être des fusées de détresse à bord...

Mon idée me paraît bien trouvée, je refuse de me laisser abattre.

— Tu sais te servir d'une radio ? raille Hervé. Si toutefois elle fonctionne encore. Quant aux fusées, permets-moi d'avoir des doutes... Tu as vu trop de films.

Je me précipite vers le cockpit, tentant d'étouffer la terreur qui monte en moi et que le discours d'Hervé a instillée, tel un poison, dans mon esprit. Cette fois, je ne prête guère attention au corps sans vie de Georges, je l'écarte même un peu pour accéder aux instruments et à la radio, et pour tenter de trouver des fusées de détresse. Pas de fusée. OK. Reste la radio. Je presse en vain tous les boutons. Hervé et Franck me regardent faire en silence, comme déjà résignés. Au bout de cinq minutes, j'abandonne.

— On va crever, donc ? crié-je.

— Si on reste ici, oui. Il faut partir, conclut Hervé. Ceux qui peuvent marcher bien sûr. On enverra des secours aux autres. On ne peut compter que sur nous-mêmes.

Franck consulte sa montre.

— Pas maintenant, Hervé. Demain. La nuit va tomber dans quelques heures et avec elle, le froid. Nous sommes en altitude, ça n'aura rien à voir avec les nuits tièdes de la vallée. Perdus dans l'obscurité, sans repères ni vêtements chauds, nous risquons d'aggraver notre situation. Attendons demain matin, il sera toujours temps de partir.

Je me rallie à l'avis de Franck, avec l'espoir absurde que, dans la soirée ou pendant la nuit, les secours parviendront peut-être jusqu'à nous.

Deux heures ont passé depuis notre décision de passer la nuit sur place. J'ai trouvé une autre bouteille d'eau dans le cockpit, pleine cette fois. C'est la dernière, elle était sous le siège de Georges dont j'ai dû bouger les jambes raidies pour accéder au précieux liquide. Un litre et demi pour sept, ce n'est pas la richesse. Hervé a sorti un feutre de sa poche – un objet qu'il emporte partout ainsi qu'un petit carnet pour noter les idées qui lui viennent concernant nos spectacles – et, avec ce marqueur, il a tracé des lignes horizontales sur la bouteille. Un gros trait sépare en deux la quantité d'eau restante, puis il a divisé en sept chacune de ces moitiés. Une moitié sera répartie entre nous ce soir, l'autre demain matin, annonce-t-il. Je peux vous garantir qu'un litre et demi divisé en quatorze, par un été chaud et sec, cela ne fait pas beaucoup. Mais c'est toujours mieux que rien.

Le second problème qui nous attend, c'est le froid. Les journées estivales sont chaudes dans la vallée, mais ici nous sommes en altitude et, ainsi que l'a annoncé Franck, dès que le soleil disparaît derrière la crête, nous sentons la température baisser sensiblement en quelques minutes. Par chance, Cyril, fumeur invétéré, garde un briquet dans la poche de son pantalon et il a la bonne idée de s'en souvenir et de nous en informer. Nous récupérons l'objet et allumons un feu avec des herbes sèches et du bois mort extrait des arbustes environnants. Nous sommes dans une zone sauvage, manifestement pas fréquentée par les randonneurs, et nous n'avons aucune idée de la direction à suivre pour trouver un chemin ou un village. Partir dans ces conditions, même en plein jour le lendemain, me paraît bien hasardeux. L'optimisme m'a désertée pour de bon, au fur et à mesure que la nuit tombait.

Nous n'avons rien à manger, mais cela encore, ce n'est pas trop grave. Pour l'instant. Flavie fixe les flammes dansantes du feu allumé à quelque distance de la carcasse de l'avion pour plus de sécurité. Du coup, Tim ne profite pas de la chaleur du foyer et nous n'avons hélas aucun vêtement à lui passer, nous ne portons que des tee-shirts. Assis à côté de Flavie, Franck porte régulièrement la main à son crâne, je crois qu'il a mal. En face d'eux, Hervé, muet, attise le feu et va chercher du bois toutes les dix minutes malgré la douleur de son poignet cassé, désormais bandé. Je crois qu'il faut qu'il s'occupe à tout prix pour éviter de penser. Cyril, allongé près de nous, ne dit pas un mot, sans doute hanté par la peur de rester paralysé à jamais. Mais au moins, grâce au feu et contrairement à Tim, il ne souffre pas du froid.

Nous avons également approché Eva, toujours inconsciente, du foyer. Franck a souligné qu'il pouvait être dangereux de la déplacer en cas de lésions internes sérieuses, mais objectivement, au vu de son état, je crois que la maintenir au chaud est l'unique chose que nous puissions faire. Son pouls est presque imperceptible et sa respiration irrégulière. Nous avons renoncé à essayer de lui donner à boire.

Flavie prend la bouteille et avale une grande lampée d'eau. Les regards de Franck, Hervé, Cyril et moi se braquent sur elle. Tous, nous vérifions qu'elle respecte la quantité attribuée à chacun. Entre la chaleur de la journée, les excès d'alcool de ces derniers jours, le choc du crash et la perte de sang pour beaucoup d'entre nous, nous découvrons ce que signifient réellement les mots « avoir soif ». Les quelques gouttes qui nous sont autorisées paraissent dérisoires, elles n'étanchent en rien notre envie brûlante. Mais ces gouttes étant vitales, nous en sommes presque réduits à les compter. Le premier qui s'avisera de tricher le fera à ses risques et périls. Quand Flavie repose la bouteille, elle est juste au-dessus de la limite de son trait.

— Encore quelques gouttes, suggère Hervé. Tu y as droit.

— Eva ne boit pas, tu aurais dû diviser en six.

— On garde une réserve au cas où.

— Au cas où quoi ? Tu ne vois pas qu'elle est morte ou tout comme ? explose Flavie.

Elle se lève et jette rageusement la bouteille au sol. Tout le monde pousse un cri. Par chance, le contenant en plastique ne s'est pas brisé sous le choc. Sinon, j'imagine que Flavie aurait été lynchée par le groupe. Ici, la soif n'est plus une gêne ou un désagrément que l'on sait pouvoir étancher au prochain distributeur de boissons, c'est une souffrance, et une angoisse primitive qui nous rappelle que notre vie ne tient qu'à un fil et qu'avoir survécu au crash ne signifie pas être sauvé.

La coléreuse Flavie s'éloigne, Hervé lui court après et ils commencent à se disputer. Je passe la bouteille à Cyril qui s'en tient scrupuleusement à sa dose d'eau.

— Je vais porter à boire à Tim, me dit Franck quand je repose la bouteille.

Il s'éloigne et fait le tour de la carlingue en miettes. Un instant, j'ai une mauvaise pensée : si Tim est inconscient, Franck ne s'apprête-t-il pas à boire sa gorgée à sa place ? Je chasse cette idée. La peur et la soif, ces instincts primaires, sont déjà en train de nous transformer en animaux égoïstes et méfiants, alors que nous ne sommes là que depuis quelques heures… Je considère Franck comme un ami ; en temps ordinaire, je dirais que je lui accorde toute ma confiance. Comment cette situation peut-elle changer si vite ? Est-ce que je lui prête ces intentions parce que l'idée m'aurait moi-même effleurée si j'avais été porter l'eau à Tim, à l'abri du regard des autres ? Certainement, j'y aurais pensé. Serais-je passée à l'acte ? Si j'avais eu la certitude que les secours seraient là demain, non, je ne crois pas. Mais l'idée que nous n'en sommes qu'au début de nos épreuves fait son chemin dans ma tête. Combien de temps un être humain peut-il tenir sans eau ? Trois jours, je crois. Moins s'il fait chaud ou si la personne est blessée.

Je me recroqueville près du feu après avoir ajouté une branche ou deux dedans. Au loin, j'entends les échos de la dispute qui se poursuit entre Flavie et Hervé. Je songe à Ned, mon compagnon depuis deux ans qui doit m'attendre et s'inquiéter. Ne t'en fais pas, Ned, je reviendrai, je te le promets.

J'entends Franck revenir, sa silhouette émerge dans la lumière diffusée par le foyer, puis il s'assoit près de moi.

— Tim a bu ? demandé-je.

— Ouais. Il est mal tu sais.

— J'imagine.

Franck me tend la bouteille et je bois la quantité exacte qui m'a été attribuée. Puis je tends l'objet à Franck. Il est très proche de moi et c'est à ce moment que je remarque ses pupilles dilatées.

— Ça va ? Ta tête ?

— Moyen, avoue-t-il. J'ai des élancements dans tout le crâne, des vertiges…

— Et tes pupilles sont dilatées.

— Trauma crânien, conclut Cyril depuis son emplacement.

Un instant, j'ai la sensation que le fait de ne pas être le seul à se trouver dans une situation physique critique lui apporte une forme de réconfort. Je chasse cette idée.

— C'est peut-être une simple commotion. Mais il faut que tu boives, dis-je à Franck.

Il sourit en observant la dérisoire quantité qu'il peut absorber. Néanmoins, il s'exécute. Dès qu'il atteint son trait, il s'interrompt sagement. Je jette un coup d'œil à Eva.

— Tu sais, je crois que Flavie n'avait pas tort, même si elle n'aurait pas dû le dire comme ça. Eva ne peut pas boire, et depuis le temps qu'elle est inconsciente, je n'imagine pas qu'elle se réveille en bon état… Ni qu'elle se réveille tout court d'ailleurs.

— Tu proposes quoi, de partager sa portion ?

— Bois-la, toi. Tu en as besoin. Plus que moi ou Hervé ou Flavie. Vas-y.

Franck glisse un regard vers les silhouettes de Flavie et d'Hervé qui se chamaillent toujours, puis vers Cyril qui nous observe.

— Je ne peux pas bouger, ma voix n'a aucun poids, déclare ce dernier. Vous faites ce que vous voulez.

S'il dit cela dans le but de nous faire culpabiliser, il commet une erreur. La culpabilité n'a plus sa place dans cette situation. En mon for intérieur, je songe que, comme il ne se déplace pas, il dépense moins d'eau que nous autres. Peut-être est-ce un raisonnement fallacieux. Mais l'état de Franck m'inquiète réellement. De surcroît, il est le plus sportif d'entre nous et ses capacités pourraient nous être utiles si nous devions nous aventurer dans cette nature hostile.

— On devrait en parler aux autres avant de prendre cette décision, insiste Franck.

— Et encore diviser cette ridicule quantité d'eau en six ? Arrête ! Vas-y, bois.

Après une courte hésitation, Franck ingurgite une gorgée, puis une autre.

— Ça fait du bien, avoue-t-il.

Nous reposons la bouteille, un peu inquiets à l'idée de la réaction des autres qui ne manqueront pas de remarquer que l'eau a baissé d'un trait de plus qu'il n'était prévu. Tant pis, je baratinerai que nous avons utilisé la dose pour humecter le front d'Eva.

Un craquement dans les buissons me tire de mes projets de mensonge. Franck sursaute et se tourne vers moi.

— Tu as entendu ?

J'acquiesce.

— Il y a des animaux sauvages ici ? Des loups tu crois ?

— Les loups n'attaquent pas l'homme. Maintenant, ce pourrait être des chiens errants, ils sont dangereux pour ce que j'en sais.

Dieu merci, nous sommes en France, pas en Amérique. Aucun risque de tomber sur un puma ou un grizzly. Mais la menace des chiens sauvages n'est pas à prendre à la légère.

Je crie tout de même les noms de Flavie et d'Hervé afin qu'ils reviennent vers nous et vers le feu. Cyril scrute vainement les ténèbres qui nous entourent. Je pense au cadavre dans l'avion dont l'odeur doit attirer les charognards. Et à Tim, qui est coincé sous l'appareil, loin de la protection du feu.

Flavie et Hervé reviennent. Ils n'ont rien entendu, trop accaparés par leur dispute. Un fracas dans les taillis nous fait tous sursauter. Nous n'avons aucune arme, aucune protection. Flavie gémit doucement. Immobilisé au sol, Cyril est devenu blanc de terreur.

Une voix jaillit soudain des ténèbres :

— Aidez-moi !

— C'est Manuel ! crie Franck.

Je ramasse un brandon enflammé pour éclairer les environs tandis qu'Hervé et Franck se précipitent vers la zone d'où a jailli le cri. Je distingue leurs silhouettes qui s'éloignent, puis disparaissent. Je claudique pour les rejoindre. À quelques mètres seulement du campement, Manuel est là, appuyé contre un tronc d'arbre. Son physique est aussi latino que son prénom : la peau mate, de taille moyenne, les cheveux noirs, il se laisse depuis quelque temps pousser un petit bouc au menton qui, selon lui, plaît aux filles. Il n'a jamais eu besoin de ça pour être le tombeur de notre troupe. Un dragueur en série, mais un partenaire de théâtre investi et un ami loyal. Nous nous empressons autour de lui. Sa chemise est déchirée, son bras droit maculé de sang de l'épaule au coude, sinon il semble relativement indemne.

Nous le ramenons près du feu, lui tendons la bouteille d'eau en expliquant qu'il ne doit pas boire plus de la quantité contenue entre deux traits. Il se jette sur la boisson comme un assoiffé – qu'il est, à juste titre, en l'occurrence.

— Tu étais où ? On t'a cherché ! s'exclame Hervé.

— Je sais. Quand j'ai repris connaissance, j'étais dans le lit d'un ruisseau à sec, un peu plus haut, j'ai entendu vos voix mais je me sentais très faible et quand j'ai essayé de vous répondre, les parois du ruisseau ont dû étouffer mes appels. Après, vous êtes partis, je me suis évanoui, j'avais tellement mal à l'épaule… J'ai repris connaissance, j'ai réussi à me lever et j'ai marché au hasard, puis j'ai vu la lumière du feu… Et me voilà.

Avec un nouveau morceau de vêtement déchiré, mais sans eau, nous tentons de nettoyer un peu les blessures de Manuel. Son épaule est très amochée, la chair est déchirée sur plusieurs centimètres et il parvient à peine à bouger le bras. Les muscles doivent être abîmés, ou les tendons. Je réalise un bandage de fortune, je ne peux rien faire de plus.

— On est où ? questionne-t-il en grimaçant.

Nous lui faisons un bref résumé de la situation et partageons avec lui ce que nous savons, c'est-à-dire pas grand-chose.

— Tu as un portable sur toi ? Quel opérateur ? demandé-je soudain.

Mais Manuel secoue la tête.

— Désolé, il semblerait que je l'ai perdu dans le crash. Je l'avais à la main pour prendre des photos quand les turbulences ont commencé.

— De toute façon, il n'y a pas de réseau, rappelle Flavie.

— Il va falloir trouver un moyen de sortir d'ici. Sans eau, avec la chaleur dans la journée, et nos blessures, on ne tiendra pas deux jours, constate Manuel.

— C'est pour ça que nous partirons demain matin, avant que le soleil ne soit trop chaud, décide Hervé. Et pour l'eau, comme tu vois, elle est rationnée.

Il fronce les sourcils en observant la bouteille et je devine à son expression qu'il compte mentalement les traits derrière lesquels il reste de l'eau.

— On devrait avoir une dose de plus ! Qui a pris une double dose ?

Nous nous fixons tous en silence. Hervé, devinant qu'il n'aurait pas de réponse, enfonce rageusement la bouteille dans le sol sablonneux. J'ignore pourquoi il s'est arrogé le droit de tenir le rôle de gardien de nos ressources en eau. Dans la vie, il est notre metteur en scène, mais ici, nous sommes tous à égalité.

J'hésite à utiliser le mensonge que j'ai préparé ; j'échange un regard avec Franck qui reste de marbre. Après tout, le coupable pourrait très bien être moi, ou Franck, ou Flavie pendant que nous sommes allés au-devant de Manuel… Seul Cyril, immobilisé comme il l'est, est hors de cause, mais apparemment, il ne nous balancera pas. Je garde donc finalement le silence.

— J'imagine que quelqu'un s'est arrogé le droit d'utiliser la part d'Eva… Je vais être très clair, annonce Hervé d'un ton sec.

Tant qu'Eva respire, on l'hydrate comme on peut, c'est bien clair ? Ce sera quoi la suite sinon, on prive Cyril de flotte parce qu'il est incapable de se déplacer ?

L'intéressé fixe Hervé avec intensité. J'imagine qu'il redoute en effet d'être le prochain à se voir privé d'eau. Mais son cas est différent de celui d'Eva à mes yeux, lui, il est vivant. Eva ne l'est plus vraiment. Ou plutôt, disons que ses chances de s'en sortir sont inexistantes, alors que Cyril peut encore espérer, même si son avenir est dans un fauteuil roulant.

Un gémissement provenant du fuselage, suivi d'un second, nous rappelle qu'à quelques mètres de nous, Tim souffre le martyre.

— Tim est coincé sous les restes de l'avion, explique brièvement Franck à Manuel. Nous avons essayé, avec Marie et Hervé, de faire levier pour le dégager mais ça n'a pas fonctionné. Marie ne peut pas s'appuyer sur sa cheville, Hervé a un poignet hors service…

— Je n'ai qu'un bras valide mais je suis prêt à essayer, murmure Manuel dans une grimace.

C'est courageux, pour ne pas dire héroïque de sa part, car sa blessure est loin d'être légère. Nous nous dirigeons donc tous vers Tim qui garde les yeux fermés et se contracte régulièrement sous l'effet de la douleur.

— J'ai peur qu'en le dégageant, on le blesse davantage, remarque Franck.

— Tu crois vraiment qu'on peut empirer sa situation ? rétorqué-je. S'il reste comme ça, il ne tiendra jamais jusqu'à demain matin.

L'idée farfelue que les secours pourraient arriver cette nuit m'a définitivement abandonnée. J'en viendrais presque à me reprocher ma naïveté.

— Si nous parvenons à le dégager, nous pourrons essayer d'arrêter les saignements, immobiliser ses jambes s'il y a des fractures…

Hervé acquiesce.

— Je suis de l'avis de Marie. Si nous ne faisons rien, il est perdu.

Franck récupère le long morceau de métal dont il a déjà essayé de se servir un peu plus tôt pour faire levier sous la lourde pièce qui immobilise Tim. Hervé glisse son épaule sous la plaque et Manuel fait de même avec son bras valide.

— Marie, tu te sens capable de le tirer en arrière toute seule quand nous aurons suffisamment soulevé la tôle ?

— Je vais l'aider.

C'est la voix de Flavie, qui vient se placer à mes côtés. N'ayant pas une cheville abîmée, elle devrait être beaucoup plus efficace que moi.

Franck s'arc-boute sur son morceau de métal, Hervé et Manuel joignent leurs efforts aux siens. Tim gémit de plus belle, mais cette fois, l'énorme masse rigide se soulève légèrement. Flavie empoigne Tim sous les bras, je viendrai en renfort dès que je pourrai saisir une autre partie de son corps. Les garçons s'échinent et, doucement, centimètre par centimètre, le piège se desserre. Flavie tire lentement Tim en arrière, le faisant glisser sur le sol. Je pose mes mains autour de son thorax et j'aide mon amie. Nous dégageons tout son corps… Et Flavie et moi ne pouvons retenir un cri d'horreur. Nos compagnons masculins, trop absorbés dans leur effort et concentrés sur le fuselage, n'ont pas porté attention au corps que l'on dégageait, mais Flavie et moi sommes aux premières loges pour constater les dégâts. Le bas du corps de Tim est complètement écrasé, son bas-ventre est couvert de sang, ses jambes sont méconnaissables et ressemblent davantage à une bouillie sanglante d'os et de chair qu'à des membres humains.

Flavie se détourne et je l'entends vomir. Ma première pensée est qu'elle est en train d'évacuer inutilement de l'eau que nous avons si précautionneusement rationnée.

— Putain, lâche Hervé lorsque les hommes, ayant relâché le morceau de carlingue, se tournent vers Tim.

Le principal intéressé ne semble pas avoir conscience de la situation, à vrai dire, je me demande s'il est encore vivant. Franck s'agenouille à ses côtés et lui tapote le visage.

— Tim ! Eh ! Reste avec nous !

Je ne suis pas sûre que l'empêcher de basculer dans l'inconscience soit un service à lui rendre. Comme dans un rêve, je vois Tim ouvrir les yeux et avaler une grande gorgée d'air. Pendant une seconde, je crois qu'il est miraculeusement sauvé. La seconde suivante, je réalise qu'il aurait mieux valu pour lui de rester coincé sous la carlingue et de mourir en étant à demi-inconscient. Notre ami se met à hurler, à se tordre sous l'effet de la souffrance. Flavie, incapable de supporter cette vue, s'est éloignée. Je me sens impuissante, inutile. Je vais la rejoindre près du feu tandis que Franck, Hervé et Manuel restent autour de Tim pour tenter de… je ne sais pas ce qu'ils peuvent faire à vrai dire.

Flavie s'est assise au sol, les bras enroulés autour de ses jambes repliées. Cyril nous dévisage, il a bien évidemment entendu les cris. Il demande une explication. Je la lui donne en quelques mots.

— En libérant le bas de son corps écrasé, vous avez dû permettre au sang chargé des toxines de toutes ces chairs massacrées de remonter vers ses organes vitaux, murmure Cyril.

— On l'a tué en fait ? crie Flavie, hystérique.

— Non, on a essayé de le sauver, dis-je. On ne pouvait pas savoir. Et je crois que s'il était resté coincé, à moins d'être secouru rapidement, ce qui n'est pas le cas, il n'aurait pas survécu non plus.

Flavie se balance d'avant en arrière.

— On l'a tué, on l'a tué, répète-t-elle en boucle.

Je laisse tomber.

L'agonie de Tim nous paraît interminable, même si en réalité elle ne dure que quelques minutes. Je ne sais pas comment font les trois hommes qui restent avec lui jusqu'à la fin. Pour ma part, j'en serais incapable. Les cris cessent, je n'ose pas aller voir. Je m'efforce de penser à autre chose, de m'envoler par l'esprit loin de ce site de malheur qui devient notre tombeau. Je fixe mes pensées sur Ned et sur mes proches, ma mère, mon père... D'autres minutes s'écoulent et je prie mentalement pour que le calvaire de Tim soit terminé. Franck nous rejoint, Manuel et Hervé le suivent.

— C'est fini, annonce Hervé d'une voix atone.

— Il a d'abord perdu conscience, puis… il est parti, précise Franck tandis que des larmes coulent sur les joues de Manuel.

Nous nous installons pour la nuit, tant bien que mal, auprès du feu. Le sommeil met du temps à venir, mais nous finissons tous par sombrer dans une somnolence peuplée de cris et de cauchemars. Je rêve de Ned, qui doit se morfondre à cause de mon absence inexpliquée. J'ai tellement envie de le revoir… Lui et tous ceux qui me sont chers.

Jour 2

Au matin, c'est une nouvelle surprise funèbre qui nous attend. J'entends Flavie secouer le corps d'Eva derrière nous en criant son prénom. Hervé passe comme une flèche devant moi, je reste à distance, devinant la suite. Flavie gémit tandis qu'Hervé touche le bras d'Eva. Il se retourne et voit tous nos regards braqués sur eux.

— C'est fini pour elle, murmure-t-il. Elle a dû partir dans la nuit, elle est déjà froide et… raide.

J'avale ma salive tandis que je sens Franck me tapoter l'épaule.

— Il fallait malheureusement s'y attendre. Ne pas reprendre connaissance après un accident aussi grave, ce n'était pas un signe favorable.

Manuel se rapproche de Flavie et la prend par l'épaule pour l'éloigner du corps. Tous deux partent à quelque distance. Je vois Hervé se pencher sur la dépouille d'Eva. C'est une sensation étrange de la voir ainsi, gisant dans son dernier sommeil… Eva était une excellente actrice, avec des expressions scéniques incroyables. Sans avoir la beauté de Flavie, elle possédait un vrai charisme et elle pouvait interpréter quasiment tous les rôles, alors que notre blonde amie se cantonne à ceux d'ingénue ou de femme fatale. Eva et elle étaient régulièrement en concurrence, chacune accusant l'autre de tenter de lui voler la vedette. Et moi dans tout cela, me direz-vous ? Eh bien, je suis plutôt un garçon manqué, j'ai d'ailleurs incarné plusieurs fois des personnages masculins. Je dispose d'une bonne mémoire, d'une certaine aisance sur scène et je suis douée pour l'impro. Les querelles des deux filles avaient plutôt tendance à m'agacer et je me refusais à y prendre part. Tout cela semble bien vain à présent.

Hervé soulève une paupière d'Eva et je m'interroge sur son comportement. Franck semble lui aussi interrogatif, mais c'est finalement Cyril, toujours immobilisé, qui pose la question :

— Tu fais quoi, Hervé ?

— Elle a les yeux injectés de sang. On dirait qu'elle a étouffé.

— Putain, mec, tu crois qu'on a besoin de ces détails ? explose Franck.

Mais Hervé poursuit son investigation et passe un doigt dans la bouche entrouverte d'Eva. Il en retire une sorte de fil.

— Fibre de tissu, explique-t-il. Ce n'est pas venu là tout seul. Quelqu'un a obstrué son nez et sa bouche avec un morceau de tissu pour l'étouffer.

Pendant un instant, nous nous demandons si Hervé n'a pas perdu la raison. Qui aurait étouffé une femme inconsciente ? Puis Franck se lève, un peu chancelant, et rejoint Hervé. Il observe à son tour Eva, puis hoche la tête.

— Je crois qu'Hervé a raison.

— On était à côté ! crié-je. Personne n'aurait pu faire ça.

— Elle n'a pas dû lutter beaucoup, elle était déjà au bord de la mort. Il a suffi de quelques dizaines de secondes.

— Et pourquoi l'un de nous aurait étouffé Eva ?

Hervé hausse les épaules.

— Qu'est-ce que j'en sais ? Peut-être pour économiser de l'eau ? Pour régler une vieille querelle ?

Il scrute la fibre de tissu.

— Ça vient d'un vêtement jaune.

Nous nous observons les uns les autres. Personne ne porte de vêtement jaune.

— C'est du délire, Hervé, coupé-je d'une voix glacée. Tu es en train d'accuser l'un de nous de meurtre, là. Et personne ne porte de jaune.

— Eva avait un foulard jaune… Qui n'est plus là d'ailleurs.

— On l'aurait étouffée avec son propre foulard ? murmure Cyril, incrédule.

— On en parle aux autres ? questionne Franck en désignant Manuel et Flavie qui reviennent, Flavie essuyant des larmes.

— Inutile de foutre la panique pour le moment, tranche Hervé. On va rassembler ce qu'on peut et se préparer pour le départ.

Je vois les yeux de Cyril s'écarquiller. Eva et Tim n'étant plus de ce monde, il est désormais le seul « poids mort » du groupe.

— Et moi ? Vous n'allez pas me laisser ici… seul ?

Seul et avec deux cadavres pour être précis. Pas étonnant que l'idée même l'horrifie.

— Te déplacer pourrait aggraver davantage tes blessures, déclara Hervé.

— Dis surtout que tu as peur que je vous ralentisse ! crie Cyril. Tu as la moindre idée de ce que cela fait d'être coincé comme ça ? Tu vas me laisser seul ici, à la merci de n'importe quoi… Sans flotte… Faites pas ça… S'il vous plaît…

Sa voix se brise tandis qu'il nous prend tous à témoin.

— Je ne suis pas pour un départ immédiat, intervient Franck. Laissons un peu de temps aux secours pour nous retrouver. Nous ne sommes portés disparus que depuis hier.

— Et l'eau ? rappelle Hervé. Nous avons trois jours devant nous, grand maximum, pas trois semaines !

— Nous pourrions entamer des recherches autour du camp pour essayer de trouver une source ou un ruisseau. Si nous trouvions un point d'eau, notre situation serait moins dramatique, au moins pour un temps.

Manuel secoue la tête.

— Je ne crois pas qu'on trouvera de l'eau par ici. Le lit du cours d'eau où je me suis réveillé hier après le crash était complètement asséché. La météo n'avait pas prévu de pluie pour les jours à venir, nous sommes en alerte canicule depuis plusieurs jours, tout doit être tari.

— Nous n'avons vu aucune cascade, aucun torrent qui ruisselait pendant notre vol en avion, rappelle Hervé. Avec cet été étouffant et sans pluie, ce n'est pas surprenant.

— Attendons encore aujourd'hui, insiste Franck.

Cyril hoche vigoureusement la tête, terrifié à l'idée d'être abandonné.

— On fait une connerie, affirme Hervé. Mais OK, si vous y tenez, on attend ici, aujourd'hui encore.

La matinée s'écoule lentement. Nous levons régulièrement les yeux vers le ciel, espérant voir un avion de sauvetage ou un hélicoptère, mais seuls quelques rares nuages blancs traversent le ciel bleu. Jamais un ciel d'azur ne m'avait paru si désespérant. Vers midi, nous éprouvons une fausse joie : Franck se met à sauter sur place en désignant un point au-dessus de la crête qui nous surplombe. Pas de doute, c'est bien un petit avion. Nous crions tous de concert avant de réaliser l'inutilité absolue de notre démarche. Alors nous nous agitons, les mecs retirent leurs tee-shirts déchirés et les secouent en l'air. Malheureusement, la méthode est tout aussi vaine : nous sommes dans une gorge encaissée et, depuis la crête, avec les arbrisseaux qui jalonnent les parois, nous sommes invisibles. Quelques instants plus tard, l'avion est repassé de l'autre côté de la montagne, disparaissant à nos yeux.

— Il ne nous cherche pas ici, constate Flavie. Nous n'aurions pas dû venir de ce côté, ce n'était pas notre route.

— Le feu ! Il faut rallumer le feu, crie Hervé. Ils verront la fumée.

Tous les valides se mettent à la tâche, maugréant d'avoir jugé inutile d'entretenir le foyer pendant la journée. Cependant, les arbres rabougris et les herbes folles ne nous fournissent pas matière à obtenir une fumée bien consistante et, comble de malchance, l'avion ne revient pas de ce côté de la crête. Nous nous laissons tomber là où nous sommes, envahis par un découragement indescriptible.

Le moral est au plus bas et, quand Flavie suggère que l'avion va peut-être repasser explorer ce côté de la crête plus tard dans la journée, nous la fusillons du regard. Nous n'avons plus d'eau, nous appréhendons déjà la nuit à venir, le froid, l'inconnu. L'hygiène devient un vrai problème, surtout pour Cyril qui ne peut pas se déplacer et fait ses besoins sous lui. Nous n'avons aucun liquide pour le nettoyer et l'odeur devient rapidement rebutante. Paradoxalement, il n'y a ni honte ni gêne, la situation ne laisse pas de place pour la pudeur ou la fierté. Ces concepts ont dû être inventés par les humains pour s'occuper quand ils ont atteint le stade de l'évolution où ils n'avaient plus à se soucier de la survie quotidienne.

La deuxième nuit est tombée, la faim est venue s'ajouter à la soif, et nous parlons du trajet à faire le lendemain, regroupés autour du feu. Hormis Cyril, nous sommes cette fois tous d'accord sur le fait que nous devons partir.

— Marie pourrait rester ici, avec sa cheville blessée, elle n'ira pas vite, suggère Cyril, prêt à tout pour ne pas rester seul.

— Je suis capable de marcher en m'appuyant sur un bâton ! rétorqué-je aussitôt.

Hervé me jauge du regard.

— Tu es sûre, Marie ? Nous ne pourrons pas ralentir, si nous ne trouvons pas d'eau en chemin, nous n'aurons que deux jours maximum pour atteindre une habitation, un sentier touristique ou autre…

— Je le sais ! Par où irons-nous ?

— On devrait monter sur la crête pour être repérés des secours, suggère Franck.

Nous levons les yeux vers les parois qui se dressent de chaque côté de la gorge, quasiment à la verticale.

— On ne pourra pas escalader ça sans matériel, dit Flavie.

— Il faut descendre vers la vallée, reprend Hervé. En espérant que la gorge ne se rétrécisse pas davantage et que des pluies soudaines ne nous surprennent pas dans une zone trop encaissée, sinon nous pourrions finir noyés. Ce serait une mauvaise ironie du sort.

— J'avoue que l'idée d'être emporté par un torrent d'eau et d'en avoir plein la bouche me paraît presque séduisante, blague Manuel.

— Vous n'allez pas me laisser ici, incapable de bouger, sans eau ? insiste Cyril.

— Plus vite nous arriverons à un village ou à un sentier de randonnée, plus vite nous t'enverrons des secours, répond Hervé.

— On pourrait fabriquer un brancard et le porter, suggère Manuel. J'ai vu une fois un machin de ce type, ça ressemblait un peu à un traîneau, deux montants reposaient sur le sol et…

— On va perdre du temps, notre meilleure chance à tous, c'est d'avancer rapidement pour trouver de l'aide ! insiste Hervé.

— Putain, ne me laissez pas ici !!! hurle Cyril. Si vous étiez à ma place, hein ? Paralysé, avec trois cadavres qui commencent à se décomposer à côté ??

Aucun de nous n'ose croiser le regard de Cyril. Seule la chance nous a permis d'être encore debout, contrairement à lui, à Eva, à Tim, à Georges… Mais il ne faut pas abuser de la chance.

— Avec les branches et quelques câbles récupérés dans l'avion, on pourrait en effet fabriquer un brancard, intervient Franck. Manuel, tu seras notre conseiller spécial.

Hervé et Flavie sont opposés à l'idée de trimbaler Cyril ; pour eux, cette perte de temps nous mettrait tous en danger. Manuel et Franck semblent prêts à essayer. Quant à moi, j'appuie les deux garçons. Nous placerons donc Cyril sur un brancard de fortune que nous tirerons à tour de rôle.

Jour 3

Notre progression est lente et pénible. Franck tire le brancard sur lequel repose Cyril, aidé alternativement par Hervé, gêné par son poignet cassé, et Manuel, dont l'épaule abîmée constitue un vrai handicap. Flavie est celle qui s'en sort le mieux physiquement et pourtant je la sens marquée psychologiquement ; elle reste à l'écart du groupe, fermant la marche, le regard dans le vide.

Après une journée de marche sur un terrain caillouteux et accidenté, nous sommes toujours dans la gorge qui ne s'élargit guère, même si elle ne se rétrécit pas non plus. Nous n'avons pas parcouru une grande distance, il faut dire que nous avançons lentement, très lentement. Le soir venu, nous déposons le brancard de Cyril et, tandis que Franck, Hervé et Manuel soufflent un peu, Flavie et moi allons ramasser des branches dans les maigres buissons poussant à flanc de falaise, afin d'allumer un feu.

— Si seulement on pouvait trouver des myrtilles ou un truc comme ça, soupiré-je.

— Ce n'est pas une bonne idée d'avoir emmené Cyril, dit soudain Flavie.

— Comment ça ? On ne pouvait pas le laisser seul, incapable ne serait-ce que de se lever !

— Il ralentit tout le monde, et plus nous mettons du temps à atteindre une zone habitée, plus nous risquons de mourir de soif. Tous.

Elle me fixe dans les yeux.

— C'est pour ça que ce n'était pas une bonne idée non plus de donner de l'eau à Eva, n'est-ce pas ? lancé-je.

— Arrête, Marie. Ne fais pas la sainte-nitouche. Je sais très bien pourquoi tu as voté pour qu'on emmène Cyril. Tu es celle qui a le plus de mal à se déplacer après lui. Si on l'avait laissé près des débris de l'avion, tu aurais été incapable de suivre le rythme du reste du groupe. On aurait dû te laisser aussi en arrière.

J'adresse un rictus à cette pimbêche qui se croit très maligne avec ses arguments à la noix.

— Ça t'a bien arrangée, hein, qu'Eva ne survive pas ? Avec toutes vos engueulades… Au moins, il n'y aura plus personne pour te voler la vedette sur scène, si toutefois on s'en sort ! rétorqué-je.

Flavie blêmit. Je ramasse le fagot que j'ai constitué, le cale sur ma hanche, et reprends le bâton qui m'aide à avancer avant de regagner le camp sans lui accorder un regard.

En chemin, j'allume machinalement mon portable pour chercher un hypothétique réseau qui, bien entendu, n'existe pas. Et la batterie est quasiment à plat. Saloperies de smartphones. Avec mon vieux téléphone, j'avais une semaine d'autonomie de batterie. Avoir voulu être à la page en matière de technologie risque de me coûter très cher.

La nuit est froide et, malgré le feu, nous ne parvenons pas à dormir. La soif nous tenaille, ainsi que la faim et la peur. Je me suis allongée à côté de Franck pour avoir un peu de chaleur et sentir une présence amicale.

— Franck, tu dors ? chuchoté-je.

— Non, et toi non plus apparemment, répond-il à voix basse.

— Je n'arrête pas de penser à la mort d'Eva. Je me demande si Flavie aurait pu… Elle la détestait tellement.

— Il y a un fossé entre détester quelqu'un et l'étouffer avec un foulard.

— Dans le monde civilisé, oui. Mais ici… Et Eva était complètement vulnérable. On s'est disputées avec Flavie tout à l'heure, en allant chercher du bois. Je ne l'avais jamais vue si pleine de haine… Elle est folle de rage que Cyril soit avec nous, elle le considère comme un poids mort.

— Hervé aussi est de cet avis. C'est sûr que c'est un pari risqué de choisir de nous ralentir en le portant mais je ne me voyais pas le laisser là-bas.

— Tu crois qu'Hervé aurait pu étouffer Eva et monter tout ce cinéma en examinant son corps ?

— C'est sûr que ça le rendait insoupçonnable. Mais je ne vois pas ce qu'il y aurait gagné. C'était lui qui voulait garder une part d'eau pour elle.

— Peut-être a-t-il fait semblant. Depuis le début, il veut partir à la recherche des secours, les personnes incapables de se déplacer sont des fardeaux pour lui. Cyril seul, encore, on peut le porter, mais avec Eva et Tim, ça aurait été impossible.

— Tim était coincé sous les débris, il fallait impérativement le dégager pour envisager de le déplacer. Mais en le dégageant, on a accéléré sa fin…

— Et une fois mort, la question ne se posait plus, ça faisait une personne de moins à transporter, donc une attache de moins qui nous reliait au lieu du crash.

— T'es tordue de penser à des trucs pareils, grogne Franck.

Il se retourne et la discussion s'arrête là.

Jour 4

Le lendemain, notre progression est encore ralentie par la fatigue et la soif. Nous souffrons tous de vertiges, de nausées, sans doute dus à la déshydratation. Pour ma part, j'ai la sensation que ma langue a gonflé dans ma bouche. Mes pensées sont tour à tour embrouillées ou étrangement lucides.

Ce maudit canyon n'a pas de fin, semble-t-il. Nous avons la sensation d'être des souris piégées dans un labyrinthe. Le destin s'amuserait-il à faire une expérience avec nous, pour voir combien de temps nous pourrons survivre ? Mon cerveau épuisé imagine un géant qui nous observe depuis le ciel et prend des notes sur un calepin, pariant sur ceux qui ont des chances de s'en sortir. Je me secoue pour sortir de cette hallucination.

J'entends un cri étouffé sortir de la gorge desséchée de Manuel qui ouvre la marche. Immédiatement, il se met à courir vers la paroi à notre droite. Une vague d'espoir irrationnel envahit mon esprit : pour qu'il réagisse ainsi, il a dû voir quelque chose de merveilleux, et dans notre situation, quelque chose de merveilleux signifie une issue ou des secours.

— De l'eau ! s'exclame Franck.

Avec Hervé, ils posent le brancard au sol sans trop de précautions et courent rejoindre Manuel qui a la bouche collée à la paroi rocheuse. Je les rejoins en claudiquant, bousculée par Flavie qui passe devant moi et se rue vers le petit groupe. Au fur et à mesure que j'approche, je distingue une traînée noire le long de la paroi. Quand j'arrive sur les lieux, ma déception est immense. J'espérais une cascade ou au moins une source, mais c'est un simple filet d'eau qui coule goutte à goutte, dans un écrin de mousse teintant la roche de vert sombre.

Manuel a les lèvres collées à la paroi, les autres se bousculent derrière lui. Après cinq bonnes minutes, Manuel s'écarte, dépité.

— Pas de quoi nous abreuver tous. En fait, vu le rythme auquel ça coule, il faudrait rester une heure pour avaler l'équivalent d'un verre d'eau.

Je me laisse tomber au sol, abattue, tandis que Flavie colle à son tour ses lèvres à la roche.

Hervé sort alors une bouteille vide de son sac à dos. Je le bénis d'avoir pensé à emporter cet objet.

— Si je peux la caler au pied de la paroi, on devrait parvenir à récupérer de l'eau en quelques heures.

— On va dormir ici, décide Franck. Je ne me sens pas d'aller plus loin aujourd'hui et Hervé non plus.

— Et demain on devrait avoir un peu d'eau dans la bouteille, renchéris-je.

— À diviser en six, précise aussitôt Hervé.

Mon moral retombe aussitôt. Dans le meilleur des cas, après une nuit complète, nous aurons l'équivalent d'une demi-bouteille d'eau à diviser en six. Pas de quoi nous sauver, tout au plus de quoi nous maintenir en vie quelques heures de plus.

Nous nous installons tant bien que mal pour la nuit, Hervé est parvenu à caler la bouteille là où l'eau tombe goutte à goutte sur le sol au pied de la falaise. Nous allumons notre désormais traditionnel feu et constatons que le briquet de Cyril est presque vide. Un nouveau problème en perspective. Mourir de froid ou mourir de soif, quel choix…

Au petit matin, je me précipite pour voir le niveau d'eau dans la bouteille. J'ai passé une bonne partie de la nuit à rêver soit qu'elle débordait – oh, joie ! –, soit que la source s'était complètement tarie et qu'elle était vide. La réalité est plus mitigée : la bouteille est remplie aux deux tiers. Je l'écarte de la roche et bois quelques gouttes à même la pierre. L'eau a un goût bizarre, ferrugineux, mais elle est fraîche et c'est de l'eau. Je repositionne la bouteille.

Je vois Franck ouvrir les yeux, il semble souffrir. Je me dirige vers lui. Mon ami se plaint de violents maux de tête et de vertiges. Un effet de la déshydratation, sans doute aggravé par sa blessure au crâne. Manuel n'est pas en meilleur état, il se tient l'épaule et des gouttes de sueur perlent à son front ; il a de la fièvre. J'en conclus que son épaule s'infecte. Il vient vers moi et murmure :

— Marie, tu as suivi une formation de premiers secours, non ? Comme Cyril ?

J'acquiesce, je me sens bien impuissante.

— Tu crois qu'on peut tenir combien de temps quand on a une blessure infectée avant que ça ne tourne très mal ?

Je devine qu'il parle de la septicémie ou de la gangrène.

— Eh bien, ça dépend du climat, de la condition physique de la personne…

— Le climat ne joue pas en ma faveur.

— Le pire, c'est la chaleur humide ; ici, la chaleur est plutôt sèche, tenté-je.

— Ça, on ne peut pas dire qu'on souffre d'un excès d'eau !

Une fois tout le monde réveillé, nous faisons tourner la bouteille d'eau. Boire s'avère davantage une torture qu'un plaisir : à peine le temps de prendre goût à la sensation délicieuse de l'eau fraîche sur nos muqueuses buccales desséchées et gonflées, nous sommes déjà arrivés à la fin de notre quantité attribuée et il nous faut nous arrêter. Nous passons la bouteille au suivant avec une réticence manifeste. Je repense avec une ironie amère aux exercices de cohésion qu'Hervé nous imposait lors des répétitions, pour « renforcer l'esprit d'équipe ». Il s'est bel et bien envolé l'esprit d'équipe, chacun regrette les gouttes d'eau qu'il doit laisser à son voisin… Mais dans un environnement hostile et aride où l'eau signifie la vie, peut-on vraiment en vouloir à quiconque de chercher à survivre ?

Jour 5

Nous nous mettons d'accord pour, exceptionnellement, prendre la route sans Cyril. Le projet étant d'explorer pendant une journée la suite de la gorge, puis de revenir au camp pour s'hydrater et dormir. Cyril restera donc allongé au pied de la falaise qui suinte, tout juste capable d'ouvrir et de fermer la bouche pour avaler les gouttes qui se forment lentement.

Si nous espérions progresser plus rapidement une fois débarrassés du poids du brancard, nous nous sommes trompés. Nous sommes tous dans un état d'épuisement et de faiblesse avancé. Chaque pas est un effort, chaque mouvement une souffrance.

La gorge semble soudain se resserrer devant nous, le phénomène me paraît inexplicable : nous descendons vers la vallée, normalement elle devrait s'élargir… Je m'aperçois que, devant nous, les parois disparaissent et je ne m'explique pas comment c'est possible. Flavie, qui pour une fois marche devant le reste du groupe, pousse un cri strident se transformant bien vite en un rire hystérique alors qu'elle franchit un amas de rochers. Hervé la rejoint et se prend la tête dans les mains. Franck et moi nous nous soutenons mutuellement et Manuel est à la traîne. Quand nous rejoignons Flavie et Hervé, le spectacle qui s'offre à nous est désolant. Les parois de la gorge disparaissent en effet, et pour cause : nous sommes désormais en haut d'un dénivelé abrupt, la gorge se termine par ce qui doit être une cascade lors des périodes de pluie. Au-dessous de nous, une vallée, à des dizaines de mètres en contrebas. La falaise constitue un obstacle infranchissable. Je scrute le paysage, cherchant en vain une trace de présence humaine, un hélicoptère, un avion, n'importe quoi.

— On ne peut pas sortir de cette gorge, résume Franck.

Comble de l'ironie, un petit buisson penché au-dessus du vide affiche fièrement cinq baies rouges. Une pour chacune de nous ?

— C'est quoi ? Des airelles ? demande Flavie.

— Je ne crois pas. Il y a plein de fruits toxiques qui ressemblent à d'autres qui sont, eux, comestibles, explique Hervé. Une baie chacun, ça ne changera rien pour nous. Pas la peine de risquer de crever en tombant dans le vide ou de s'intoxiquer.

La mort dans l'âme, nous rebroussons chemin. Aucun de nos téléphones portables n'est plus opérationnel, les batteries sont à plat. De toute manière, il n'y avait sûrement pas de réseau en haut de la falaise.

Cyril paraît à la fois soulagé et surpris de nous voir revenir si vite. Nous lui expliquons brièvement notre découverte et son visage se ferme.

— La seule issue pour quitter cet endroit, c'est d'escalader les parois, résume Franck.

— Ou de prendre la gorge en sens inverse : nous sommes descendus vers la vallée, nous pourrions remonter, propose Manuel.

Ce qui inclut de refaire en sens inverse tout le chemin jusqu'à l'épave de l'avion, puis de continuer.

— On ne trouvera rien là-haut ! Il n'y a personne, ce sont les sommets, affirme Franck.

Sa remarque est pleine de bon sens mais, ni moi avec ma cheville en vrac, ni Hervé et son poignet cassé, ni Manuel qui a perdu l'usage d'un bras, n'envisageons sérieusement de tenter d'escalader les parois de la gorge.

— Il faut que vous deux, Flavie et toi, y alliez seuls, décrète Hervé. Une fois sur la crête, vous pourrez peut-être faire signe à un hélicoptère de recherches.

Flavie secoue la tête.

— Je n'y arriverai pas. J'ai le vertige.

La perspective de s'en sortir s'éloigne une fois de plus. L'image de tous ceux qui me sont chers m'envahit.

J'entends le bruit d'une chute derrière moi et je me retourne : Manuel vient de s'effondrer au sol. Nous nous précipitons : il est brûlant de fièvre et tremble sans pouvoir s'arrêter.

— Il lui faut de l'eau, crie Hervé.

— Comme nous tous, grogne Flavie.

Une fois de plus, il faut attendre que la bouteille se remplisse lentement, goutte après goutte. Pendant ce temps, Manuel tient des propos incohérents, parlant de piscine et de soirées déguisées. Au bout d'une grosse demi-heure, nous lui faisons avaler le peu de liquide qui s'est accumulé dans la bouteille. Ce n'est pas avec cela que nous pourrons le réhydrater. Et sans antibiotiques, je ne vois pas comment nous pourrions sauver son bras… ni même sa vie.

— Faites ce que vous voulez, demain matin je tente de monter sur la crête, annonce Hervé. Sinon on va tous y rester.

— Avec ton poignet brisé, tu risques de faire une chute mortelle, déclare aussitôt Franck. J'irai seul, si Flavie ne veut pas venir.

— Qui prend la bouteille ? demande Flavie.

— On la donnera à ceux qui partiront escalader la paroi, décide Hervé. Ceux qui restent ici ont toujours le goutte-à-goutte.

Jour 6

Le lendemain, Flavie a finalement pris la décision d'accompagner Franck et tous deux quittent notre camp de fortune sous le regard d'Hervé, Cyril et moi. Manuel a basculé dans l'inconscience. J'ai l'impression de faire partie d'un jeu mortel où les candidats sont éliminés, physiquement, un par un. Je me rappelle avoir lu un roman policier d'Agatha Christie où les protagonistes, coincés sur une île, étaient assassinés les uns après les autres… Notre sort sera-t-il similaire ? Si oui, lequel d'entre nous sera le dernier survivant ?

Nous observons Flavie et Franck progresser lentement le long de la paroi, s'aidant des saillies rocheuses, prenant garde aux pierres instables qui roulent sous leurs pieds. Plus ils s'élèvent et plus le risque de faire une chute mortelle s'accroît.

De petits buissons rabougris les cachent à notre vue par intermittence, puis ils réapparaissent, de plus en plus loin, de plus en plus minuscules dans cette immensité minérale.

J'abandonne mon poste d'observation pour aller lécher la roche humide et absorber quelques millilitres d'eau. Après quelques minutes, Hervé vient prendre ma place.

— Tu crois que Flavie aurait pu tuer Eva ? demandé-je soudain.

— Techniquement, oui. Moralement, j'aurais tendance à dire que non, mais l'un de nous l'a bien fait.

— J'étais tout à côté de Franck pendant la nuit, s'il avait bougé, je m'en serais aperçue, affirmé-je. Tim et Cyril sont hors de cause. Restent, Manuel, Flavie…

— Et moi, conclut froidement Hervé.

— Qui s'embrouillait tout le temps avec Flavie ? Qui estimait qu'elle prenait une part d'eau qu'elle n'aurait pas dû avoir ?

Hervé secoue la tête.

— La mort d'Eva est un meurtre. Si on s'en sort, il faudra trouver le coupable et qu'il paye pour ça. On en parlera à la police.

Si on s'en sort…

Hervé me fait signe de regarder vers la crête. Miraculeusement, Flavie et Franck sont arrivés en haut tous les deux. Ils font de grands signes et semblent crier vers nous, mais nous n'entendons rien. Je me prends à espérer qu'ils voient quelque chose, n'importe quoi, qui leur laisse espérer un sauvetage rapide. Ils disparaissent bientôt de l'autre côté de la crête.

La nuit suivante, nous utilisons pour la dernière fois le briquet qui rend l'âme après six jours de bons et loyaux services. Comme le souligne Hervé, si nos amis ont pu trouver des secours, nous devrions les voir débarquer le lendemain. Mais la suite ne se déroule pas comme prévu.

Jour 7

Le soleil se lève à peine, masqué par de gros nuages sombres, quand nous sommes réveillés par un premier coup de tonnerre, suivi d'un second. Un éclair déchire le ciel. Je me mets à espérer qu'il pleuve. De l'eau, pitié ! Malheureusement, l'orage est plus en altitude et la pluie ne tombe pas là où nous nous trouvons. Quelques minutes plus tard, un grondement sourd retentit pourtant, provenant de l'amont de la gorge.

— Marie ! L'eau ! Il faut monter, on va être noyés !

La voix d'Hervé, emplie de panique, me fait sursauter. En une fraction de seconde, je comprends ce qu'il a voulu dire : s'il ne pleut pas là où nous sommes, l'orage doit cependant s'abattre sur la montagne et l'eau qui ruisselle descend… dans la gorge où nous nous trouvons. Encaissée comme elle l'est, une forte pluie doit provoquer la création d'un véritable torrent en quelques minutes.

J'entends la voix de Cyril qui nous supplie de ne pas le laisser là.

— Et Cyril et Manuel ? crié-je.

— On va essayer de les hisser en hauteur, répond Hervé.

C'est un terrible dilemme qui s'offre à nous, Hervé n'a qu'un poignet valide, et moi j'ai une cheville défaillante. En unissant nos forces, nous pouvons espérer monter un de nos amis à flanc de falaise. Le second devra attendre.

Hervé et moi échangeons un regard et, d'un commun accord, nous nous dirigeons vers Cyril. Peut-être est-ce parce qu'il nous supplie alors que Manuel est plongé dans une somnolence comateuse. Peut-être parce que nous croyons que des deux, il est celui ayant les meilleures chances de survie.

Nous hissons tant bien que mal Cyril, qui est incapable de nous aider, et grimpons de quelques mètres. Une petite corniche surplombant le fond de la gorge nous paraît convenir, nous y installons Cyril et nous apprêtons à redescendre pour mettre Manuel en sécurité. Mais le torrent nous a gagnés de vitesse : une vague déferle soudain dans la gorge et c'est un mur d'eau qui débouche devant nos yeux effrayés. J'entends Hervé me crier de remonter. Sous l'effet de l'adrénaline, la douleur de ma cheville s'estompe et je me surprends à grimper à quatre pattes sur la pente abrupte, puis à m'accrocher aux saillies rocheuses pour monter encore de quelques mètres. Sur ma droite, Hervé agit de même. Le torrent sauvage envahit le bas de la gorge et nous voyons le corps de Manuel balloté par les flots, comme dans un cauchemar. Le courant l'emporte et je réalise que je tremble de tous mes membres. Cette gorge maudite va tous nous tuer, les uns après les autres. Je croise le regard d'Hervé, accroupi sur un éperon rocheux, et j'y lis le même désarroi que celui qui m'habite. Quelques mètres au-dessous de nous, mais à l'abri des eaux, Cyril, immobile sur le dos, semble implorer le ciel de l'épargner. Si nous avions décidé de mettre Manuel en sécurité en premier, ce serait lui qui aurait été emporté. Nous lui avons sauvé la vie. Nous avons sacrifié Manuel. L'un n'allait pas sans l'autre. Pour sauver une vie, la Nature nous en a demandé une autre.

Nous restons chacun à notre place, accrochés tels des naufragés à nos rochers, pendant une bonne demi-heure. Puis le torrent diminue peu à peu, l'eau s'évacue, laissant seulement quelques flaques dans les creux de rochers.

Nous redescendons lentement dans la gorge et nous jetons chacun sur une flaque d'eau terreuse que nous buvons intégralement avec bruit. On dirait deux chiens assoiffés.

Je m'essuie machinalement la bouche, puis j'éclate d'un rire hystérique. Hervé me décoche un regard interrogatif.

— Y a de l'eau ! Mais on n'a pas la bouteille en plastique ! On n'a rien pour la récupérer ! Ça va s'évaporer dans la journée.

— Marie, il faut que tu gardes ton calme.

— Mais je suis calme ! rétorqué-je d'une voix aiguë qui n'est pas la mienne. Je constate, c'est tout. À ton avis, ce sera qui le suivant ? Cyril ? Toi ? Moi ?

— Arrête, Marie ! On va s'en sortir. Si Franck et Flavie ont trouvé des secours, on aura une équipe dans la journée.

— Si… On ne sait même pas s'ils sont en vie !!

Hervé vient vers moi et me décoche une gifle. Je sursaute sous le choc.

— Reprends-toi ! lance-t-il.

Je songe que si Ned était là, jamais Hervé n'aurait pu faire ça, Ned lui aurait sauté à la gorge. À cet instant, je prends une décision : cheville foulée ou non, je ne passerai pas une journée de plus dans cette gorge meurtrière qui semble décidée à se nourrir de nos vies. Je vais gagner la crête moi aussi. Je vais sortir de là. Ma décision n'est pas dictée par la raison, elle défie toute logique. Je veux simplement fuir cette gorge où le torrent a emporté Manuel, où Cyril gît aussi impuissant qu'une tortue renversée sur le dos, où Hervé s'est permis de me gifler… Je n'attendrai pas que mon salut vienne des autres.

Je commence à escalader la paroi en prenant appui sur les saillies rocheuses, faisant abstraction de la douleur, de la faiblesse induite par le manque d'eau et de nourriture. Si je dois crever, ce ne sera pas dans cette gorge, j'atteindrai le sommet, je verrai ce qu'il y a de l'autre côté. J'entends Hervé me crier de revenir mais je l'ignore.

Lentement, minute après minute, geste après geste, je vois le sommet se rapprocher. Je sais qu'Hervé ne pourra pas me suivre ; avec un seul poignet valide, il est plus handicapé que moi pour l'escalade. Je jouis de l'imaginer me voir m'élever vers la liberté tandis qu'il reste prisonnier de cette gorge funeste, aux côtés de

Cyril qui lui est captif de son propre corps inerte… De quel droit Hervé s'est-il arrogé l'autorité qu'il exerce sur nous depuis le crash ? Ses décisions ne nous ont pas sauvés, pire, trois d'entre nous sont morts.

Mon cœur s'accélère tandis que j'arrive au sommet. Je suis particulièrement prudente sur les derniers mètres, pas question de flancher maintenant ou de tout gâcher en allant trop vite. Je vais y arriver. Cette gorge n'aura pas ma vie. Je survivrai. À la gorge, à la montagne, à ce groupe… Je serai la dernière s'il le faut. S'il doit n'en rester qu'une, je serai celle-là. Je reverrai mes proches dont les images ne cessent de me hanter. Je vivrai d'autres moments de joie, de rires, de délires. Je verrai le soleil se lever, une tasse de café à la main, je le regarderai se coucher en sirotant un cocktail, tout en sachant qu'une nouvelle journée succédera à la nuit.

Je me hisse sur le dernier rebord rocheux. J'y suis arrivée. Je choisis délibérément de ne pas regarder la gorge dont je viens de m'échapper, je porte mon regard sur l'autre versant de la crête. La pente est moins abrupte de ce côté-ci, au moins sur les premières dizaines de mètres, ensuite la végétation sèche masque le terrain. Aussi loin que porte la vue, on ne voit que des arbustes et des rochers, puis d'autres crêtes. Pas de trace de route ni d'habitation. Je lève la tête vers le ciel. Je repère la trace blanche d'un avion de ligne, à des kilomètres d'altitude. Impossible qu'il me voie. Dommage, car l'emplacement est si parfaitement dégagé que, si un appareil me survolait à basse altitude, il ne pourrait manquer de me repérer. J'aperçois un morceau de tissu qui claque au vent à quelques mètres de moi. Je me précipite et reconnais le tee-shirt orange de Franck, déchiré de manière à ne former qu'une longue bande de tissu et coincé sous un rocher. Mon ami a eu une excellente idée : un lambeau de tissu de couleur vive claquant au vent au sommet d'une crête ne manquera pas d'attirer l'attention d'un hélicoptère ou d'un avion de recherche. Je cherche du regard Franck et éventuellement Flavie, mais il n'y a pas d'autre trace de présence humaine. J'en conclus qu'ils ont dû commencer à descendre le long du versant. Je décide de les imiter et amorce la descente, mais ma cheville me trahit rapidement. Je n'ai pas de bâton sur lequel m'appuyer et il est beaucoup plus difficile de garder l'équilibre en descendant qu'en montant. La pente s'accentuant, je finis par me mettre sur les fesses et descendre par à-coups. Bien m'en a pris : la végétation dense masque la suite de la dénivellation mais, au détour d'un buisson, je me retrouve au bord d'une corniche. Je m'arrête juste à temps.

— Lui, il ne s'est pas arrêté à temps.

Je sursaute. Flavie est recroquevillée sur ma gauche, contre un buisson. Elle a les yeux dans le vague et ressemble à une enveloppe corporelle vidée de sa substance.

— Qui, lui ?

— Franck.

Je n'ose comprendre. Je le cherche du regard, mais mon ami n'est pas là. Je me mets à plat ventre et avance jusqu'au bord de la corniche. Un sacré dénivelé s'ouvre sous moi, une falaise à pic, haute d'une bonne vingtaine de mètres. Et tout en bas… Je reconnais la forme.

— Franck est tombé. Il est tombé, répète Flavie.

Elle tourne la bouteille d'eau dans laquelle il reste un fond de liquide entre ses mains. Est-ce la vue de ce liquide, l'indifférence avec laquelle elle prononce ces mots ? Toujours est-il que la colère m'envahit, une rage sourde, violente, incontrôlable.

— Je portais la bouteille à ce moment-là, murmure Flavie. Une chance.

— Une chance, hein ? Et en plus tu n'as plus à partager l'eau, n'est-ce pas ? Avoue, tu l'as poussé ? Hein ? C'est ça ?

Flavie ne me regarde toujours pas. Et ça m'énerve. Toutes les fois où elle m'a prise de haut, snobée, rabaissée, me reviennent en mémoire.

— Il avait des vertiges à cause de sa blessure à la tête. Il a glissé.

— Menteuse !

Je m'avance vers elle à petits pas, je ne sais pas ce que je vais faire, je sais seulement que la haine qui brûle en moi a besoin d'un exutoire. Elle lève enfin les yeux vers moi.

— Tu as étouffé Eva aussi, ajouté-je.

— Non.

Elle a nié d'une toute petite voix, j'aurais préféré qu'elle crie. L'image du corps de Franck désarticulé au pied de la falaise me revient et je sais qu'elle me hantera pendant longtemps.

— C'est toi, Marie, murmure Flavie. C'est toi qui es prête à tout pour survivre…

Oui, je suis prête à tout. Et je sais de quoi on peut être capable dans une situation aussi désespérée, c'est pour cela que je comprends qu'elle ait tué Franck. Franck, mon ami. Pour quelques gouttes d'eau. Peut-être aurais-je fait de même si Franck et moi nous étions retrouvés seuls, derniers survivants avec quelques millilitres seulement à boire. Mais ce n'est pas moi qui étais avec Franck.

Je sursaute en entendant un bruit de rotor. Je l'ai tellement rêvé que je n'arrive pas à y croire. Je lève la tête et distingue l'hélicoptère au-dessus de la crête. Il vole en stationnaire, sans doute a-t-il repéré le morceau de tissu orange flottant au vent. Flavie se redresse brutalement, trop vite. Son pied ripe et je la vois glisser comme au ralenti, les doigts s'enfonçant en vain dans la poussière du sol, vers l'à-pic. Son corps glisse, elle se raccroche au rebord et me fixe avec des yeux effrayés.

— Aide-moi !

Je me penche vers elle.

— Non, Flavie, c'est toi qui les as tués.

— Tu sais bien que non. Je n'ai tué personne !

— Mais ça, personne ne le saura.

Du ciel, personne ne peut voir ce que je fais. La végétation sèche de la barre rocheuse qui m'a masqué le précipice quelques minutes plus tôt nous rend invisibles. Je reste immobile, les yeux fermés pour ne pas voir le regard implorant de Flavie qui s'accroche encore. J'entends son cri quand elle lâche prise. Alors, je me relève et remonte doucement vers la crête en boitillant. J'arrive en zone découverte et agite les bras, l'hélico est juste au-dessus de moi. Il m'a repérée. Je vais bientôt pouvoir boire. Je suis sauvée. J'ai survécu. Je vais revoir Ned, mes parents, mes amis…

J'observe le paysage qui défile sous l'hélicoptère nous transportant. Des montagnes, encore des montagnes… Seuls, nous ne serions jamais sortis de cet enfer. À côté de moi, Hervé est muet, encore sous l'effet de la stupeur d'avoir été sauvé. Cela n'a pas été facile, les secouristes ont dû voler en stationnaire au-dessus de la gorge et descendre en rappel, puis fixer Hervé, et ensuite Cyril, sur un brancard qu'ils ont remonté. Un médecin nous a examinés brièvement. Nous sommes tous déshydratés, Hervé a très probablement une double fracture du poignet, et le pronostic de Cyril n'est pas bon, même si des examens complémentaires s'avéreront nécessaires pour déterminer s'il restera paralysé à jamais. Je m'en sors avec une grosse entorse à la cheville et une petite déchirure du réseau ligamentaire. Les corps de nos compagnons n'ayant pas survécu seront récupérés par une seconde équipe.

Je me tourne vers Hervé. Derrière nous, le médecin est absorbé dans une discussion avec un Cyril partagé entre le soulagement d'être vivant et la terreur de bientôt connaître le diagnostic.

— Tu as eu énormément de chance d'être là-haut au moment où l'hélico survolait la crête, constate soudain Hervé.

De la chance ? Depuis le début de ce drame, j'ai provoqué ma chance. Pourtant je renchéris avec une parfaite hypocrisie :

— Là où tu étais, ils ne t'auraient jamais trouvé. Heureusement que je leur ai tout de suite dit qu'il y avait deux personnes encore vivantes dans la gorge.

Une manière comme une autre de bien lui faire comprendre qu'il me doit d'être encore en vie... Il hoche lentement la tête.

— C'est terrible pour Flavie. Mourir ainsi, juste au moment où l'hélico arrivait...

— Tu sais, elle m'a dit quelque chose avant de lâcher prise, tandis que je tentais en vain de la retenir. Je n'avais plus de force, je n'ai pas réussi à la remonter...

Ma voix se brise dans une tonalité convaincante, je ne suis pas une excellente comédienne pour rien. Hervé me dévisage.

— Elle m'a dit que c'était bien elle qui avait étouffé Eva. Pour l'eau, tout simplement. Et je t'avouerai que je ne considère pas impossible qu'elle ait poussé Franck.

Cette fois ma détresse n'est pas feinte.

— Comment peut-on en arriver là, murmure Hervé.

— Elle n'était plus elle-même depuis le crash, elle semblait très secouée psychologiquement. Je me demande si elle avait encore toutes ses capacités mentales... Je ne suis pas sûre qu'elle ait été consciente de ce qu'elle faisait. Laissons-lui le bénéfice du doute.

— Toute cette histoire n'a été qu'une tragédie depuis ce foutu vol en avion.

J'acquiesce et ferme les yeux. J'ai mis la touche finale à mon numéro. Depuis le début, je me suis juré de tout faire pour survivre. Je pensais au départ qu'attendre les secours sur place était la meilleure option. Quand j'ai compris qu'ils ne viendraient pas et qu'il nous faudrait nous déplacer, j'ai analysé la situation de manière pragmatique : Tim, Eva et Cyril étaient des poids morts. S'ils étaient restés en vie tous les trois, les transporter sur des brancards aurait été inenvisageable. L'un d'entre nous aurait dû rester avec eux, dans une ambiance mortifère, pendant que les valides seraient partis à la recherche d'hypothétiques secours. Et ce rôle m'aurait certainement échu, à moi, blessée à la cheville, handicapée, incapable de marcher aussi vite que les autres. Ayant compris cela, il fallait agir. De par mes cours de secourisme, je savais que Tim était perdu, mais le meilleur moyen de mettre un terme rapide à ses souffrances était de le dégager. Aussi n'ai-je formulé aucune objection quand les garçons ont proposé une nouvelle tentative pour soulever les débris qui l'emprisonnaient. Pire, je les ai aidés. Tim était fichu, nous non.

Restaient Eva et Cyril. Eva qui ne reprendrait jamais connaissance vu la gravité de ses blessures. Pourquoi aurais-je dû mourir à cause d'elle alors qu'elle était perdue ? J'aime la vie. J'adore les longues balades avec Ned, les discussions avec mes parents, les sorties entre amis, le théâtre… Et tout cela était encore à portée de main pour moi. Il fallait accepter de faire des sacrifices. Eva n'a pas souffert quand j'ai appuyé son foulard sur son nez et sa bouche, elle a simplement cessé de lutter pour respirer.

Le fait que le groupe emmène Cyril sur un brancard m'a permis de tenir l'allure, de ne pas devenir le maillon le plus faible, celui qu'on laisserait de côté en premier.

Par la suite, j'ai senti qu'Hervé avait quelques soupçons à mon égard concernant Eva. J'ai bien insisté sur le fait que j'étais restée avec Franck cette nuit-là, comme pour lui donner un alibi à lui, en réalité surtout pour m'en fournir un à moi. Franck a dormi une partie de la nuit, mais je pense que s'il avait survécu, il n'aurait pas contredit ma version des faits.

Je ne crois pas que Flavie ait tué Franck, je pense qu'il a réellement glissé par accident ; mais Flavie, cette peste, avait deviné mon implication dans le décès d'Eva. Nous étions les deux suspectes les plus plausibles et elle se savait innocente, alors par déduction…

Quand elle a glissé, j'y ai vu un signe : au moment où le destin m'offrait une porte de sortie par le biais de cet hélicoptère, il me donnait aussi la solution parfaite pour ne pas faire l'objet d'une enquête par la suite. Les aveux de Flavie que j'ai inventés et révélés à Hervé devraient suffire, le corps d'Eva s'étant probablement dégradé, il sera difficile d'établir une quelconque responsabilité dans son décès.

Tandis que l'appareil auquel nous devons notre sauvetage se pose sur le petit héliport de montagne, je vois ma mère et mon père devant le bâtiment, avec d'autres membres de l'équipe de secours. Ned, mon labrador, est là lui aussi. Est-ce grâce à eux que j'ai tenu, que j'ai réussi à survivre, au prix de la vie de certains de mes compagnons ? Au fond, je ne crois pas. Mes proches ont été des prétextes. Je me suis raccrochée à eux comme je me serais raccrochée à toute autre raison de vivre. Parce que, quand on éprouve l'envie irrésistible de vivre, on crée ses propres raisons de continuer, on tient bon, quoi qu'il en coûte. Vous ne l'auriez pas fait, vous ? Non ? Vous ne le saurez jamais. À moins qu'un jour, vous ne soyez confrontés aux mêmes choix que moi…

Mauvaise rencontre

Tapie dans les buissons, au bord de la route déserte, la Bête attend. Silencieuse, elle observe, allongée dans les hautes herbes du bas-côté de la chaussée. Son heure va venir, elle le sait, elle le sent. Il lui suffit d'attendre. Une proie se présentera, tôt ou tard. Elle retrouvera bientôt les sensations merveilleuses qu'elle éprouve en plongeant dans un corps terrifié qui se débat désespérément. Puis vient le coup de grâce, et avec lui, l'extase ultime. La consommation peut reprendre, la viande est encore chaude, agitée parfois de minuscules tremblements nerveux qui décuplent son désir. Un pur moment de satisfaction. Un plaisir si facile. Une réussite garantie à tous les coups. Du moins jusqu'à présent.

La Bête a déjà fait quatre victimes, en deux mois. Les autorités sont dépassées par la violence des mises à mort et par le mode opératoire de la créature. Les agressions ont eu lieu dans un vaste périmètre de plusieurs dizaines de kilomètres carrés, aussi bien de jour que de nuit. Ce qui reste des dépouilles ne laisse pas grand-chose à analyser ; lors de la dernière tuerie, des morceaux de cadavre ont été retrouvés éparpillés sur plusieurs centaines de mètres.

Soudain, la Bête s'aplatit davantage sur le sol, ignorant le papillon qui cherche à se poser sur elle. Elle a entendu quelque chose… Dotée d'une ouïe supérieure à la moyenne, elle sait qu'elle peut faire confiance à ses sens. Et même si l'ouïe lui faisait défaut, son instinct seul lui suffirait pour détecter l'approche d'une proie. Et la voici, la fameuse proie. Elle la distingue à présent, venant à sa rencontre en toute ingénuité. Jeune, agile, gracieuse… Facile. Excellente à consommer. La promesse d'un moment de délice. La Bête s'en réjouit d'avance, le plaisir monte déjà en elle, simplement à l'idée du festin qui l'attend.

La joggeuse approche à un rythme régulier, absorbée par sa course. La Bête poursuit son observation, analysant chaque parcelle du corps de sa future victime. Des jambes fuselées, une taille mince, des cheveux blonds attachés en queue de cheval. Plutôt musclée, sans doute va-t-elle se débattre… Tant mieux. Au fil des attaques, la Bête a gagné en assurance, elle sait désormais que les proies trop vulnérables, qui ne se défendent même pas, comme ses deux premières victimes, ne la satisferont plus.

La Bête se ramasse sur elle-même, prête à bondir. Elle va attendre quelques instants, laisser passer la proie et lui sauter dessus par-derrière. Une fois la femme au sol, il lui suffira de la traîner dans les taillis et l'orgie pourra commencer. Les lieux sont peu fréquentés, elle commettra son méfait en toute impunité.

La joggeuse vient de passer devant la Bête sans en avoir conscience et aussitôt celle-ci se redresse. Soudain, un véhicule apparaît dans son champ de vision, débouchant du virage à quelques dizaines de mètres de là. La Bête se tapit à nouveau, frustrée mais prudente. La voiture passe devant elle, ralentit, puis s'arrête. La

Bête se recroqueville. Un homme descend de la voiture, se soulage dans le fossé, puis remonte dans son véhicule. Il met plusieurs minutes à redémarrer. Un temps largement suffisant pour que la joggeuse ait disparu. Une opportunité manquée. Et pourtant, les véhicules sont extrêmement rares sur ce tronçon de route reliant deux villages. Un vrai coup de malchance.

La colère gagne la Bête ; au fil des jours, elle gère de plus en plus mal la frustration. Trop habituée à ses succès, elle conçoit toute défaite comme un affront personnel. Elle avait un véritable festin sous les yeux et celui-ci vient de lui être retiré. Tout est à recommencer, l'attente, le guet, l'estimation de l'approche d'une nouvelle proie… Autant dire que la prochaine victime fera les frais de cet échec, elle paiera double. La violence trop longtemps contenue s'exprimera de manière décuplée.

— Tu crois qu'on pourra dormir à l'hôtel, ce soir ? demande Anaïs.

Sa sœur hausse les épaules tout en conduisant. Anaïs a le chic pour poser des questions stupides, la priorité n'est pas au confort pour les jours à venir, mais la jeune femme ne semble pas l'avoir compris.

— Passe-moi la bouteille, répond simplement Maëva.

— La vodka ?

— Non, l'eau ! Je conduis, je te le rappelle.

Anaïs secoue la tête et se penche entre les sièges pour attraper le sac à provisions posé sur la banquette arrière. Pendant ce temps, Maëva allume la radio.

« La météo des jours à venir vous réserve de belles journées ensoleillées et des températures estivales, en accord avec les normales de saison. Rendez-vous dans le prochain flash info à dix-

sept heures avec les dernières nouvelles concernant l'enlèvement du petit Théo pour lequel la piste familiale est privilégiée, le braquage de la banque à Reims ce matin, qui a fait trois morts et dont les deux auteurs sont toujours en cavale, et l'enquête qui piétine dans la série de meurtres de jeunes femmes perpétrés ces dernières semaines dans le Jura. »

Anaïs tend la bouteille d'eau en plastique à sa sœur qui tient le volant d'une main et s'empare de l'objet de l'autre. Tandis que Maëva boit à grands traits, Anaïs dévisse le bouchon de la bouteille de vodka et en avale deux grandes gorgées.

— Putain, ce que c'est bon ! gémit-elle.

— Heureusement que c'est moi qui conduis.

— Je pourrai conduire tout à l'heure ?

— Non. Pas envie qu'on se fasse arrêter lors d'un contrôle parce que t'es saoule.

Anaïs affiche sa moue boudeuse de gamine qui agace tant Maëva. À vingt ans, on dirait bien souvent que la jeune femme en a quinze, aussi bien par son physique que par son comportement.

— Grandis un peu, ça nous changera ! grogne Maëva.

— Pas besoin, tu le fais pour deux. Sérieux, Mev, t'as trente ans mais parfois tu en fais cinquante avec tes idées…

Maëva fait piler la voiture et se tourne vers sa sœur.

— T'as dit quoi là ? Qui est-ce qui nous a mises dans la merde ? Et qui nous en a sorties ? Hein ? Qui gère tout depuis cinq ans ? Qui a monté ce projet ?

— Toi, reconnaît Anaïs du bout des lèvres.

— Alors tu la boucles et tu fais ce que je te dis ! Rien n'est fini, tu comprends ça ? On n'est pas tirées d'affaire. On a encore des centaines de kilomètres qui nous attendent.

Anaïs acquiesce en silence et fait mine de consulter la carte. C'est sa sœur qui a insisté pour qu'elle se serve d'une carte papier et non d'un GPS moderne… Quand Anaïs a protesté que c'était démodé, Maëva a rétorqué :

— Tu sais lire, non ? T'as pas besoin qu'une voix de pétasse te dise d'aller à gauche ou à droite, surtout qu'à tous les coups elle t'enverra sur une route fermée. Moi en tout cas, ça me gave !

Anaïs suit du doigt le tracé de la route sur laquelle elles se trouvent et remarque :

— On est dans le Jura, on peut s'arrêter pour acheter du fromage ?

— Non, on trace.

— Mais je voulais acheter du fromage.

Maëva ne relève pas la nouvelle lubie de sa sœur. De toute manière, dans dix minutes, Anaïs sera passée à autre chose. De son côté, Maëva a d'autres soucis en tête, elle s'inquiète pour la suite du voyage. Son plan était bien rodé pour le début, le changement de voiture, les faux papiers, tout s'est effectué comme prévu, mais la suite comporte trop de facteurs laissés au hasard. Maniaque comme elle l'est, Maëva a besoin de maîtriser tous les aspects de la situation.

— Tu crois qu'ils vont nous retrouver, Mev ? murmure soudain Anaïs d'une voix angoissée.

— Non, affirme Maëva. Ils n'y arriveront pas. On va s'en sortir.

— Je veux pas retourner là-bas !

— Tu n'y retourneras pas. Maintenant, ferme-la. Je dois me concentrer sur la route.

L'homme marche sur le bord de la route déserte. Avec son sac à dos, il a tout l'air d'un randonneur. Quand il entend un moteur derrière lui, il se retourne et observe d'un regard perçant la voiture, une Renault Mégane, qui vient dans sa direction. À travers le pare-brise, il devine deux femmes. Il esquisse un geste signifiant qu'il fait du stop. La voiture commence par accélérer et il se dit que c'est foutu, elle ne s'arrêtera pas. La Mégane le dépasse, puis ralentit et s'immobilise soudain. La portière côté conducteur s'ouvre et une femme en descend.

— Bonjour, lance-t-il aussitôt, désireux de ne pas laisser passer sa chance.

La femme, une trentenaire au physique sportif dont les cheveux bruns sont coupés au carré, avec une frange qui lui va plutôt mal d'ailleurs, fait un geste de la main.

— Vous allez où ? demande-t-elle.

— Eh bien, en fait je descends vers le sud, je fais une sorte de parcours de découverte vous voyez… Je n'ai pas de destination précise, j'essaie d'en faire une grande partie en marchant, mais là j'avoue que je suis un peu fatigué.

Il n'a pas pris grand risque, cette route unique est orientée nord-sud et la voiture roulait en direction du sud. De plus, son explication évasive ne laisse pas envisager un souhait de trajet en particulier.

— On peut vous emmener sur quelques dizaines de kilomètres, répond la femme.

— C'est très sympa, merci. Je m'appelle Carl.

— Maëva. Et dans la voiture, ma copine, c'est Anaïs.

Le dénommé Carl monte dans l'habitacle en bénissant sa chance. Quelle magnifique opportunité vient de s'offrir à lui ! Il prend place sur la banquette arrière, et la dénommée Anaïs, nettement plus jeune que la conductrice, vient s'asseoir à ses côtés tout en l'observant avec un sans-gêne étonnant. Le nouveau venu est grand, maigre, avec des cheveux blond terne très mal coupés et un visage en pointe qui rappelle un peu un rongeur. Une fois les portières refermées, Maëva redémarre. Carl détaille à son tour sa voisine de banquette : elle porte un débardeur sans soutien-gorge malgré une poitrine plutôt généreuse, un short ras des fesses et des claquettes. Des mèches blondes balaient son visage pointu aux yeux noisette. Carrément bonne. Décidément, c'est son jour de chance. La Bête refait surface. Les lèvres de Carl se contractent et se frottent l'une contre l'autre dans un tic nerveux qu'il connaît bien.

Quarante-huit heures plus tôt.

Carl observe la randonneuse qui traverse la route. Sans doute va-t-elle s'engager sur le sentier à sa gauche. Excellente idée, depuis une heure qu'il est tapi ici, il n'a vu personne. Le chemin mène à une petite chute d'eau, en cul-de-sac. Personne n'étant passé depuis des heures, le lieu est donc forcément désert. La femme, âgée d'une petite trentaine d'années, emprunte le sentier menant à la cascade, ainsi qu'il l'avait prévu. Depuis son enfance, il sillonne toutes les routes de la région, il connaît par cœur ce qu'il considère comme son territoire. Et si une proie vient à y passer, tant pis pour elle. Il a faim, sa dernière tuerie remonte à une semaine. La randonneuse ne s'aperçoit pas qu'elle est suivie ; il faut dire qu'il a développé une vraie capacité à se déplacer en silence. À l'adolescence, il travaillait cette compétence pour approcher les petits animaux qu'il tuait ensuite à coups de pierres. Mais bien vite, ces meurtres insignifiants ne lui ont plus suffi. Il a visé plus haut, plus difficile, plus satisfaisant.

Il la suit sur quelques dizaines de mètres, puis se rapproche. La randonneuse se retourne en entendant, ou en sentant, quelque chose bondir sur elle. Trop tard. Il la plaque au sol, la mord dans le cou. La suite est un pur moment de bonheur pour Carl. Le sang, les cris, les mouvements désespérés de la jeune femme… Il la frappe juste assez pour qu'elle reste immobile, pas suffisamment pour la tuer. Pas tout de suite. Il préfère violer ses victimes vivantes, même s'il a déjà pratiqué sur des cadavres encore chauds. Dès le départ, la malheureuse n'avait aucune chance.

Quand le massacre se termine, un quart d'heure plus tard, il contemple le corps meurtri, couvert de boue et de sang, qui gît sans vie sous lui. Il essuie brièvement la griffe métallique avec laquelle il lui a ouvert la gorge et hésite à prendre un trophée, sous forme d'un bras ou d'un pied. Mais pourquoi choisir ? Pour trancher les os, par contre, il aurait besoin d'une scie. Il y pensera la prochaine fois ; pour aujourd'hui, il se contentera de mutiler les parties plus tendres. À l'aide du couteau de boucher soigneusement emballé dans son sac à dos, il découpe de larges morceaux de chair sur sa victime. Le résultat ressemble au travail d'un animal. Il décide de pousser la similitude à son paroxysme et éparpille les morceaux dans les environs. Satisfait, Carl observe le résultat. Il se sent comme un mélange d'animal sauvage obéissant à un instinct qui lui semble bien naturel et d'artiste précurseur incompris. Pourquoi est-il le seul à voir la beauté dans ce tableau morbide qu'il vient de réaliser ? Il ne s'est pas contenté de violer et de tuer cette fille, non, il y a mis une touche personnelle, un petit plus, une recherche de nouveauté. Aucun de ses crimes ne doit être exactement le même que le précédent, il y met un point d'honneur. Et il existe tellement de manières de tuer… Sa précédente victime, il l'a éventrée. Celle d'avant avait été étranglée. La première victime, il l'avait tuée en la frappant à la tête avec une pierre. La prochaine… Bah, il ver-

ra. Pour le moment, il doit simplement se nettoyer à la cascade, ranger ses vêtements souillés dans son sac, enfiler le survêtement propre qu'il garde en réserve et reprendre la route de sa petite maison. Il est peu probable que les flics remontent jusqu'à lui, il faudrait faire des analyses ADN sur tous les habitants de la région... Demain, il s'astreindra à quelques heures de travail sur le chantier où il est actuellement employé. Il redeviendra un pauvre type anonyme... Sauf qu'on parlera de lui aux informations régionales et même nationales. Et la prochaine fois, il frappera encore plus fort.

***

Maëva est concentrée sur la route et Anaïs s'est endormie après avoir bu encore un peu de vodka. Carl a décliné son offre quand elle lui en a proposé. Il n'aime pas la sensation procurée par l'alcool, qu'il considère comme un ersatz de bonheur. Le vrai bonheur, la véritable ivresse, il les trouve ailleurs... Il planifie déjà la suite, réfléchissant à la manière de procéder au double meurtre. Jamais encore il n'a tué deux femmes simultanément. La plus jeune, Anaïs, paraît plutôt frêle, elle devrait être facile à maîtriser. Pour l'autre, Maëva, l'affaire va être un peu plus compliquée. Il faudra donc s'occuper d'elle d'abord.

— Tu aimes la randonnée... On peut se tutoyer au fait ? demande Carl à Maëva.

Elle hoche brièvement la tête et allume la radio. Manifestement, la discussion n'est pas sa priorité. Tant pis, au fond il s'en fout. C'est un flash info qui est actuellement émis sur les ondes et Carl écoute sans y prêter attention les nouvelles ne le concernant pas. Puis enfin...

« Dans l'enquête sur les meurtres atroces de plusieurs jeunes femmes dans le Jura ces dernières semaines, les experts s'orientent désormais vers la piste d'un tueur en série doublé d'un prédateur sexuel. L'hypothèse de plusieurs meurtriers travaillant ensemble n'est pas écartée pour le moment. »

Carl se renfonce avec satisfaction dans le dossier de la banquette arrière. Le travail est tellement bien fait, tellement accompli, que les enquêteurs ont du mal à croire qu'il s'agisse de l'œuvre d'une seule personne. Maëva lui jette un bref regard et Carl affiche aussitôt une mine grave, effaçant le sourire qui naissait à l'instant sur ses lèvres.

— Et vous allez où, ta copine et toi ? demande Carl d'un ton neutre.

— Chambéry. Tu diras quand tu voudras qu'on te dépose.

Il ne relève pas, mais songe qu'il est prêt à attendre un peu, quitte à s'éloigner davantage de son territoire de prédilection, pour trouver la meilleure opportunité de mener à bien son projet.

Après quelques kilomètres, Maëva quitte la grande route sur laquelle ils se trouvaient, emprunte une voie secondaire, puis se gare sur le bas-côté.

— Je reviens, annonce-t-elle simplement.

Elle quitte le véhicule et disparaît derrière des buissons. Est-ce là l'occasion dont il rêvait ? Il se penche vers Anaïs qui ronfle doucement sur le siège passager et effleure une mèche de ses cheveux. Elle est la proie idéale : fragile, douce, jeune… En quelques secondes, il pourrait l'assommer, puis attendre le retour de Maëva pour tuer celle-ci et ensuite s'occuper de la petite Anaïs… Il en brûle d'envie. Anaïs ouvre les yeux et lui adresse un sourire resplendissant.

— Salut, murmure-t-il. Bien dormi ?

— Mal au crâne. C'est la vodka…

Son visage est proche du sien et elle se penche comme pour l'embrasser.

— Anaïs !

C'est la voix de Maëva qui les sépare. Celle-ci ne fait aucun commentaire supplémentaire, se contentant de reprendre sa place au volant tout en mettant la carte routière entre les mains de sa sœur.

— Rends-toi utile !

Anaïs grogne mais obtempère ; ils roulent en silence jusqu'au moment où un panneau indique Chambéry à cinquante kilomètres. Carl commence à s'agiter. Les filles ont dit qu'elles allaient dans cette ville, leurs chemins vont se séparer, il s'est laissé dépasser... Si on le dépose en centre-ville, il ne pourra rien contre elles dans un espace public.

Mais la chance est avec lui : alors qu'ils sortent d'un hameau, Maëva avise une supérette à l'écart et se gare sur le parking en annonçant :

— Je vais chercher des sandwichs. Carl, tu bois quoi ? Bière ? Soda ?

— De l'eau, s'il te plaît.

Tandis que sa sœur aînée s'éloigne, Anaïs se tourne vers Carl.

— Elle est chiante parfois. Mais elle peut aussi être cool, très cool. Faut pas lui en vouloir.

— Elle est très protectrice avec toi, on dirait. Ou alors elle est jalouse ?

Anaïs éclate de rire. À la grande surprise de Carl, elle se glisse entre les sièges et le rejoint sur la banquette arrière. Il a les yeux rivés sur sa poitrine et ses tétons qui pointent à travers son débardeur. La Bête est là, toute prête à surgir.

— C'est une grande sœur super, chuchote Anaïs.

— C'est ta sœur ? Elle m'a dit que vous étiez copines… Et vous ne vous ressemblez pas vraiment.

Anaïs éclate de rire.

— Il ne faut pas se fier aux apparences ni à ce que l'on dit. Les mots et les apparences, on peut en faire ce qu'on veut, tu sais…

— Tu es très philosophe, dis-moi, pour une jeune de… T'as quoi, seize ans ?

— Vingt. Je suis majeure.

Elle le dévore des yeux et Carl coule un regard vers l'entrée de la supérette. De combien de temps dispose-t-il avant le retour de Maëva ? Pas le temps de baiser, c'est sûr. De tuer, peut-être. Mais elle, il la veut vivante, absolument. Ses yeux explorent la silhouette de sa voisine, il détaille ses jambes, son ventre plat, ses seins bombés, sa gorge où il voit palpiter l'artère source de vie… ou de mort. Jamais il n'aura autant attendu face à une proie avant de passer à l'acte. Il a pris cela comme un nouveau défi, cette attente sera suivie d'une récompense au-delà de tout ce qu'il a connu, il en est persuadé.

S'il fait vite, il peut agir. Isoler la proie, puis la consommer. Ensuite, il avisera. Si Maëva se pointe, il la tuera. De toute manière, il a prévu de lui faire subir le même sort funeste que sa sœur. Carl caresse doucement la jambe d'Anaïs.

— Tu ne voudrais pas qu'on aille faire un tour ? murmure-t-il.

Il a repéré un grand champ au bout du parking, sans aucune habitation autour. La supérette est idéalement située, au milieu de nulle part.

— On ne le dira pas à ta sœur, ce sera notre secret, chuchote Carl.

Anaïs a un sourire malicieux et entrouvre sa portière tandis qu'il fait de même de son côté. Ils quittent le véhicule en silence.

Leur passager imprévu n'a fait aucune remarque sur le fait qu'elle semble emprunter des routes particulièrement peu directes, revenant même parfois sur ses pas, songe Maëva tout en payant ses courses à la caisse de la supérette. Il ne lui a pas demandé non plus s'il allait prochainement devoir quitter le véhicule et suivre sa route de son côté. Carl est un individu particulièrement discret. Ça l'arrangerait parfaitement si le comportement de cet homme ne la rendait pas aussi suspicieuse à son égard. Il se conduit comme quelqu'un qui a quelque chose à cacher, elle est bien placée pour le savoir.

Après avoir payé ses achats, elle passe aux toilettes de la supérette et s'asperge d'eau au lavabo. La fatigue commence à la gagner, mais pas question de se reposer. Elle tient depuis l'évènement grâce à l'adrénaline et elle ne doit pas laisser celle-ci retomber.

Quand elle revient à la voiture avec un petit sac contenant les sandwiches et des canettes de bière, la Renault est vide, les deux passagers sont partis.

Anaïs commence à râler tandis que Carl l'entraîne au-delà du parking, vers le champ qu'il a repéré.

— Je ne peux pas aller dans la terre avec mes claquettes ! proteste-t-elle.

L'agacement envahit Carl, elle lui fait perdre du temps. Il lui assène une gifle violente qui laisse la jeune femme sidérée.

— Ta gueule, avance !

Elle se débat à présent, tandis qu'il la tire de force dans les herbes hautes. Le côté sauvage du lieu le séduit particulièrement, il n'aurait pas aimé la tuer dans la voiture ni sur le parking. Il a besoin de cet environnement naturel, sans trace humaine, où il laissera libre cours à son animalité. Estimant être allé assez loin, il jette Anaïs au sol et se laisse tomber sur elle. Une gifle plus violente lui ferme la bouche tandis qu'elle tente de crier. Sous la violence du choc, Carl voit les cheveux blonds de la fille glisser sur le côté, dévoilant des mèches brunes. Elle porte une perruque. Après tout, qu'est-ce qu'il en a à foutre ? Les lubies d'une proie ne doivent pas le retarder dans son acte. La furie le gagne, le raisonnement logique, la lucidité commencent à faire défaut à son cerveau malade. Chaque crime l'emmène un peu plus loin de la prudence, avec un sentiment d'invincibilité grisant.

Tout en maintenant Anaïs d'une main, il utilise son autre main pour sortir un bâillon de son sac à dos, qu'il enfonce dans la bouche de sa victime. Si elle perd connaissance faute d'oxygène, il lui rendra brièvement un peu d'air. Puis il extirpe du sac la fameuse griffe dont il s'est déjà servi. Il va commencer par quelques jolies entailles sur cette gorge juvénile, la vue du sang l'excitera davantage.

Obnubilé par l'excitation sauvage qui monte en lui, il n'entend pas le frôlement des herbes à proximité.

— Pose ça.

Il sent le canon d'une arme contre sa nuque en même temps qu'il entend la phrase, prononcée calmement.

— Tu poses ça où je te mets une balle dans la tête, reprend la voix.

Maëva. Un instant, il envisage de se retourner et de bondir sur elle pour arracher son arme. Mais l'instinct de survie lui dicte de n'en rien faire. Le doigt de la femme doit être prêt à presser la détente, il n'aura pas le temps de finir son geste. Ses lèvres s'agitent sous l'effet du tic nerveux qu'il connaît trop bien, et il pose la griffe. D'un coup de pied, Maëva l'envoie se perdre dans les herbes.

— Retire le bâillon, maintenant.

Anaïs écarquille les yeux tandis que Carl obéit.

— Il est dingue ce type, Mev ! Maëva !

Elle chouine à présent tout en remettant ses faux cheveux blonds en place.

— Bien évidemment qu'il est dingue, tu n'as pas entendu les infos à la radio ? Il y avait un tueur en série dans le secteur où on l'a ramassé… Je crois qu'à présent il est avec nous. Lève-toi.

Cette fois Maëva s'adresse à Carl. Il se remet debout doucement, toujours sous la menace de l'arme.

— Mev, il m'a fait du mal…

La voix d'Anaïs est celle d'une gamine, haut perchée, un brin exaspérante.

— Tu l'as cherché aussi, tranche Maëva.

— S'il te plaît, tu m'avais promis... Tu dois me protéger, contre lui aussi, il m'a fait du mal…

— On a encore besoin de lui. Allez, retour à la bagnole !

C'est un trio bien étrange qui quitte le champ en friche, puis regagne la Renault. Carl marche devant, suivi de près par Maëva qui lui pointe le canon de son arme sur le bas du dos. Anaïs ferme la marche, pleurnichant comme une fillette capricieuse.

Une fois devant la voiture, Maëva actionne l'ouverture des portières, puis demande à Anaïs :

— Sors la corde.

Aussitôt, et avec un naturel désarmant, Anaïs ouvre la boîte à gants et en sort une corde enroulée.

— Tiens le flingue, braque-le sur lui pendant que je l'attache.

Le pistolet passe des mains de Maëva à celles de sa sœur qui se place devant Carl, un étrange sourire sur les lèvres. Il ne peut retenir un gémissement quand la femme serre les liens jusqu'à ce que la corde pénètre dans la chair de ses poignets ramenés derrière son dos. Une sensation d'impuissance absolue l'envahit. Ce n'est pas ainsi que cela devait se passer, non, dans l'ordre des choses, les proies ne se défendent pas… Qui sont ces filles ? La frustration et la colère l'empêchent de réfléchir de manière constructive, son côté animal fonctionnant à l'instinct a pris le dessus. Il se tortille en vain. Anaïs éclate de rire. Maëva le fait monter à l'arrière et Anaïs s'exclame :

— Mev, je peux rester à côté de lui et tenir le flingue ? S'il te plaît.

Les yeux marron de Maëva observent attentivement Anaïs, comme si elle la jaugeait.

— OK. Mais pas de conneries, hein ? On en a besoin. Pour le moment.

Elle reprend le volant après avoir sorti du sac un sandwich aux crudités qu'elle mange avec appétit tout en conduisant. Anaïs se sert à son tour, et vide deux canettes de bière en plus de dévorer son sandwich au poulet. Carl est mort de faim, mais ce n'est pas de nourriture qu'il a envie, plutôt de faire payer à ces salopes son échec inacceptable. Et il ne s'abaissera pas à leur demander la moindre nourriture. Quand il veut quelque chose, il ne demande pas, il prend. Pour l'instant, avec les mains liées dans le dos, il est maîtrisé, mais il n'a pas dit son dernier mot. Elles vont payer cette humiliation.

Ils ont depuis longtemps dépassé Chambéry et filent vers la frontière italienne. Maëva règle la radio de manière à rester sur une fréquence diffusant des informations à intervalles réguliers.

« Les autorités estiment à présent que les deux braqueurs de la banque rémoise, qui ont tué trois personnes ce matin, n'auraient peut-être pas encore quitté le territoire français. La police n'a malheureusement pas pu établir de portraits des criminels, qui ont agi à visage masqué. Néanmoins, d'après les voix des deux malfaiteurs, entendues par plusieurs témoins, il s'agirait de deux femmes. Concernant les victimes, nous savons à présent avec certitude que le directeur de la banque fait partie des morts, ainsi qu'un agent de sécurité et une employée. »

— Les flics vous cherchent, hein ? Vous êtes en cavale.

La voix rauque de Carl couvre la radio. Maëva hausse les épaules. Anaïs éclate de rire.

— C'est trop facile, t'as vu que j'avais une perruque ! C'est ça qui t'a permis de deviner…

— Ferme-la, Anaïs, coupe sa sœur.

— De toute façon, la perruque c'est pour le fun, personne ne peut nous reconnaître, on était masquées lors du braqua…

— Anaïs, ta gueule !

Un barrage de police se dresse sur la route devant elles. C'est ce que Maëva craignait, elle avait sciemment évité de partir plein est, vers l'Allemagne ou le Luxembourg, sachant que ce serait par là qu'on les chercherait en premier.

La conductrice freine et commence à expliquer à ses deux passagers, tout en regardant droit devant elle :

— Plan de secours. Carl, tu es le petit ami d'Anaïs. On va passer le week-end en Italie. Anaïs, tu délies les mains de Carl, tu mets ta veste et tu planques le flingue dessous. Carl, si tu fais le moindre geste ou signe suspect, Anaïs tirera. Et moi je forcerai le barrage. J'espère que vos ceintures de sécurité sont mises. Anaïs, fouille le sac de Carl, il doit avoir des papiers d'identité, les flics vont nous les demander.

Tel un bon petit soldat, Anaïs effectue les actions ordonnées par sa sœur. Le soulagement physique de Carl en sentant les liens se desserrer est de courte durée : Anaïs est plaquée contre lui et il sent le canon du pistolet contre ses côtes. Maëva avance au ralenti jusqu'au barrage, puis s'arrête. Quatre flics sont là. Carl les détaille avec mépris. Il n'a jamais redouté les policiers. À ses yeux, ce sont des incapables, qui ne lui arrivent pas à la cheville. Cette fois pourtant, ça l'arrangerait que ces hommes se rendent compte de l'identité des femmes qui l'accompagnent et qu'ils comprennent qu'il est leur otage, ni plus ni moins. Ce serait une sacrée ironie du sort que les flics sauvent un tueur en série en arrêtant des braqueuses.

Maëva tend ses papiers et ceux du véhicule tandis qu'Anaïs pose sa tête dans le cou de Carl. Elle joue parfaitement son rôle, on dirait qu'elle a envie de lui. Serait-ce possible après ce qu'il a essayé de lui faire ? Il n'a encore jamais expérimenté avec une « victime » consentante. Les cris, les tremblements, les larmes, lui manqueraient trop. Tout son plaisir vient de là. Il est la Bête, elles sont les proies.

— Vous allez où ? questionne le policier en observant les passagers de la Renault.

— On va passer le week-end en Italie, explique Maëva. On fait un petit road trip, on s'arrêtera selon les opportunités.

Le policier demande les papiers d'Anaïs, qui les lui tend avec un immense sourire de poupée, en même temps que ceux de Carl.

— C'est votre petite amie ?

Le policier s'adresse à Carl. Anaïs laisse échapper un petit couinement de plaisir en se frottant contre son faux amant qui n'a d'autre choix que de hocher la tête. Ses lèvres se contractent et se frottent l'une contre l'autre à plusieurs reprises, trahissant cette fois son impuissance. Mais le geste passe inaperçu.

— Pas de chance, mademoiselle, lance le policier à Maëva qui arbore une expression neutre. J'ai bien l'impression que vous allez tenir la chandelle tout le week-end ! Allez, circulez !

Maëva remonte sa vitre et démarre, tandis qu'Anaïs mordille le cou de Carl. Il a horreur de ça. Elle n'a donc aucune réserve cette salope ? Il a failli la violer et il compte bien recommencer dès que possible, mais ça n'a pas l'air de la déranger... Se pourrait-il qu'elle aime ça ? En tout cas, elle n'aimera pas quand il séparera sa jolie petite tête de son corps de poupée gonflable.

Deux semaines plus tôt.

À peine rentrée dans son minuscule studio, Maëva se débarrasse de sa veste qu'elle laisse négligemment tomber au sol. Elle retire aussi tee-shirt et pantalon qui vont rejoindre la veste. En sous-vêtements, la jeune femme s'étire et observe le reflet que lui renvoie la glace, celui d'une trentenaire sportive au corps mince et musclé, avec quelques cicatrices ici et là, vestiges de son passé tumultueux. Un passé désormais révolu. Elle a trouvé un petit boulot dans une supérette où elle range les rayons et fait l'inventaire. C'est temporaire et pas très bien payé, mais suffisant pour lui permettre de louer ce studio, lui-même adapté pour une personne seule. Son avenir s'annonce viable, sinon palpitant.

Le regard de Maëva est attiré par son téléphone portable qui traîne sur le lit ; elle l'avait oublié là ce matin, avant de partir travailler. Par acquit de conscience, elle consulte ses messages. Par-

mi les pubs, un texto de sa sœur retire son attention : « Maëva, appelle-moi, j'ai besoin de ton aide. »

Encore... Dans quoi cette petite dinde s'est-elle fourrée cette fois ?

***

— *Girls just want to have fun...*, chantonne Anaïs.

Elle est exubérante depuis qu'ils ont franchi la frontière, qui n'en est plus vraiment une avec la libre circulation des personnes dans l'espace Schengen. Elle se trémousse et répète en boucle les paroles de cette chanson que Carl connaît à présent par cœur.

— Si tu la fermais, Anaïs ? suggère sèchement Maëva.

— Maintenant qu'on n'a plus besoin de lui, on pourrait s'en débarrasser, non ? demande la jeune femme d'un ton léger.

Ils se dirigent à présent vers Turin et Carl est de nouveau attaché.

— On attend encore un peu, tranche Maëva. On n'est pas à l'abri d'un contrôle de la police italienne.

— Sauf que c'est moi qui ai le pistolet, chantonne Anaïs. Du coup si je faisais un mauvais mouvement, imagine... Tu ne pourrais rien faire.

— Tu n'as pas intérêt.

— On va décider à pile ou face, suggère Anaïs.

Elle cherche une pièce dans sa poche tandis que Carl tire sur ses liens. Il n'a aucune chance de pouvoir ouvrir la portière avec les mains entravées dans son dos. Maëva ne roule pas trop vite sur cette petite route, mais ils sont en pleine campagne, les deux femmes auraient tôt fait de le rattraper même s'il parvenait à s'éjecter de la voiture. Il faut qu'il attende d'être en ville, là où il pourra les dénoncer, crier aux passants qu'il est l'otage de deux criminelles. Mais bien entendu, Maëva évite soigneusement les agglomérations. Quant aux arrêts pour faire le plein d'essence, ils sont rares, et à chaque fois une des deux filles reste avec Carl dans la voiture.

— On peut s'arrêter dans une boulangerie ? demande soudain Anaïs. Je voudrais acheter un beignet italien.

— C'est fermé à cette heure-ci, souligne Maëva. Tu devras attendre demain.

— Cool, pour le petit déjeuner. Eh, j'ai une idée, meilleure que le pile ou face... S'ils ont des beignets à la boulangerie, j'attends avant de tuer Carl, sinon, mon doigt pressera accidentellement la détente.

Anaïs glousse. Carl devine qu'elle ne plaisante pas, et, pour la première fois de son existence, il aperçoit la proximité de la mort. Sa vie va se jouer à pile ou face, Anaïs a l'air déterminée à mettre son projet de jeu morbide à exécution. Son regard à lui exprime-t-il en cet instant la même détresse qu'il a si souvent lue dans les yeux de ses proies ? Cette terreur qui l'emplissait de jouissance et d'un sentiment de toute-puissance... Anaïs doit ressentir la même chose ; seulement cette fois, les rôles sont inversés.

Carl fixe son attention sur Maëva. La conductrice, qui est à ses yeux l'instigatrice du braquage et le cerveau de l'équipe, semble bien plus rationnelle que sa sœur. Ses choix seront pragmatiques et sans doute pourra-t-elle influencer sa sœur. Mais combien de temps jugera-t-elle que la présence de Carl est nécessaire à leur cavale ? Il doit gagner du temps, en attendant une opportunité pour fuir, c'est sa seule marge de manœuvre.

— Vous allez où ? lance-t-il soudain.

— En Tunisie, annonce Anaïs avec un grand sourire. On achètera une villa et on vivra là-bas pour toujours.

— Ferme-la ! intime Maëva.

— On peut lui dire, on va le tuer, grogne Anaïs.

Nouvelle crispation des lèvres de Carl, de ce geste qui trahit chez lui une forme de nervosité, parfois associée à l'excitation du crime ; mais cette fois, c'est la peur qui en est la cause.

Il est plus de minuit quand Maëva marque une pause sur le bord de la route, au milieu d'une campagne boisée et silencieuse. Elle annonce qu'elle va dormir trois heures et s'allonge en travers des sièges avant, la tête du côté passager, posée sur un coussin. Elle a pris la précaution de poser un vêtement plié sur le frein à main afin de rendre cette zone moins inconfortable.

Anaïs, elle, s'étale sur la banquette arrière, contraignant Carl à se recroqueviller contre la portière. L'homme, toujours attaché, tente en vain de trouver une position tenable. Les portières sont verrouillées par la sécurité enfant et ses chances de fuite sont bien minces. Mais la lueur hallucinée qui dansait tout à l'heure dans les yeux d'Anaïs lui indique que cette folle a bien en tête son projet de jouer sa vie le lendemain, selon qu'elle trouvera ou non des beignets dans la première boulangerie qu'ils croiseront… Et même si Maëva, manifestement le cerveau de la bande, a clairement indiqué son souhait de garder Carl en vie quelque temps, rien ne garantit qu'Anaïs ne pressera pas « malencontreusement » la détente comme elle l'a annoncé.

Le silence s'installe dans l'habitacle, à peine rompu par les petits soupirs d'Anaïs qui bascule dans le sommeil. Maëva, elle, ronfle légèrement. Les minutes passent, puis les heures. Carl repousse doucement de ses jambes celles d'Anaïs qui se met en boule sur la banquette sans se réveiller. Il a un peu plus de place, et surtout, il peut espérer se glisser entre les sièges avant pour atteindre le bouton actionnant le déverrouillage des portières arrière, situé à gauche du siège du conducteur, sous la vitre. Il le pressera avec son nez, son front, son menton, peu importe. Et ses mains liées dans son dos lui permettront tout de même d'actionner la poignée intérieure de la portière par la suite, il en est persuadé. Il n'a rien à perdre de toute manière.

En estimant la distance qui le sépare du bouton de la liberté, Carl réalise cependant que, même en se tortillant, il ne parviendra pas à toucher ledit bouton avec son visage : il est trop loin et, si son corps bascule, il tombera sur les jambes de Maëva. Il lui faudrait un objet rigide qu'il tiendrait entre ses dents pour atteindre le bouton. Du regard, il fouille son environnement immédiat. Il y a un sacré bazar dans l'habitacle. Ses yeux se posent sur la plage arrière. Un foulard, une bouteille en plastique vide... Un stylo ! Avec un corps métallique, donc un objet qui supportera la pression. Carl revient à sa place initiale sur la banquette, puis se tourne lentement, jusqu'à pouvoir saisir le stylo avec sa bouche. Il le prend délicatement par une extrémité et se tourne à nouveau vers l'avant. Centimètre par centimètre, il fait passer le haut de son corps entre les sièges avant, en prenant garde à ne pas effleurer Maëva endormie. Au moindre changement dans le rythme respiratoire de l'une des deux femmes, il s'immobilise et retient son souffle.

Son regard est fixé sur le bouton actionnant le verrouillage et le déverrouillage des portières arrière. Il sait qu'un clic va retentir quand il le pressera, mais c'est un passage obligé. Il se tend au maximum, le stylo entre les dents et pointé en avant. Encore un peu... Il appuie et le clic salvateur retentit, bien plus bruyamment qu'il ne l'aurait imaginé. Impossible que Maëva ou Anaïs ne l'ait pas entendu… Il retient son souffle. Aucune des filles ne bouge. Doucement, très doucement, il regagne sa place sur le côté de la banquette arrière et colle son dos à la portière. Ses mains engourdies cherchent la poignée. Ça y est, il la sent sous ses doigts. Une fois la portière ouverte, il se laissera glisser à l'extérieur, puis devra se relever rapidement et se mettre à courir. Ils sont garés en rase campagne, aucune habitation n'est en vue et seules trois voitures sont passées sur cette route depuis qu'ils se sont arrêtés. Mais une fois ses jambes un peu dérouillées, il devrait pouvoir courir rapidement, même avec les mains attachées. Si, dans l'idéal, les filles ne se réveillaient pas tout de suite, l'avance qu'il prendrait serait suffisante pour être à l'abri, même si elles devaient par la suite se lancer à ses trousses. D'ailleurs, il ne restera pas sur la route, ce serait trop facile pour elles de le rattraper avec la voiture. Non, il coupera à travers champs. Il doit bien y avoir un village, une habitation quelconque dans ce trou !

Carl tire lentement sur la poignée de la portière et la sent s'ouvrir dans son dos. Un air léger et tiède, porteur d'une odeur d'herbes et de feuilles, lui balaye le visage. Le parfum de la liberté… Le stylo est toujours en place entre ses dents crispées, il le lâche enfin quand il s'en aperçoit. Il entrouvre davantage la portière, juste l'espace nécessaire, et se laisse glisser doucement à l'extérieur de la Renault. Il sent l'herbe et la terre sous ses fesses en touchant le sol. Un bonheur.

— T'as envie d'aller pisser ?

La voix de Maëva, railleuse, déchire son rêve. Elle s'est redressée et le fixe.

— Allez, remonte, ne m'oblige pas à descendre te chercher !

Il calcule ses chances. Elle va ouvrir la portière et lui tomber dessus avant même qu'il ne soit debout. Les mains attachées, il ne peut pas se défendre, d'autant plus que Maëva est sportive.

— Tu m'as entendu ouvrir la portière, c'est ça ?

Maëva secoue la tête.

— Remonte.

En un instant, elle reprend sa place côté conducteur, ouvre la portière et jaillit hors du véhicule. Par défi, il se relève. Maëva l'accueille d'un coup de poing dans l'estomac qui le plie en deux.

— Tu croyais vraiment que tu allais pouvoir ramper comme ça à côté de moi sans que je me réveille ? Pauvre type. Je t'ai entendu dès que tu as bougé.

Les lèvres de Carl s'agitent toutes seules, avec un frottement si vigoureux qu'elles finissent par s'entailler sur ses dents. Il est fou de rage. Maëva l'a vu venir dès le début, mais elle l'a laissé galérer, se déplacer centimètre par centimètre, imaginer que la liberté était proche. Carl sent une vague de haine le submerger tandis que Maëva le renvoie sans ménagement sur la banquette arrière, réveillant au passage une Anaïs qui, elle, dormait pour de bon. Depuis qu'ils sont dans cette voiture, il a projeté ses envies de meurtre essentiellement sur Anaïs, principalement parce qu'elle l'excite. Mais depuis cet instant, le désir de faire hurler de douleur Maëva l'obsède. Elle aussi devra rencontrer la Bête, il le faut.

Le jour s'est levé et Maëva roule en silence vers le sud. Anaïs, bien réveillée à présent, n'a pas oublié ses projets de la veille. Elle enfonce le canon de son arme dans les côtes de Carl.

— Eh, Maëva, les boulangeries doivent être ouvertes, non ? On va bientôt savoir si je tue Carl ou pas… Beignet ou pas beignet ?

Carl s'efforce de demeurer impassible. Il suffirait d'un geste, un seul mouvement du doigt, volontaire ou non, de la part de cette tarée, pour que sa vie à lui s'arrête ici. Maëva ne réagit pas, sait-elle que sa sœur bluffe ? Peu probable à en juger par le regard de folle de la jeune femme. Ou alors, Maëva s'en fout... Peut-être même que ça l'arrange qu'Anaïs se charge de l'exécution.

Après avoir tourné quelques minutes dans la périphérie d'une petite ville, Anaïs avise l'objet de sa quête, une boulangerie à la vitrine alléchante, et le signale bruyamment. Maëva se gare, descend de la voiture et échange sa place avec celle d'Anaïs, qui file vers la boulangerie tandis que sa sœur aînée tient leur otage sous la menace du pistolet dissimulé sous une veste. Vue de l'extérieur, la scène ressemble à un couple serré l'un contre l'autre sur la banquette arrière d'une voiture, rien qui pourrait attirer l'attention d'un passant.

— Tu te manges souvent les lèvres ? questionne Maëva en s'apercevant que le mouvement compulsif de Carl se répète encore, bien que ses lèvres soient abîmées.

Il répond par un grognement. Ce mouvement, c'est sa faiblesse, il ne le contrôle absolument pas. Jamais ses lèvres ne se sont si souvent entrechoquées que depuis qu'il a croisé la route de ces criminelles. Il sent le goût du sang dans sa bouche, le sien. Elles ont réussi à le blesser. Elles doivent payer.

— Je te donne une info, pour le cas où tu envisagerais de nous fausser compagnie, annonce Maëva d'un ton posé qui contraste avec l'hystérie manifeste de sa sœur. Sache que si tu essaies d'entrer en contact avec quiconque afin de nous dénoncer et de te faire la malle, je dirai aux autorités que tu es le tueur du Jura. Les flics seront contents de boucler un dossier aussi médiatisé.

— Ta parole, celle d'une criminelle, ne vaudra rien ! lance Carl avec arrogance.

— Sans doute, mais les flics feront quand même quelques petits tests ADN sur toi avant de te laisser partir, juste histoire de vérifier… Et il sera facile de faire le lien avec les traces trouvées sur les victimes.

Le message est clair, songe Carl : « Si on tombe, tu tombes avec nous. » Pour sauver sa liberté, et sans doute sa vie, il doit accepter le marché et s'allier à ces femmes dans leur cavale. Pour le moment du moins.

— Vous descendez jusque dans le sud de l'Italie avant de prendre le bateau pour la Tunisie ? interroge Carl qui tente d'obtenir des informations sur les projets de ses geôlières.

Mais Maëva se contente de le fixer en silence, peu désireuse de dévoiler ses plans.

— Elle n'aurait pas un problème, ta sœur ? insiste-t-il. Toi, tu fais preuve de sang-froid, tu es réfléchie… Elle va foutre en l'air vos chances de cavale avec ses réactions de dingue.

Diviser pour mieux régner… Il est en minorité, il doit donc parvenir à séparer, physiquement ou moralement, les deux filles.

— Elle ne foutra rien en l'air. Je veille sur elle.

— Ce serait plus simple pour toi si tu passais à l'étranger accompagnée d'un homme. Les flics cherchent deux femmes, pas un couple.

— Bonne idée, répond Maëva en fixant Carl avec intérêt. Tu proposes quoi pour Anaïs ?

— Il faudrait s'en débarrasser. Je peux le faire si tu veux.

Maëva hoche doucement la tête, comme si elle réfléchissait.

— Elle te plaît ma sœur, n'est-ce pas ?

— Ne t'en fais pas pour ça.

— Tu vas la violer et la tuer, c'est ça ?

— Tu seras tranquille, et tu auras toutes les chances de t'en sortir. Pas de fric à partager non plus, je ne te demanderai rien. Nos chemins se sépareront.

Il ne ment pas en affirmant qu'il n'est pas attiré par l'argent. Le fric n'a jamais été une motivation pour lui, et là il essaie de sauver sa vie, sa liberté et sa capacité à continuer ses crimes qui lui procurent tant de plaisir. Et puis une fois Anaïs éliminée, s'il peut saisir la moindre occasion de faire payer son humiliation à Maëva, ce sera la cerise sur le gâteau.

Maëva plonge son regard dans le sien.

— Je vais réfléchir.

Carl respire un peu mieux, il a l'impression d'avoir gagné un sursis. Il a deviné chez Maëva une personnalité froidement réfléchie, rationnelle, calculatrice même. Elle a forcément été sensible à ses arguments.

— Et… Si elle ne trouve pas ses putains de beignets, tu lui expliqueras de ne pas jouer avec le flingue, hein ?

Il déteste se retrouver dans cette situation où il a l'impression de quémander une faveur. Maëva esquisse un sourire.

— Non. Je ne dirai rien.

— Mais… Tu peux la raisonner ! Vous avez besoin de moi comme couverture…

— Je ne dirai rien car elle a trouvé ses beignets ! Elle va se tenir tranquille quelque temps.

Carl aperçoit, à travers la vitre de la portière, Anaïs qui revient à la voiture, un grand sachet à la main. Un sourire de fillette satisfaite flotte sur ses lèvres. Une fillette qui dans un instant va de nouveau tenir sa vie entre ses mains par l'intermédiaire de cette arme à feu avec laquelle elle aime tant jouer. Décidément, le rôle de proie ne convient pas à Carl.

***

Le paysage devient plus montagneux au fur et à mesure que la voiture pénètre dans la région des Abruzzes. Maëva jette un œil au tableau de bord.

— Je vais faire de l'essence, annonce-t-elle en avisant une station-service sur le bord de la route. On ne sait pas dans combien de kilomètres sera la prochaine pompe.

Tandis qu'elle se gare et commence à remplir le réservoir, Anaïs sort une bouteille d'eau du sac à provisions et boit à longs traits. La température est déjà relativement élevée, la journée s'annonce moite. Une soif brûlante dévore Carl.

— Anaïs, tu me files à boire ?

La jeune femme regarde à l'extérieur du véhicule, Maëva s'est éloignée pour aller payer et sans doute faire quelques achats dans la boutique. Elle secoue donc la tête avec un sourire contrit et un petit froncement de sourcils.

— Je ne peux pas, il faudrait que Maëva me dise qu'elle est d'accord, chuchote-t-elle.

— Tu ne fais jamais rien sans elle ?

— Oh non, sans elle je ne fais que des conneries… Elle me l'a dit quand j'ai pris ce travail à la banque. Elle m'a dit que je ne devais pas aller là-bas. Elle m'avait prévenue aussi pour le directeur… Je l'ai pas écoutée. Mais quand c'est arrivé, elle m'a dit tout de suite qu'elle s'en occupait.

— Quand quoi est arrivé ?

Anaïs ignore la question.

— Elle a tout bien fait, Maëva. Maintenant on va partir au Maroc et on va vivre dans une villa.

— Je croyais que vous alliez en Tunisie ?

Anaïs hausse les épaules.

— C'est pareil !

— Elle sait se servir d'une arme on dirait, ça fait longtemps que ta sœur est une criminelle ? Et toi, tu braques des banques avec elle, c'est ça ?

Avec Maëva, il n'oserait pas aborder le sujet de manière aussi directe, mais Anaïs fait preuve d'une telle naïveté sur tous les sujets que la conversation est facile.

— Elle a déjà fait de la taule, révèle Anaïs avec fierté. Pour des casses quand elle était plus jeune. Là, elle s'était rangée, mais quand je l'ai appelée, elle m'a tout de suite dit quoi faire.

— Tu as infiltré le personnel de la banque pour avoir des accès privilégiés et préparer le braquage ?

Anaïs pouffe de rire.

— Moi ? Non ! T'es con… T'as de ces idées… Non, le casse c'était son idée. Comme ça on faisait d'une pierre deux coups comme on dit, et ensuite on avait les sous pour partir au soleil pour toute la vie !

Elle se tait soudain, la peur dans le regard. Maëva approche de la voiture. Méchamment, Carl attend que la trentenaire ait repris sa place de conductrice pour lancer :

— Et ensuite, Anaïs ? Tu disais que le casse c'était l'idée de ta sœur, pour faire d'une pierre deux coups et partir au Maroc, ou en Tunisie…

Maëva se tourne brusquement vers ses deux passagers et s'en prend violemment à Anaïs.

— T'as été raconter ça ? Mais c'est pas possible d'être aussi conne ! Ferme-la une bonne fois pour toutes ou je te fous dans le coffre !

Anaïs se rencogne contre la banquette arrière comme si sa sœur l'avait frappée, une lueur de colère dans les yeux, tandis que Carl devine qu'il y a là une faille à saisir. Diviser pour mieux régner... Il parvient de justesse à empêcher ses lèvres de se frotter de nouveau sur ses dents. Cette fois, c'est de satisfaction. Il reprend le contrôle.

Deux semaines plus tôt.

La voix d'Anaïs est méconnaissable, déformée par la panique.

— Maëva, il faut que tu m'aides. Il m'a agressée... Je savais pas... Je croyais pas...

— Arrête de hurler et réponds à mes questions ! Qui t'a agressée ?

— M. Martinelli.

— C'est qui celui-là ?

— Mon patron ! Mais t'écoutes quand je te dis des trucs ?!

Maëva met quelques instants à se rappeler que sa sœur travaille depuis peu dans une banque, en tant que secrétaire du directeur. Une mauvaise idée selon elle mais, bien entendu, sa petite sœur ne l'a pas écoutée.

— Il faut que tu m'aides, répète Anaïs.

— Qu'est-ce qui s'est passé exactement ?

— Il me faisait des avances depuis un moment, on jouait tous les deux...

— Je t'ai dit d'arrêter ces jeux-là, mais putain, Anaïs, tu réfléchis parfois ? Tu draguais ton patron ?

Pour ce que Maëva connaît de la vie intime de sa sœur, Anaïs est assez proche de ce qu'on appelle une nymphomane : elle court après les hommes et enchaîne les histoires sans lendemain. En quoi est-ce que cela a été différent cette fois ?

— Alors, tu draguais ton patron ? insiste Maëva.

— Mais non...

Tu parles, songe Maëva. Elle drague sans même s'en rendre compte, presque malgré elle. Anaïs est une sorte de gamine attardée dans un corps de femme.

— Et alors ? Qu'est-ce qui s'est passé ? reprend Maëva.

— Hier soir, je suis restée tard au bureau, il avait des dossiers à me confier. Quand les locaux ont été fermés au public, il...

La voix d'Anaïs se brise.

— Il m'a séquestrée. Maëva, il m'a violée, plusieurs fois ! Il ne m'a laissée partir qu'après avoir obtenu tout ce qu'il voulait. Oh, si tu savais tout ce qu'il a fait...

— Tu es où là, chez toi ?

— Ouais.

— J'arrive.

Il faut moins de vingt minutes à Maëva pour rejoindre l'appartement de sa sœur, elle a sciemment choisi de s'installer à proximité de cette gamine attardée toujours si dépendante. Quelques années plus tôt, les deux femmes se sont éloignées : Maëva avait rejoint une bande versée dans des activités criminelles, tandis qu'Anaïs s'efforçait de suivre des études, sans grand succès, poussée par leurs parents qui, ayant littéralement fait une croix sur leur fille aînée, mettaient tous leurs espoirs dans leur cadette. Après un passage en prison, Maëva avait retrouvé le foyer dévasté. Un accident de la route avait ôté la vie à son père et sa mère avait basculé dans une dépression nécessitant un placement en hôpital psychiatrique. Anaïs manifestait déjà quelques signes d'instabilité. Maëva avait alors assumé un rôle à mi-chemin entre la grande sœur et la mère.

Quand elle pénètre dans le salon, la première image qu'elle a de sa sœur est celle d'une poupée de chiffon jetée au sol. La jeune femme est recroquevillée par terre, les cheveux emmêlés, les yeux cernés et l'air hagard. Inutile de lui demander si ce qu'elle a raconté est vrai, on lit l'horreur dans son regard. Maëva jure. Il serait vain de conseiller à sa sœur de porter plainte, Maëva connaît bien le système judiciaire. La parole d'une secrétaire nouvellement embauchée, un brin instable psychiquement, face à celle du directeur d'une banque, ne vaudra rien.

— Il faut que tu m'aides ! Je veux qu'il paye ! murmure Anaïs tandis que Maëva va lui chercher un verre d'eau.

Maëva force sa sœur à boire, comme elle le faisait des années auparavant, lorsque celle-ci venait la rejoindre la nuit dans sa chambre après un cauchemar.

— Tu attends quoi de moi exactement ? J'ai pas envie de retourner en taule, explique Maëva.

— Il a de l'argent avec la banque...

Une idée commence à germer dans l'esprit de Maëva.

— Tu connais bien la banque ?

— Le secteur bancaire tu veux dire ? Bah, pas trop, je débute...

— Je parle du lieu, idiote ! Le hall, les bureaux, les chiottes, tout ça !

— Ah... Oui, bien sûr.

La forêt a remplacé la campagne depuis un bon moment. Maëva a les yeux rivés sur la route. Anaïs chantonne de nouveau et les paroles « *Girls just want to have fun* » envahissent l'habitacle. Quand sa sœur lui intime de se taire, elle obtempère, puis, au bout de quelques minutes, elle se lance dans des monologues sur la longueur du voyage ou ses projets une fois de l'autre côté de la Méditerranée. Enfin, elle interpelle Maëva pour marquer une pause.

— Besoin urgent, explique-t-elle.

— OK, mais fais vite.

Maëva se gare sur le bas-côté. Anaïs descend et s'éloigne entre les arbres. Carl s'agite sur la banquette.

— Ça te fait éprouver quoi, de tuer ces femmes ? lance soudain Maëva en le regardant dans le rétroviseur central.

Carl esquisse un rictus.

— Indescriptible. Il faut le vivre pour comprendre. Ce sont des sensations qu'on ne peut pas exprimer par des mots. Et même si des mots convenaient, une personne qui ne l'a jamais vécu ne peut pas se représenter ce ressenti.

— Tu es devenu accro à ces sensations, hein ?

Carl change de position. Il en a plus qu'assez d'être attaché, plus qu'assez d'être une marionnette pour ces femmes en cavale. Et le fait que Maëva ne se retourne même pas pour lui parler l'agace prodigieusement.

— Tu ne peux pas comprendre. Tu as déjà tué quelqu'un au moins ?

C'est au tour de Maëva d'afficher un drôle de sourire. Anaïs revient à cet instant en se plaignant que ses pieds sont mouillés à cause de la rosée dans la végétation.

La veille. 11h du matin.

— Tout le monde au sol ! Les mains sur la tête !

Des cris de frayeur retentissent dans la banque tandis que clients et employés obtempèrent. Les deux silhouettes cagoulées qui ont fait irruption dans la pièce sont armées et la détermination se devine dans chacun de leurs gestes.

— Toi, là-bas ! Viens ici !

La plus grande des deux silhouettes interpelle une employée. La femme obtempère, les jambes tremblantes. Son regard se porte alternativement sur la silhouette masquée en face d'elle et sur l'agent de sécurité qui gît au sol, la première victime des malfaiteurs.

— Tu l'emmènes au coffre ! exige le braqueur.

Le fait que la voix qui s'échappe de la cagoule soit féminine ne la rend pas moins menaçante pour autant. L'employée se hâte donc de conduire le deuxième braqueur, qui tient un grand sac à la main, vers un petit couloir.

— Je n'ai pas le code, murmure l'employée.

D'un geste de son pistolet, le deuxième malfrat lui fait signe de continuer d'avancer. En passant devant un bureau portant la pancarte « direction », le braqueur s'arrête et indique par gestes à la femme d'ouvrir la porte. Celle-ci obtempère. Assis derrière un immense bureau en acajou, M. Martinelli se lève brusquement face à cette intrusion.

— Qu'est-ce que…

Il ne termine pas sa phrase, c'est bien inutile, il a parfaitement compris de quoi il s'agit ; du moins, le croit-il…

Le ciel s'assombrit de minute en minute et Anaïs lance d'un ton léger :

— On va avoir un orage.

Quelques instants plus tard, sa prédiction se réalise. Le tonnerre gronde et quelques larges gouttes de pluie s'écrasent sur le pare-brise. Maëva maintient sa vitesse, elle roule au maximum autorisé sur cette route sinueuse. Les gouttes de pluie se font plus serrées et la conductrice met en marche les essuie-glaces. Même à leur vitesse maximale, ceux-ci se révèlent rapidement insuffisants, Maëva doit ralentir. L'adhérence des pneus sur l'asphalte est sévèrement diminuée par la présence de flaques éparses.

Maëva enchaîne les tournants sur cette route de montagne, elle freine, puis accélère de nouveau. Au détour d'un virage, un cervidé surgit sur la route devant la Mégane ; la conductrice tente de l'éviter et braque brusquement le volant vers la gauche. La voiture dérape et quitte la route. Anaïs pousse un cri perçant, puis sa tête heurte la portière et elle s'effondre sur la banquette. Avec le dénivelé, la Renault bascule rapidement et commence une série de tonneaux. Maëva s'accroche au volant tandis que Carl, dont les mains liées limitent les possibilités de mouvement, est ballotté en tous sens. C'est finalement un arbre qui arrête la folle descente de la voiture. Un craquement de tôle écrasée retentit, puis c'est le silence.

***

Carl soulève une paupière, puis l'autre. Sa tête est douloureuse. Il est toujours dans la voiture, enfin, ce qu'il en reste. La tôle est enfoncée de tous côtés, le pare-brise et deux vitres ont disparu. Néanmoins, la voiture est sur ses quatre roues, après sa course folle, elle a fini par s'immobiliser dans le bon sens. La silhouette inerte de Maëva, gisant la tête dans les bras sur le volant, attire son attention. Un profond sentiment de satisfaction gagne Carl. Cette salope a crevé. Lui a survécu. Anaïs, par contre, n'est visible nulle part. La portière de son côté a été arrachée. Les mains toujours entravées, il se tortille jusqu'à l'extérieur. La pluie s'abat de plus belle sur la montagne, le sol est détrempé et des ruisseaux spontanés se sont formés le long de la pente.

Premier objectif : se libérer les mains. Il avise un morceau de tôle déformé et tranchant qui gît dans l'herbe, sans doute un débris de la Mégane. En quelques secondes, et malgré les multiples contusions qui endolorissent son corps, il se laisse choir devant ce débris providentiel et lui présente son dos. Il glisse ensuite ses mains entravées par la corde de l'autre côté du morceau de métal et appuie de toutes ses forces dans un mouvement de va-et-vient. L'énergie du désespoir lui donne du courage, et il sent les fibres de la corde céder l'une après l'autre. Enfin, ses mains sont libérées. Ses poignets portent les stigmates de l'épreuve et il a les mains endolories, mais peu importe. Il se relève, grisé par un sentiment de victoire. La Bête revient, plus forte que jamais. Un instant, il envisage de retourner à la Mégane pour s'occuper du corps de Maëva… Mais non, un cadavre ne le satisfera pas. Anaïs, par contre, est peut-être encore en vie… Un tic bien connu agite les lèvres de Carl. Il observe les alentours, analyse la trajectoire de la voiture. Si Anaïs a été éjectée, son corps doit être plus haut. Et si lui a survécu, elle est peut-être en vie elle aussi…

Il la retrouve étendue entre deux buissons, du sang sur le front. Ses yeux sont ouverts mais son regard est hagard. Sur ses lèvres, il devine les mots de la chanson qu'il a si souvent entendue ces dernières heures « *Girls just want to have fun…* ». Il se laisse tomber près d'elle.

— Salut Anaïs ! Tu t'en es sortie, c'est bien. Moi aussi tu vois.

— Mev…, murmure la jeune femme.

— Elle est morte, lâche Carl d'un ton léger. Elle conduisait mal aussi. C'est de sa faute.

— Non, c'est faux. Maëva, elle fait tout comme il faut. C'est elle qui m'a tout expliqué pour la banque… On a même répété ensemble chacun de mes gestes.

— Toi aussi tu as fait des bêtises, murmure Carl d'un ton doucereux en laissant un doigt courir le long de la joue d'Anaïs. Maintenant il est l'heure de payer.

Il la plaque brutalement au sol et a soudain le souffle coupé : Anaïs a remonté ses genoux sur son ventre et il a encaissé le choc en plein estomac. Elle roule sur le côté et parvient à échapper à son étreinte. Il faut dire que ses mains sont encore maladroites d'avoir été attachées pendant de longues heures. Il n'a pas récupéré sa force habituelle. Anaïs se relève et commence à courir. Aussitôt, la Bête saute sur ses pieds et la prend en chasse.

La veille. 11h10 du matin.

Martinelli lève les mains dans un geste apaisant face à la silhouette cagoulée.

— Il y en a un deuxième dans le hall, gémit l'employée. Je n'ai pas les codes des coffres, Monsieur Martinelli.

Toujours en silence, le braqueur agite son arme vers le directeur et lui intime par gestes de sortir du bureau. Les bras levés, l'employée et le directeur avancent dans le couloir, jusqu'à la salle des coffres. Une fois dans la pièce, le directeur se tourne vers le braqueur.

— Vous ne pourrez pas ressortir, il y a des caméras de surveillance, un bouton d'alerte…

— Tout a été désactivé, Monsieur le Directeur, souffle l'employée. J'ai voulu presser le bouton d'alerte quand les braqueurs sont entrés, mais cela n'a pas fonctionné. Et j'ai vu que les

caméras étaient éteintes. Pire, ils ont mis un écriteau sur la porte de la banque annonçant une fermeture exceptionnelle... Personne n'essaiera d'entrer.

— Impossible ! souffle Martinelli.

— Tu as vraiment fait ça ? Tu as pressé le bouton d'alerte ?

Une voix étrangement jeune et aiguë s'échappe de sous la cagoule noire. Elle s'adresse à l'employée tremblante.

— Tu as voulu appeler la sécurité ? C'est très vilain ça...

Le coup de feu part aussitôt, Martinelli pousse un cri étouffé. Son employée s'effondre au sol sous ses yeux, la gorge ruisselante de sang.

— Ouvrez le coffre, Martinelli, exige la braqueuse en lui tendant le sac. Et remplissez-moi ça. Faites vite, je ne suis pas patiente.

Il connaît cette voix, il l'a déjà entendue. Mais la panique l'empêche de réfléchir. Ce criminel, ou cette criminelle plutôt, est déterminée, elle vient de tuer de sang-froid une des employées. Alors Martinelli obtempère, la sueur ruisselant le long de son dos sous sa chemise blanche. Les mains moites, il fait passer le contenu des coffres dans le sac.

— Qui êtes-vous ? murmure-t-il en refermant le sac et en levant les yeux vers la silhouette anonyme.

Lentement, d'un geste maîtrisé, l'individu porte la main à sa cagoule et la retire.

— Anaïs ?! s'exclame Martinelli.

— Eh oui, c'est moi, sourit-elle. Surprise !

Elle a son ton badin qu'elle adoptait quelques jours plus tôt lorsqu'elle s'adressait à ses collègues. Jusqu'à cette nuit où il a...

— Vous avez manigancé tout ça ?

— Oh non, pas moi. Je ne suis pas assez intelligente, je le sais. C'est ma sœur, Maëva, qui a organisé le braquage. Moi, j'ai juste suivi ses consignes et je lui ai filé toutes les infos nécessaires.

— Vous voulez l'argent, c'est ça ? Le voilà...

Martinelli pousse le sac vers elle. Anaïs le fixe avec sa moue de gamine.

— De votre part, j'en veux un peu plus, M. Martinelli. Pour l'autre fois, vous vous rappelez ?

— Écoutez, c'était une erreur. J'ai commis une erreur. Je vais vous dédommager.

— Il y avait combien dans ces coffres-ci ? Cinq millions, je crois ?

— Oui... à cent mille près, il faudrait que je vérifie le logiciel...

— Désolée, M. Martinelli, ça ne suffira pas.

— Tu veux combien ?

— Déjà, t'arrêtes de me tutoyer ! crie Anaïs d'une voix suraiguë.

— D'accord, d'accord, vous voulez combien ?

— Ensuite, tu te mets à genoux, allez !

Martinelli plie les genoux et se retrouve aux pieds de la jeune femme qui le toise.

— Et maintenant tu vas me supplier, comme moi j'ai supplié quand tu m'as violée...

— Je suis désolé... S'il te... S'il vous plaît... Je vous en prie. Je vais me racheter. Je vais vous donner de l'argent, encore plus.

— Et tu crois que ça vaut combien ce que tu m'as fait ? Tu crois que JE vaux combien ?

— Je peux retirer de l'argent sur mon compte personnel aussi... Je vais vous faire un virement, sur le compte de votre choix, on

peut le faire via un compte intermédiaire, comme ça vous êtes sûre qu'on ne pourra pas vous retrouver.

Mais Anaïs secoue la tête, un mince sourire sur ses lèvres crispées.

— Le prix, je vais te le dire.

— Oui ? chevrote Martinelli. Tout ce que tu... vous voudrez.

— Ta vie... Ta vie... Ta vie, chantonne Anaïs avant d'éclater d'un rire hystérique.

Il l'a perdue de vue au détour d'un taillis plus dense que les autres, avec la pluie battante la visibilité est extrêmement réduite. Mais il va la retrouver, cette idiote ne peut pas être bien loin, avec ses claquettes qu'elle a d'ailleurs sans doute perdues...

La silhouette qui émerge sur sa droite le prend au dépourvu. C'est une femme, mais pas celle qu'il cherche. À vrai dire, celle-là, il pensait ne jamais la revoir... Maëva. Elle est debout, chancelante, le visage maculé de sang, mais bien vivante. Et elle tient le pistolet à la main.

— Où est ma sœur ? articule-t-elle péniblement.

— Je ne sais pas. Promis.

Elle lève le canon de son arme dans sa direction, elle est à trois mètres, à peine...

— Tu ne feras pas ça, hein ? Maëva...

Il la voit vaciller en portant la main à sa tempe et saisit sa chance, cette fois c'est lui qui passe à l'attaque. En un seul coup au thorax, il l'expédie au sol. Il pose ses mains autour de sa gorge et serre de toutes ses forces. Maëva se débat, les yeux emplis de terreur, mais elle est encore sonnée et ne fait pas le poids. Ses yeux se révulsent et il sent sous ses doigts les battements désespérés de son cœur au niveau de la carotide. Jouissif.

— Arrête ! crie une voix suraiguë.

Il lève la tête, stupéfait. Anaïs se tient à quelques pas de lui. Absorbé par son acte, il ne l'a pas entendue approcher.

— Sinon quoi ? raille-t-il.

Il aperçoit son regard qui se pose sur le sol et devine son intention. Le pistolet. Il est là, par terre, à portée de main… Il lâche le cou de sa victime pour s'en emparer, mais Anaïs a devancé son geste, c'est elle qui s'empare de l'arme et la pointe dans sa direction. Des halètements rauques s'échappent de la gorge de Maëva, elle vit donc encore.

— Sinon je vais te tuer, murmure Anaïs. Maëva m'a appris. C'est très facile en fait.

— Maëva se sert de toi ! crache Carl. Elle m'a demandé de te supprimer pour qu'on parte tous les deux au Maroc, en couple, tu étais une gêne pour elle.

— C'est pas vrai ! Je ne te crois pas !

Mais le regard d'Anaïs va du visage de Carl à celui de sa sœur. Celle-ci masse doucement son cou mais semble incapable de parler. Elle se contente de fixer sa jeune sœur avec désespoir.

— C'est vrai, Anaïs, ta sœur t'a manipulée. Il n'y avait que l'argent du braquage qui l'intéressait, elle me l'a dit, affirme Carl. Toi, tu lui as été utile pour l'attaque, mais à présent, tu es un poids mort pour elle. Si tu dois utiliser cette arme, fais-le sur elle.

Il s'écarte légèrement de Maëva, laissant le champ libre pour un tir éventuel. Anaïs doute, il le devine dans son regard perdu qui les fixe tour à tour. Qui croire ? La sœur qu'elle connaît, mais qui ne peut dire un mot pour sa défense, ou cet inconnu qui s'exprime en termes si crédibles ? Il a tenté de la violer et de la tuer, toute personne sensée se défierait d'un tel personnage, mais voilà, Anaïs n'est pas sensée… À cet instant, Carl devine que tout peut basculer. Il a vu l'admiration d'Anaïs pour Maëva, il a aussi senti sa frustration et sa colère quand cette dernière la rabrouait… Quel sentiment va l'emporter ?

— On pourrait partir tous les deux, Anaïs, susurre Carl. On vivrait dans une belle maison au Maroc, avec tout l'argent du braquage. Tu peux imaginer la vie qu'on aurait…

Maëva émet des borborygmes informes et tend la main vers sa sœur. Anaïs se tourne alors complètement vers Carl.

— Lève-toi.

Il obéit avec une satisfaction profonde. Il a gagné. Il ne lui reste plus qu'à convaincre cette folle d'appuyer sur la détente en visant sa sœur. Tandis qu'il se rapproche d'Anaïs, elle recule d'un pas et sourit.

— J'ai envie de jouer, annonce-t-elle.

— Jouer à quoi ?

— Au chasseur. C'est toi la proie. Cours, tu as peut-être une chance.

— C'est quoi ce délire ?

Mais la vue de Maëva qui se relève en chancelant et va rejoindre sa sœur, puis met une main sur son épaule, confirme ses craintes. Anaïs a choisi son camp.

— Cours, où je t'abats sur place, insiste Anaïs.

Il refuse d'obéir, il est la Bête, il ne deviendra pas un jouet pour une gamine complètement barrée.

— Si tu atteins les arbres, là-bas, je te laisse en vie, annonce Anaïs en désignant un bosquet.

Malgré lui, il se prend à évaluer ses chances de parvenir à l'endroit désigné. Peut-être en courant en zigzag… Mais non, il ne va pas entrer dans son jeu diabolique, pas en étant la proie en tout cas ! Il ne sait que trop bien la jouissance que cela va procurer à Anaïs de le voir détaler, tel un gibier condamné…

— Je compte jusqu'à trois, annonce Anaïs.

Et elle commence à compter. Maëva ne bouge pas d'un cil. Carl la fixe, cherchant une faille dans ce tempérament de marbre. Et soudain, des mots, hachés, déformés, sortent de la bouche de Maëva lorsqu'elle s'adresse à lui :

— Tu m'as dit que je ne pouvais pas comprendre ce que ça te faisait de tuer ces femmes… Que ce sont des sensations qu'on ne peut pas exprimer par des mots. Je te crois. Moi, ça ne me fait absolument rien de voir quelqu'un mourir. Alors je vais laisser Anaïs jouer.

Son dernier espoir s'est envolé. Rester, c'est mourir à coup sûr. Son instinct de Bête le pousse à partir au combat, mais son instinct d'humain lui fait redouter la mort plus que tout. Bien plus que l'humiliation ou la honte. C'était donc ça, cette force qui poussait ses victimes à le supplier, à tenter de ramper hors de ses griffes tandis qu'il les massacrait ? Ces gestes étaient voués à l'échec et pourtant elles essayaient, toutes. Et à son tour, il essaie, quand Anaïs arrive au compte de « deux », il se précipite vers les arbres, se jetant un coup à gauche, un coup à droite, espérant l'empêcher ainsi d'ajuster son tir. Il entend une détonation, puis une deuxième, une troisième… Il a presque atteint les arbres… L'impact de la balle au milieu de son dos le projette en avant, il atterrit le visage dans la mousse. C'est donc ça, ce que l'on ressent à ce moment-là… Telle est sa dernière pensée.

— Il a perdu, constate Anaïs d'un ton neutre tandis que sa sœur s'appuie sur elle. Allez viens, Mev, on doit trouver un moyen de se rendre en Tunisie.

La veille. 11h30 du matin.

Anaïs a remis sa cagoule quand elle rejoint Maëva dans le hall de la banque. Elle traîne le sac chargé de billets.

— T'en as mis du temps, grogne Maëva.

Anaïs s'apprête à répondre quand elle se rappelle qu'elle a promis à sa sœur de ne pas ouvrir la bouche devant les témoins qui resteront en vie, afin d'être sûre que personne, parmi ses anciens collègues, ne puisse l'identifier. Maëva l'a briefée pendant plusieurs jours, lui faisant répéter, encore et encore, chacune des actions à réaliser une fois dans la banque. Et jusqu'à présent, Anaïs a suivi les directives au pied de la lettre. Si Maëva ne l'avait pas brièvement formée au maniement d'une arme, elle n'aurait jamais pu se servir de ce pistolet. Et pourtant, elle y tenait tout particulièrement.

« Je veux tuer Martinelli, avait-t-elle dit à sa sœur. Ensuite, on partira avec l'argent. Dis-moi ce que je dois faire. »

Et Maëva lui a parfaitement tout expliqué... Allant même jusqu'à lui faire répéter les mots, les gestes, les déplacements à effectuer. Tel un bon petit soldat, Anaïs a joué son rôle. Seule, elle aurait été incapable de mettre au point un tel stratagème, à associer vengeance mortelle et gain financier. Mais avec Maëva, elle s'est sentie préparée, capable. Ensemble, elles sont invincibles.

TABLE DES MATIERES

Retrouvez l'auteur et son actualité sur Facebook :
https://www.facebook.com/CharlotteAdamAuteur/

Et sur le site :
https://www.charlotteadamromanciere.com/

Ainsi que sur Instagram :
https://www.instagram.com/charlotteadamromanciere/

Printed in France by Amazon
Brétigny-sur-Orge, FR

27332535R10150